JOY

享受讀一本好小說的樂趣

既晴

病態

MORBIDITY

【序】

《病態》——推理作家專屬的恐怖面貌

城堡岩小鎮家族創立人◎劉韋廷

既晴的第一本長篇作品，是歸類為推理的《魔法妄想症》；而讓他一戰成名的，則是那本獲得第四屆皇冠大眾文學獎的恐怖驚悚小說《請把門鎖好》。

只要是稍微熟悉推理小說的讀者都很清楚，推理與恐怖這兩種文類之間，原本就有著奇妙的關聯性。一方以純粹理性為主，另一方則以超自然或心理恐懼作為宗旨。彷彿互斥的兩種面向，其實早在推理誕生之際，便開始了兩者糾結不清的緣分。

擅寫恐怖小說的經典名家愛倫坡，以看似超自然的死亡事件為軸，創作出被後人稱為現代推理小說始祖的短篇〈莫爾格街兇殺案〉。就連首位將推理小說發揚光大的作家亞瑟．柯南．道爾，也曾讓筆下的名偵探福爾摩斯，以理性態度破解了利用古老妖異傳說作為詭計的《巴斯克村獵犬》案件。

這些早期較為罕見的手法，在日後成為了推理小說的流派之一。日本的推理名家中，擅長以妖怪作為佈局主題的京極夏彥，或是人稱新本格之父的島田莊司，便都在作品裡呈現了這種恐怖與推理並俱的獨特面向。

既晴的推理小說也是如此。在以偵探張鈞見作為主角的推理系列作中，總偏好使用與黑魔法有關的離奇案件作為開頭，讓偵探帶領著讀者，逐漸揭開撲朔迷離的複雜詭計，最終得到一切回歸現實的合理解答。然而，除了這類恐怖僅僅用來鋪陳氣氛、而非主體的推理小說之外，既晴與其他推理作家相比，似乎又更對純粹的恐怖驚悚小說多了一份偏愛。

就這點而言，既晴倒是與另一位日本推理名家綾辻行人較為相似。綾辻行人除了最負盛名的正統推理「殺人館」系列之外，亦曾發表過以心理驚悚為主的「殺人耳語」系列，以及追求虐殺式恐怖片快感的「殺人鬼」系列等作品。而前面曾提及的既晴作品《請把門鎖好》與這本《病態》，正是他嘗試書寫正統恐怖小說的自我挑戰之作。

在《請把門鎖好》裡，既晴安排了一個極為聰明的開放式結局，成功將超自然因素與心理驚悚層面巧妙融合，提供了讀者無窮的想像空間；甚至就連華文科幻大師倪匡，也以「爐火純青」四個字來稱讚《請把門鎖好》的寫作手法。

而這次的《病態》中，既晴的創作手法則與綾辻行人的《怪胎》有著異曲同工之妙。《怪胎》以三名精神病患的故事，開展出三個主題一貫的中篇作品；而《病態》一書，則利用書名作為發揮基礎，將四種不同的心理異常狀況加以書寫，並融合了當今社會狀態，包含過度重視外在、家庭問題、校園暴力與名利及自我間的抉擇等等，創作出彼此不同、卻又在主題上互有關聯的四篇短篇小說，使人既可分開享受每篇故事，亦能在其中得到一氣呵成的快感，為每個人不同的閱讀習性，提供了某種巧妙的平衡感。

而像是既晴這類推理作家跨界演出的恐怖作品，又與通常的恐怖小說不太一樣。或許是心中的推理魂呼喚之故，讓既晴這四篇小說在散發恐怖驚悚氛圍的同時，仍不忘記展現意外真相的多重逆轉，進而為讀者帶來另一番出乎意料的閱讀驚喜，更讓恐怖小說增添了截然不同的樂趣。

不過習慣既晴推理面向的書迷們也無須擔心，因為既晴在本書中，亦巧妙讓某個曾在其推理作品裡出現的角色，再度藉由書中人物之口提起，為死忠的書迷們帶來了小小的專屬樂趣。不過那個人究竟是誰，在此當然不便說穿。畢竟，這也是閱讀時的魅力之一，正如每一篇作品的關鍵逆轉一樣，唯有親自閱讀，才能感受到其真正有趣之處。

所以，你準備好進入那個瘋狂與病態交織而成的世界了嗎？那世界或許沒有你想像的那麼遙遠，事實上——

你只需要再翻開幾頁。

CONTENTS

壹 異樣的皮膚

ABNORMAL SKIN

世界上也有一種人，是所謂的戀膚癖。

1

該從哪一天開始說起……

曹民哲設法回憶著，但他已經完全忘記到底是哪一天了。

其實……

縱使記得那件事是從哪一天開始的，也根本毫無意義。

總之——

那一天傍晚，曹民哲依照平日的作息方式，搭乘公車到北投去。

只有季節，曹民哲記得非常清楚——是他最痛恨的夏天。

台北市的夏天，尤其令他憎惡。在悶燥的空氣中，經常無端地漂浮著一層厚重、骯髒的濕塵，與建築物內部以脅迫的態度所放送的冷氣攪拌在一起，形成了溫差混濁不清的毒霧。

到了這個時節，特別是年輕、青春的女大學生、初入社會的上班女郎，無論是不是為了驅趕熱浪，都是穿著細肩帶小背心、牛仔熱褲，無視周遭行人的視線，大方地露出全身潔白、健康的肌膚，並且散發出腥羶、濃臭的香水味。

對曹民哲而言，他很不願意遇見如此極不愉快的狀況，這只會給他帶來全身劇烈的痛苦。

但，只要在夏季，他每次出門，這都是一段總必須咬牙切齒地忍受的過程。

在台北的街頭，已經很少見到完全不化妝的女人了。每個女人無論年紀，在臉上均刻意以塗抹顏料的方式來強化外貌的色差。手臂、腰際或腳踝等部位，則經常可以發現紋身、環洞，或其他令他反胃的裝飾彩繪。這樣的女性肌膚，在烈日的照射下閃耀地反光著，感覺格外刺眼。

據說現在有男人也開始化妝了——真令人感到反胃！

然而，他卻不得不出門。

會到北投來，曹民哲只是為了尋找可以泡溫泉的湯屋。

依循著空氣中的硫磺味，緊臨著路燈與石壁間的陰影，他迴避著路人的目光，在坡路迂迴、柏油、石板與水泥交錯的步道上緩步前進著。

北投區的湯屋非常多，但曹民哲能去的卻很少。

因為，他需要的是一家除了自己以外、沒有其他半個客人的湯屋。

遠離了高聳明淨的簇新旅館區，他走入沿途舊式木造建築林立的小徑。一路上並沒有其他行人，這使他稍感寬心。

在小徑的末端，可以見到盡頭矗立著的一座低矮、老朽的古色湯屋。

這家湯屋，彷彿老得可以溯及北投溫泉區的初肇時期。招牌上的文字已經破損得無法辨識，斑駁的外牆上，爬滿墨綠色的青苔，並在屋壁後方逐漸形成漸層，最終與山林的背景連成了黑濛濛的一團。時間難以考究的詭異感，更讓湯屋背後的烏影，猶如黑洞般不可欺近。

曹民哲拒絕——甚而說是憎惡所有不乾淨的東西。他進行『自我淨化』了二十幾年，只能認同純潔、無垢的事物。

但是，比起眼前的破爛不堪的湯屋，他更討厭與自己同處一池的陌生裸體。

當他入浴時，絕不希望有人在旁！

這家湯屋破爛得沒有客人願意上門，反而成為他的唯一、不得已的選擇了。

此時，天色已經暗沉下來，這更顯出這家湯屋的陰鬱。

當曹民哲一踏進玄關，立即感覺到老闆沉默但銳利的凝視，落在他身上所造成的刺痛感。不需要抬頭看，他也知道，老闆的表情彷彿在觀察一具屍體。

曹民哲已經來過這家門可羅雀的湯屋很多次了，老闆不可能不認得自己的。但是，這個前額光禿、嘴裡總是叼根牙籤的初老男子，每次一見到曹民哲，便會既意外又嫌惡地皺起臉孔，好像店裡突然送錯鄰居的弔唁電報，接著，再刻意故作鎮定，裝出毫不在意的態度。最後，老闆會在他靠近櫃台之際，立刻露骨地以眼神予以明示，他一點都不情願收下曹民哲手上的硬幣。

他知道老闆一點都不歡迎他。

也許老闆甚至寧可這家湯屋沒有半個客人。

然而，不知為何，今天老闆的脾氣顯得更加浮躁，連曹民哲遞出的硬幣都不太想瞧一眼。曹民哲也感受到了這股敵意，他不得不立刻離開櫃台，趕緊進到浴室內側的更衣處去。

一踏入內，浴室裡水霧濛渺，濃得超過曹民哲的預想，令他感到意外，也使他的視線僅剩咫尺。他來這裡這麼多次，還是第一遭出現這種景象。

站在形體模糊的置物櫃前，曹民哲小心翼翼地脫下他的外衣。

這件外衣，沒有多餘的釦子或拉鍊，既吸汗又透氣，絕不會對皮膚造成過敏，價錢雖然很貴，但同樣款式的衣服，他總共有十多件。

曹民哲脫下全身衣物後，輕柔地將之摺疊整齊，從隨身攜帶的手提包裡取出一個全新的塑膠袋，放到裡頭封好——塑膠袋每天更新，用過即丟。然後，拿出毛巾來，準備入湯。

走近浴池，滾滾熱氣席捲、包覆曹民哲的裸身，使他緊繃的皮膚漸漸舒緩。經歷過路人斜睨的目光、湯屋老闆冷漠的眼神，他接下來終於可以放鬆，從出門辛苦硬撐至此，總算能開始享受溫泉的甘美滋味了！

曹民哲先輕輕閉上眼睛，屈膝坐在浴池邊緣，先讓壓貼在磁磚地面的臀部習慣一下暖和的水氣。接著，再慢慢伸長雙腿，從腳尖開始使兩足浸到踝部。

他並不急於將整個下半身沉入水中，先讓溫泉滾燙的熱流，沿著腳底緩緩上攀。這是入湯初時促進血液循環最好的方法。

然後，他伸手去碰觸溫泉的水面，沾濕雙掌，以熱水輕拍小腿與大腿的肌膚，來回十幾趟，讓腿部的毛細孔可以完全張開，將蒸氣均勻吸收。

曹民哲以輕柔至極的力道，愛憐地撫摸自己的肌膚，而無言的肌膚，在此刻似乎也感受到了他的珍視，不由自主地激起幾陣愉悅的疙瘩。

在氤氳瀰漫的浴池邊，曹民哲竟恍恍然出神了。

整座浴池裡，靜得只剩水流聲。

曹民哲的身邊一個人也沒有——這是最愉快的時刻。對於夏季的街道上，那些大方地露出全身漂亮肌膚的年輕女子，他之所以會如此仇視，正因為那些女人可以大剌剌地在公共場所塗抹乳液、護膚霜，甚至主動享受著周遭男人們充滿遐想的注視……而他不能。他只能躲在無人看見的暗處，才能放鬆自己，以甚於那些女人更加愛憐的方式來對待自己的肌膚。

逐次溫熱了腿部以後，他準備屈膝坐進泉水中。

但，令曹民哲萬萬沒想到的是……就在此刻，他的耳邊突然傳來一個陌生的男聲。

『年輕人，你泡溫泉的方式很有趣。』

在這裡待了將近十分鐘，他一直以為浴池空無一人！

『你……你是誰？』

『我只是個在這裡打發時間的老人啊。』對方好像刻意發出笑聲，『你看起來……很愛惜自己的皮膚。』

此刻雲霧稍散，曹民哲這才發現與他只有伸手之遙的距離，坐著一個老人！

靠得太近了！他的反射神經令他立即逃開他的身旁，但浴池的地板太過滑溜，導致他重心不穩，身體一傾，整個人立刻跌入浴池裡。

曹民哲感覺眼窩、鼻腔、還有全身……迅速傳來兇猛的灼燒感，與老人故意坐在他身邊、為了觀看他呵護皮膚的私密舉動，這些侵犯隱私的行徑給他造成的屈辱感，全然混雜在一起了。

比起以往獨自入湯，今天的溫泉顯得特別熾熱……

這麼一來，必定會造成皮膚嚴重的傷害啊！

老人好像也被曹民哲突如其來的跌跤嚇了一跳。老人似乎以為，他的開場白只是無傷大雅的玩笑。老人略帶驚奇地看著曹民哲狼狽地從浴池中站起，然後像是一切重新開始般，對他露出了友善的微笑，即便他並不知道，對曹民哲而言，他人的無聊友善正是他最憎惡的。

曹民哲脫離了火燙的溫泉，才不由得想起，由於浴室裡特別濃郁的蒸氣，使他沒有留意到置物櫃還放了別人的衣服。否則，他根本不會踏進這間浴池一步了。

『呵呵……』老人忽然開啟了一個新話題，『我在那個時候，跟你的年齡應該差不多吧？』

曹民哲不知道他指的是什麼，也沒有興趣知道。

他根本沒有答話的念頭。

可是，老人依然繼續自言自語起來。

『三十幾年的事了。我的母親，就是在那個時候失蹤的。』

倏地，老人偏過頭來瞪視著曹民哲，表情雖然維持和善，但眼神卻暗暗帶著一種壓迫性的威脅，彷彿他接下來透露的是他一輩子最重大的祕密，但因為他珍視這份萍水相逢的緣分，所以才決定慷慨地說出口。然而，這樣的慷慨卻充滿強硬的預期心理，彷彿只要對方不願意繼續聽，他就會立刻勃然大怒。

『如果我料想得沒錯，她失蹤的地點就在這附近。』

曹民哲已經很久不曾這麼近距離地跟陌生人說話了。更遑論是在赤身裸體的情況下。

『……當時發生了什麼事？』

老人在欲言又止地說了一句話之後，總會帶著等待別人發問的態度，刻意恢復靜默。這卻是曹民哲最無法忍受的。與跟他人之間的互動，對於長久獨處的曹民哲而言，早已變得非常陌生，為了逃避靜默所導致的尷尬，他好不容易才口舌乾澀地勉強擠出一個問句來。

『你的年紀當時還小，對那件新聞一定沒印象了。』老人再次發出像是早已看透人間的溫和笑聲，『當時啊，北投區的溫泉還不像現在開發得這麼完善。我的母親參加了一個旅行團，搭遊覽車到這裡來觀光。

『但是，那天晚上下了非常大的雨。結果那輛遊覽車，以及包括我母親在內總共有四十幾名乘客，竟然在北投的山裡憑空消失了。』

『……什麼？』

曹民哲不由自主地立刻回話了。這完全是無意識的反射行為。

因為，猶如毫無反擊能力的獵物在遭到肉食者監視時所產生的第六感，他從老人的言語中，瞬間察覺到老人接下來要說的話，必然會在他心底刻下無法消退的恐懼。

曹民哲希望老人不要再說下去了，但根本來不及阻止他。

『根據警方的研判，車子極可能因為天雨路滑或土石坍塌，因而墜落山谷。然而，儘管派出了大批人力，失事現場卻一直找不到。連人帶車一起掉下山谷，恐怕全數罹難了吧！』

頓時，曹民哲的全身起了陣陣寒顫，皮膚也遽然緊繃、收縮起來，出現撕裂般的疼痛。

——來不及了！

曹民哲自有記憶以來，非常厭惡談論、碰觸任何有關死亡的話題。只要一聽到『死』這個字眼，他的腦海中就會無法克制地浮現恐怖、痛苦的各種畫面。他的想像力總是比一般人更豐富，也更極端。

更何況，老人現在所說的是集體死亡！

『這幾年來北投有很大的改變，也蓋了很多新的溫泉旅館……』老人沒有注意到他的反應，繼續說：『但是，也沒有任何一個業者發現罹難者的遺骨。隨著時光流逝，關於這件不可思議的交通事故，我想再也沒有人會關心了吧？』

老人停了一下，見到曹民哲驚慌的表情，反而顯得得意起來。就像是說鬼故事的人，期待的正是聽眾恐懼的反應。

『不，在這個世界上，至少有一個人一直在關心這件事故。那就是我。』老人不再在乎曹民哲是否繼續追問，他開始自問自答起來。

『我從小與母親相依為命，沒有母親，就沒有我。母親可以說是代表了我生命的全部，母親也是把我當成她的一切……如果我不關心母親的去向，那麼全世界就沒有人關心了。我花了大半輩子的時間，一直在調查這件事故。』

一個幼稚至極的戀母情結怪胎！——曹民哲的心底，立刻對眼前的老人下了這樣的評語。

『根據我的查訪，北投區只有這家舊湯屋方圓幾公里周邊的山坡地，三十多年間不曾被開發過。也就是說，假使那輛遊覽車真的是在北投區翻覆的話，一定就是在這附近了！』

老人的話說得斬釘截鐵，彷彿這是花了三十幾年才找到的真理。

儘管曹民哲不願意接受老人突如其來的結論，但他的生物本能，卻是一字不漏地將這些無稽之談全盤接受了。在他的腦海中瞬間產生諸多令人始料未及的可怕情境，他不由自主的想像力，彷彿把自己也拉回三十幾年前那件遊覽車墜谷事故，並且與其他人的屍體在北投的深山中一起腐爛。

『我相信，我很快就能找到這輛遊覽車的殘骸，將我母親的遺骨帶回老家安葬。更重要的是，這起墜崖事故真的是因為豪雨的關係才發生的嗎？這個結論，只不過是警方為了掩飾自己的無能，隨便做出的判斷。也許，遊覽車的煞車被人動了手腳，這其實是一樁為了殺害遊覽車內的某人，因此讓全車的乘客一起陪葬的謀殺案……』

此時此刻的曹民哲，亟需安全穩定的生理調養。為了保護自己容易受傷的皮膚，曹民哲長期獨來獨往，盡其所能避開可能對皮膚造成的各種負面影響。然而，長久以來的努力，就快要被這個老人一手破壞了。

不！這些話絕對不能再聽下去了！

老人異想天開地妄加揣測，字字句句都使曹民哲的皮膚湧起劇烈的抽搐！

『不要說了！你給我閉嘴！白痴！』

連曹民哲自己也很意外，居然會脫口而出這麼一句粗率無禮的回答。

老人錯愕萬分，露在水面上、猶如蠶蛹般的皮膚皺摺，其上的斑痕也因為氣憤而嚴重扭曲。

曹民哲立刻離開浴池，沒有擦乾身子就穿回了外衣，急切地跑出湯屋。

守在入口處的湯屋老闆，見到曹民哲這麼早就離去，感到相當訝異。畢竟，以曹民哲這般小心翼翼、無微不至地保養全身肌膚的人來說，這樣的時間真的太過短暫了。不過，湯屋老闆迎送曹民哲離去的臉上，卻立刻出現了幸災樂禍的表情。

湯屋老闆當然知道曹民哲喜歡獨處、厭惡人群，但是，他卻不想在曹民哲進入浴池之際，順帶提醒他裡面已經有其他人。說實話，老闆並沒有這種義務。在這家門可羅雀的湯屋，有趣的事情太少，這只是為了打發無聊所做的小小惡作劇。

然而，對曹民哲而言——

這只是恐怖的開端。

2

曹民哲離開湯屋後，立刻感覺到胸口的強烈悔意。

因為，他並非故意辱罵那位老人。

事實上，曹民哲患有敏感性膚質的先天疾病。這種先天疾病，在他的父祖輩之間，從來不曾發生過，經過了長時間的診察，只能斷定這是基因突變的結果。為此，他注定要與這種獨一無二的病症一輩子搏鬥。

首先，他絕不能碰觸骯髒或成分複雜的物質。從他被父母照顧的童年開始，他不曾與同伴玩過泥巴，也無法參加學校的運動會。在日光下稍作曝曬，皮膚也會紅腫、脹痛。

他甚至連流汗都被禁止。因為汗液容易沾附空氣中的灰塵，進而引起皮膚的病變。

他自小被父母養成潔癖，但接受了過多的告誡，導致心理上的潔癖變得更加嚴重。到了成年以後，他甚至會認為，連心理上的刺激都可能會影響他的皮膚。

為此，曹民哲平日決不接收可能引起皮膚反應的事物。

他從來不外出旅行，也不去森林、海邊這些過於原始的地區。

他不與任何人來往，也盡可能不與任何人交談。因為別人身上的汗滴、香水氣味、說話時噴出的唾沫，勢必造成皮膚的不適。

他不看電影、不看小說，即使現在許多事情都可以透過網路做到。他不希望情緒有任何波動。

當然，戀愛對他而言是絕對不可能的事情，親密關係就根本不必說了。

他認為，這一切會造成他情緒過度反應的事物，他脆弱的皮膚絕對無法承受。

由於健康狀況不佳，他既不曾當兵、畢了業以後也沒有就職。父母前後逝去以後，留下一筆小額的遺產給他，孳生的利息足以供應他的日常生活及醫療費用。

曹民哲是一個無法工作的人。這對他個人或社會大眾，都是好事。

至少，他不會受到別人的影響，導致皮膚惡化；別人也不需要因為見到他蒼白如紙的臉頰、皮膚上分布的藍色微血管，而感覺恐慌。

因為不用工作，曹民哲有大把的時間。

但，這並不表示他的日子過得非常悠哉，事實上，他的生活既忙碌又充實。

總的說來，他每天主要只做一件事——療養。

曹民哲是標準的夜行性動物，在每天傍晚日落以後才起床。在出門之前，他一定會先慎重地穿上有帽外套、長褲、手套等，為皮膚做好萬全的保護。

然後，他會步行到公車的發車站去，這樣才能保證有位置可以坐。上了公車後，他必然會坐在最後一排座位的右側，拉起外套上的帽子。對他來說，這是最好的位置。他不喜歡有人盯著自己的臉。

事實上，曹民哲當然有錢買車，也許這是迴避與他人接觸更好的辦法。然而，自用車必須定期加油，但加油站卻是一個他被恐嚇萬萬不可接近的地方。加油站彌漫著易燃、刺激性的油氣，那甚至可以說是絕對致命的也不為過。

在開始的時候，他必須忍受司機或者其他經常搭乘同班公車的乘客。

曾經有一次，有幾個小學生在公車上發現曹民哲的異狀，然後開始戲謔地對他指指點點。聽了那些小學生的惡毒形容，他的內心因而承受了巨大的壓力。結果，後來的那一整個月，他甚至無法出門。因為他的皮膚狀況惡劣到根本無法穿上衣服。

儘管出現過如此極端的狀況，甚至令他以為他很可能就會因而死去，但人類就是這樣的生物，再奇怪的事物，見多了也就習以為常。到了後來，司機與乘客們都培養出良好的默契，絕不去接近他所坐的位子。

這輛公車，會帶著他去北投的溫泉區。他會在其中一家湯屋泡滿五個鐘頭的溫泉，在末班公車駛離以前趕上。

總之，他非得避開擁擠的陌生人群，非得獨自到無人的浴池去接受溫泉水療，皮膚才能得到最妥善的照顧。

曹民哲非常清楚，意外出現的老人儘管是無心的，這勢必將造成可怕的後遺症。

3

終於發生了。

然而，曹民哲所擔心的事情，比他的預想來得更急更快！

當天午夜，由於先前的溫泉水療被老人打斷，他只好在家裡重新沐浴。

其實這是毫無用處的。家裡的自來水，經過自來水廠的加工處理後，已經完全失去療養皮膚的功效，充其量只是用來沖刷髒汙而已。他的皮膚還比自來水潔淨。而市售的溫泉劑，則完全是合成製造的化學物質，對他的皮膚甚至會造成腐蝕。使用這種東西等於飲鴆止渴。

他但求經過熱水的洗滌，心靈可以平靜下來，減低對皮膚的影響。

雖然，熱水只是一種安慰劑。

洗完熱水澡，他回到臥室裡，準備進行深層保養。

曹民哲的臥室裡有三面大小相同、跟他一樣高的穿衣落地鏡，猶如屏風一樣排列在一起。只要他站在落地鏡的中央，就可以環視自己的身體，確認皮膚的狀況。落地鏡的正上方與兩側，還裝置了數盞照度足夠的燈座，讓他可以時時檢查皮膚是否有任何異常現象，沒有任何死角。

他會在落地鏡前為自己的皮膚按摩、擦拭保養乳液以及藥劑。經過他的悉心照料，皮膚目前的情況十分健康，呈現了一種光滑柔嫩、吹彈可破的狀態。

當然，老人的出現是場意外，因此，他必須立刻避免老人的言論破壞皮膚的完美！

他裸體站在落地鏡前，將燈座的光源一一打開，將保養品準備好。這些保養品的價格昂貴，都裝在密封良好的特製小瓶中。這些特別訂作的瓶瓶罐罐，可以保證裡面的保養品絕對不會變質。然而，儘管如此，他仍然會定期丟棄尚未用完的保養品。他必須以防萬一。

然後，他戴上可以調整焦距、附有小燈、類似鐘錶師傅專用的特製眼鏡，例行性地進行皮膚的保養。

此時，曹民哲的心跳跳得很快。

發生了這樣的事，他必須檢查得比過去更仔細。

曹民哲有一本專門用來記錄每天膚質狀況的筆記本，他曾經仔細研讀過醫學書籍，然後將自身的皮膚劃分為四百七十二塊大小約莫相等的區塊，並在筆記本內予以編號、記錄，註明位置。在每日開始進行保養之前，他一定要先以特製眼鏡查看所用的區塊，並且做好紀錄，與昨天、上週的狀況做比較，以確認保養工作是否達到成效，以及膚質是否出現異狀。

因為擦拭乳液一定得用手，所以他的檢查都是從手開始。否則，病毒可能會從手傳播出去，造成全身性的病變。

從指尖與指甲的接縫開始，他嚴謹地檢查皮膚上的每一個區塊，確認其膚質、色澤、彈性等等。確認無誤後，再塗抹乳液，同時輕輕按摩，讓養分可以滲透進去。

等到第一次的保養結束後，他稍事休息，然後為第二次保養做準備。

曹民哲的情緒總算放輕鬆了。

——看起來並沒有任何異常……

儘管如此，他仍然不敢掉以輕心。

很多時候，膚質的異常從表面上是看不出來的，必須在擦拭過乳液以後靜心等待才能察覺。根據他多年的經驗，乳液就像是化學實驗中的試劑一樣，一旦毛細孔對乳液的吸收狀況不好，皮膚就會增加多餘的負擔，進而發出微弱的警訊。

這次保養後的觀察必須特別注意。他試著忘卻發生在北投溫泉區偶發的意外，努力平緩自己的呼吸，讓全身肌膚舒展開來，確認皮膚對乳液的反應。

落地鏡前的地板上，有一個檢查時間用的小鬧鐘。他的目光跟隨著鐘面上的秒針，倒數計時一個小時——這是肌膚吸收乳液的必要時間。

並沒有出現什麼特別的異狀。

接下來的程序是除毛。

曹民哲認為，除了儀表上的社會慣例，現代人其實已經不需要任何毛髮。事實上，毛髮會沾黏各種物質，甚至成為孳生蟲蝨的溫床，反而成為傷害皮膚的首要來源。

為此，他很早就將頭髮、眉毛等體毛全都剃光了。

同樣的順序必須再來一次，只不過是把保養品換成剃刀。除毛比保養更需要小心，利刃對皮膚的刺激更強。他在刀刃上也塗上乳液。在過程中，冰涼的刀鋒混合了柔軟的乳液，經常會給他一股異樣的快感。

除毛雖然是每天的工作，但每天除下來的毛髮量仍然很可觀。事實上，毛髮的生長速度，遠遠超過一般人的想像。看著毛髮猶如灰塵般飄落，彷彿在觀賞著自我淨化的真實歷程。

一次的除毛工作，大約必須耗費四片全新的刀刃。一片刀刃剃除了一定程度的毛髮，就會變鈍，雖然肉眼根本看不出來，然而變鈍的刀刃，對皮膚卻是非常危險的。當皮膚出現了微量的傷口，就容易使細菌、髒汙入侵，不可不慎。

結束除毛後，他將毛髮用吸塵器清理乾淨。

將毛髮清理乾淨後，他的皮膚會湧起飄飄然的清爽感。曹民哲十分明瞭，就是必須把握這個時機，得立即進行第二次保養，才會有最好的效果。這次的保養，目的是收斂毛孔，讓皮膚恢復到原先的緊緻狀態，撫平刀刃所造成的微小損傷。

最後，是擦拭醫師處方的藥劑，使皮膚的酸鹼度得以穩定。一整套這樣的過程非常辛苦，有時候甚至得耗費七、八個鐘頭。在這麼長時間的工作下，為了避免在皮膚累積汗液，室內更必須保持恆常的低溫，讓汗水一出現就可以立即揮發。所有的步驟都必須全神貫注，但為了皮膚的健康著想，曹民哲不厭其煩。

待保養全部做完，他會繼續待在落地鏡前面，恣意欣賞自己細緻無瑕的胴體，感受皮膚滑嫩柔順的曲線。

儘管在表面上，看起來像是辛勤工作後的成果驗收，但是，實際上則是整套保養程序最關鍵的最後一個步驟。

這是曹民哲與皮膚的對話時刻。

原本相貌平庸的女子，會因為男人的讚美而變得愈來愈美麗。

同樣的，皮膚也是。

讚美，是心理上的保養品。

總而言之，愈是煞費苦心打造這個宛如藝術品的皮膚，最後就愈是必須以讚美的形式來表達，去歌頌在耀眼的光影下，那優雅的起伏、晶瑩的光采……

曹民哲感到由衷湧現的成就感。

他在鏡前反覆告訴自己——我的皮膚，我愛你。我永遠愛著你！

他的心情逐漸好轉。接下來，終於可以安然入眠了。

事實上，長年無須工作、無須勞動，日常生活也極為簡單，他需要的睡眠並不多。他之所以定時入榻，完全是因為需要睡眠的，是他的皮膚。經過了一整天的奔波，必須讓他的皮膚獲得充分的休息。

臨睡之際，他進入以蠶絲綢緞、天鵝羽絨製成的棉被中。這種棉被吸汗力強，材質又輕，絕對不會對皮膚造成任何壓迫感。當然，再好的棉被也會折舊，得定期更新。不過，因為這種高級棉被必須從國外訂購，也不是經常有貨，可說是他生活中最不穩定的一件事。

所幸，上週才剛送來六套全新的棉被組，令他頓時安心不少。

——終於沒事了。

原本以為皮膚可以好好休息，但，萬萬想不到，就在他卸下心防後，老人口中的車禍事故，在曹民哲的腦海中，立刻兇狠地貫穿他的中樞神經。他在睡夢中，再次回到那家老舊的湯屋，再次與老人相遇。

不，不只如此。他還發現他們泡浸的溫泉中，開始浮起了腐爛的屍體，在浴池裡載浮載沉。那是三十年前遊覽車翻覆事故的屍體。

他們就泡在擁擠的屍骸之中。

而他的皮膚，也遽然變得跟那老人的皺皮一樣醜陋了。

曹民哲驚醒了，但他不敢動彈。他感覺得到，他的皮膚開始不停地顫抖、蠢蠢欲動著。

首先，外皮的表面像是出現了一團尖手尖角的蟲蟲，四處在肌膚上爬行摸索。接著，這些蟲蟲用力拉扯皮膚，並插入細長的口器，注入酸液。

酸液在真皮內流竄擴散，皮下組織經過酸液浸潤，出現痙攣，使神經盡數繃緊，終於爆發出令人恐懼的惡癢。

在半夢半醒之間，他的身軀不斷地在蠶絲被裡扭曲磨蹭，卻無法驅離惡癢，反而導致皮膚的灼熱加速血液流竄，讓惡癢的範圍更形擴張。

醫生曾經告訴過他，每當皮膚發癢，絕對不能直接以指甲抓癢。萬一抓破皮膚，則將引起更嚴重的感染或潰瘍。他知道，一般人並不瞭解，指甲非常堅硬、非常銳利。因為那是人類從遠古的野獸蛻變而來的演化遺跡。

於是，他只能緊握拳頭，忍耐、顫抖地承受如狂浪般拍擊而來的惡癢。

可是，惡癢並沒有因此停止攻擊，那些無形的蟲蟲，更加積極地挑撥他的神經線，讓皮膚幾乎要被迸裂。很快地，他的眼眶開始噴濺淚水，口唇、鼻腔也像是失禁般地流出熱燙的黏液，沾濕了昂貴的蠶絲被。

他忍耐不住，終至哀鳴吶喊。耳邊也彷彿充斥著蟲蟲們輕薄的訕笑，聲音猶如曾經在公車裡對他指指點點的小學生們。

他沒有辦法搔癢，只得轉而阻止這些可恨的聲響。他施以幾乎要扯斷耳殼的力量塞住耳道，卻對那些聲音束手無策。惡癢愈演愈烈，令他全身冒汗，叫喊也變得聲嘶力竭。

最後，他不得不將棉被拉成一束，身體像滾軸般自我綑綁，像無足的幼蟲瘋狂地彈動，才能暫且阻止自己伸手抓癢。

皮膚與棉被產生激烈摩擦，但惡癢聰明地躲藏迴避，一邊肆虐地嘲笑他，一邊遁入皮膚死角的深處。

4

『醫生，我已經受不了了。你開給我的這些止癢藥，我全部都試過了，根本就沒有用！』在問診室裡，曹民哲一邊向醫生發出怨言，一面生氣地將藥劑的空瓶空罐倒在他的辦公桌上。

面對他充滿敵意的行為，醫生卻只是扶了扶眼鏡，並沒有什麼反應。

『曹先生，請你冷靜一點好嗎？』

『你看看我這個樣子，叫我怎麼冷靜得下來？』

問診室的牆壁上也掛了一面鏡子。面積並不大，早已覆蓋了一層薄塵。儘管如此，曹民哲還是可以看清楚自己的外表。

鏡中的自己簡直不忍卒睹——他的臉上出現嚴重的紅腫，還長出許多不知名的顆粒。事實上，不只是臉上，他全身的皮膚都出現了這樣的病變。

但是，醫生只多看他一眼，隨即將視線移回手上的診斷書上。

『曹先生，用藥的方式不是這樣。』醫生的語氣猶如辯解。『你不能因為身體發癢，就一下子塗抹那麼多藥膏。人體的皮膚，無論是再好的藥，吸收力都是有限的。你一下子讓皮膚承受這麼多的養分，反而會因此出現更多問題的。就像現在這樣。』

曹民哲頓時感覺詞窮。『……你又沒有告訴我不能這樣做！』

醫生無聲地嘆了一口氣。

『既然你已經把這些藥都用完了，那麼我只好再開藥給你了。』
他的語氣似乎暗暗隱藏了惡毒的憐憫。
事實上，這個醫生根本是個庸醫。若不是他需要這些處方，他根本不會想踏進這裡一步！
『同樣的藥還能有什麼用？』
『你必須有點耐心。』
『皮膚不會因為我有耐心而不繼續發癢！』
此時，醫生從診斷書上抬起頭來，意味深長地望著曹民哲。
『曹先生，』他嚴肅地清了清喉嚨，『根據你的病歷紀錄，這一年多以來，你換過五次不同的治療方式了。現在你所使用的藥膏，已經是療效最強的藥膏。請你記得一件事，這種藥膏原本就會有輕微的副作用，你沒有遵照指示用藥，對身體是一點好處也沒有的。』
『但是……但是……我每天都必須擔心全身發癢……』
『擔心是沒有用的。你應該平心靜氣下來，做一點適度運動。天氣好的時候，不妨到公園裡散散步，接受一些溫和的日照。這可以促進體內維生素D的生成。』
這番話含有挑釁成分。醫生明明知道他不能做這些事的。
『醫生，你這種建議反而會讓我的皮膚更糟！』
醫生終於也感受到他的敵意了，登時沉默不語。
這些年來，他見識過太多醫生，他們的自信心太盛，經不起質疑。
『總之，我認為現在這樣就是最好的方式。只要你開給我更好的藥。』

眼前的醫生似乎本來想出言反駁，最後卻只是微挑眉毛，一面別開視線一面說。

『事實上，我一直認為你的皮膚病……生理因素所佔的比例並不高，心理影響才是最主要的原因。沒錯，從紀錄上來看，你確實一直按照時間用藥，但是，你太過求好心切，導致使用的方式並不適當。這樣反而適得其反，你明白我的意思嗎？皮膚是應該用心照顧沒錯，可是愛護過度，是沒辦法解決病痛的。』

彷彿像是已經壓抑了許多時日，醫生的話滔滔不絕，猶如洪水決堤。

『你對自己的要求太高了。你希望盡快讓皮膚康復，所以，你使用了更多的藥，這就是你為什麼一下子用完這麼多藥的原因。你急於治好病痛、急於見到療效……結果，過度的心理壓力，反而導致生理負擔，使皮膚狀況更加惡化。我不可能給你更多的藥了。曹先生，麻煩你這次一定要按照指示使用……』

『哼。』

『否則，我認為你的情況沒有辦法改善。』

曹民哲沒有再反駁了，但他心裡不斷在咒罵這個醫生是混蛋。

5

關於這個令人痛不欲生的惡癢……

曹民哲發現了決定性的新事實，是去過那家湯屋的一個月後。

在這一個月間，他沒有再去北投了。因為，在他的夢中，北投已經成了堆滿屍首的墳場。那裡所流出來的溫泉，也全都變為腐敗的屍水。

曹民哲認為，醫生給他的建議毫無意義。這恐怖的惡癢絕非什麼心理壓力，更非空穴來風的錯覺。

總之，他沒有辦法再躺回床上，尤其是那張輕柔溫暖的蠶絲棉被。愈是輕柔溫暖的物品，反而愈是引發惡癢的觸媒。

原本舒適服貼的觸覺，會漸漸在皮下發酵成痠麻的滋味，猶若漣漪一樣波動開來，在肌肉組織間推擠擴散，形成更強烈的刺痛感，並更進一步轉為緊張、亢躁的癢覺。

肌膚會開始劇烈地悸動起來，誘使他去抓癢，一旦，他沒有立刻清除這樣的癢覺，它就會任性地持續發作，更惡狠狠地穿梭在皮下組織，像有一根尖針在迫使皮膚產生冰冷的痲痺。

更令人憤恨的是，惡癢會故意在他的眼前迴游逡巡，彷彿早就知道他不敢輕舉妄動。

他是多麼地深愛、珍視自己的皮膚！但它居然用這種方式來回報？

但曹民哲確實不能直接伸手去抓癢。陸陸續續，他的皮膚經過多次的藥劑治療，病情不但沒有好轉，反而像雨後春筍般不停冒出許多奇形怪狀的疣痘，外型像是被潛伏在地底的蚯蚓隨便亂挖的土丘，完全將原本光滑如絲的肌膚破壞殆盡。

這些疣痘不僅顏色可怖，更有一種噁心的生命力，從已經原本凹凸不平的疥癬上繼續增長，生出許多由薄皮包覆、猶如水泡般的小顆粒。

因此，只要他一動手予以搔抓，這些疣痘勢必全部潰爛，造成皮膚嚴重出血，使病菌有機可乘，未來甚至併發蜂窩性組織炎，他長期治療的努力將盡數白費……這全都是醫生的告誡！

原本規律進行的保養工作也無法再持續下去——充滿養分的乳液，只會讓皮膚更疼痛，而剃刀更隱藏極高的危險性。

失去了每日保養維護的皮膚，很快地變得奇陋、醜惡起來，令曹民哲難以卒睹。

最後，面對皮膚的叛變，他再也無法維持理智了！

他知道自己的忍耐有其限度！

皮膚背叛了他，所以他也選擇背叛醫生、背叛對皮膚的承諾。

有一夜，他終於伸手去抓癢了——而且是發狠地抓！

最初，也只有不到一秒的猶豫，一旦指甲撕扯了發癢的皮膚，接踵而至的反而是想要將之一口氣搗爛的興奮與衝動。這是一種寧為玉碎、不為瓦全的悲劇型心態。他原本戮力遵循、奉為圭臬的底限，也被狠狠地踐踏了過去。

解除癢覺的瞬間，全身像是通電般地捲起欣喜的波浪，使他不自覺發出歡愉的呻吟聲。但，他的指尖也立刻黏滿鮮血、淋巴液、毛囊，與濡濕的皮膚組織。

曹民哲的雙眼，怔怔地盯視著被他抓破的疣痘，但他的內心竟然洋溢著縱火狂一般的滿足。

傷痕累累的皮膚湧出大量鮮血，隨之而來的則是火焰燃燒般的痛覺。

但，這股強悍的痛覺，竟然沒辦法完全掩蓋開始往他處逃竄的劇癢。他只好咬緊牙根，繼續攻擊還沒有被抓破的皮膚，準備一舉將殘餘的癢覺殲滅。

未料，他竟然在新鮮的傷口內層，發現一顆顆青色蟲卵……

這些陌生得猶如外星生物的蟲卵，突然在他眼前破開，卵內包藏的數十條青色細蛆，頓時隱沒在殘碎累累的皮膚傷口裡，迅速潛入他的體內，破碎的卵殼也隨而溶解消失。前後歷時不到三秒鐘，只在他的眼底留下幻象般的殘影。

曹民哲著實驚駭萬分。原來，這些怪蟲是令他渾身發癢的真正原因！

他完全誤解了。他所深愛的皮膚，並沒有背叛自己。一切都是自己失去理智下的錯怪，它是全然無辜的。有一瞬間，他還以為自己瘋了。正如同介入情侶之間的第三者一樣，這些潛伏在皮膚之下的怪蟲，破壞了他與皮膚之間的互信互敬。

因此，那些疣痘，很可能就是怪蟲們繁殖、寄居的區域……一思及此，他立刻倚在鏡前繼續搜索身體上的其他疣痘，用力抓破。

可是，他沒有再找到其他蟲卵。

曹民哲氣得咬牙切齒。顯然，他無法接受這個結果。既然恐怖的惡癢遍佈全身，沒有理由在其他地方找不到更多的蟲卵。

於是，他決定不放過其他皮膚較深的皺摺或不自然的隆起。這些可疑區域，都很有可能會是下一個冒出疣痘的地方，全部都予以抓破才行，絕不能讓這些怪蟲找到棲身之處。

他必須無視於全身的淋漓鮮血，因為在此時此刻，防範未然才是最重要的。

6

全身緊緊包著白色繃帶，曹民哲沉默地躺在病床上直視天花板上的日光燈，無論眼前的視野已被光線弄花，他也沒有移開目光——他想以燈光的眩目，來提醒自己回到現實世界。

替他處理傷口的護士，婉言提醒他好好休息，甫從病房離去。但是，曹民哲注意到她可掬的笑容下，有著壓抑的恐懼目光。

那個護士，在問候晚安的語氣之中，令他察覺到一股不安的顫抖。

他知道，她儘管力求鎮定，但心裡一定將自己判定成自毀自戕的精神病患了。

病房裡雖然沒有鏡子，但從雙手、胸前所纏覆的繃帶看來，可以想像得到自己一定像是個剛脫離危險期的全身重度灼傷者。

事實上，在瘋狂的前一夜，他的確把全身的皮膚都幾乎抓破了。

然而，他卻沒有再找到其他蟲卵。抱著失落的心情結束搜索，最後猶如大夢初醒，這時全身的傷口才開始劇烈疼痛。

曹民哲只能推測，這些怪蟲十分聰明。牠們真的非常小心，只在極端安全的情況下才行動。所以，他才無法再找到其他蟲卵。

由於牠們沒有預料到他會真的抓破皮膚，因此一開始才會讓蟲卵曝光。

然而，牠們很快地採取緊急措施，以他想像不到的速度藏匿了所有的蟲卵，想讓他誤以為這全部都是一時之間的幻覺。

他必須與這些怪蟲鬥智。想出新方法，讓牠們意想不到……

『曹先生，精神有沒有好一點？』醫生的叫喚聲將曹民哲拉出沉思。

雖然他的語氣和藹，不過仍然無法掩飾他像個避免麻煩、欺善怕惡的老鄉愿。他輕輕闔上病房的門，走近曹民哲的床前。

『護士小姐幫你把傷口都消過毒了。』他將診斷書抱在胸前。這意味著他不打算在此久留，話一說完就會走人。『你不必太擔心……』

『我什麼時候可以出院？』

曹民哲一心只想脫離這些骯髒的繃帶，以及不斷重複、徒勞無功的各種檢驗。待在醫院的時間愈長，給那些怪蟲喘息、繁殖的時間就愈多。到時候，只怕自己身上早已佈滿蟲卵，成為半死不活的人形蟻丘了。

『為了慎重起見，我建議你在醫院至少再待三個晚上。』醫生露出早知如此的神情。

『我想要早點拆掉繃帶。』

『這絕對不行。』醫生不耐煩地揮揮手上的文件夾，『你的傷口雖然都不深，但面積很大，讓傷口癒合需要一段時間。即便出院以後，你也必須每兩天到醫院來換一次藥……』

『醫生，我的皮膚真的沒有問題嗎？』

『當然沒有。』醫生毫不遲疑地答覆，『你的皮膚只有單純的外傷。』

『可是……我每天都癢得……』

『我們已經替你驗過血，也做了其他的檢查。』醫生無情地打斷，令曹民哲非常不悅。『你的皮膚非常健康，只不過比較脆弱而已……我建議過你，你不應該隨便抓癢的。事實上，你現在的皮膚已經脆弱得不堪一擊，一點小傷害就有可能造成不良影響。』

『我的皮膚會變成這樣，是因為裡面有寄生蟲……』

『相信我，你的皮膚裡沒有任何異物。這種事只要驗血就知道了。』

『可是……』

『曹先生，人體其實是很強韌的，擁有完璧的免疫、防禦以及修復機制，可以阻隔絕大多數的外來病源。』

『我真的看到那些蟲了！』

『也許你近來的壓力太大，導致心神不寧，進而影響了你的判斷力。』

『你說這話是什麼意思？』

『我認為，你太在乎你的皮膚了。』

『我的皮膚有先天性的疾病，這件事情你也很清楚……』

『我很清楚。但我要說明的是，我已經開過合適的處方給你，你的皮膚一直維持著妥善照顧的狀況。你真的不該抓癢。』

『你只會叫我別抓癢！』

『請不要小看單純的外傷，假使引發感染，後果不堪設想。』

『你能體會那些蟲在體內蠕動是什麼感覺嗎？』

『根本沒有什麼蟲。』

頓時，曹民哲有被激怒的感覺。

——他的意思是，這一切都只是出於自己的妄想？

『你真的不應該再用力抓癢，否則皮膚會出現更多病變。總之，今天晚上你就好好住院休養吧。我有個朋友在另外一科，專業知識很豐富，晚一點我可以安排你跟他談談，我相信，他的諮詢對你的心理建設會很有幫助的。』

醫生總是提出這種虛情假意、迴避責任的建議，聽了真令人作嘔。

他的話，再也無法相信了！

這名醫生不僅無法瞭解病人的痛苦，還擅自做出判斷，想把事實推諉給精神疾病！

在正式採取行動、親自剷除那些怪蟲之前，曹民哲真希望他的雙手還有力氣，可以掐斷眼前這名庸醫的脖子，讓他永遠都沒辦法再去欺騙其他為病所苦的患者。

7

經過了一段時間的冷靜，曹民哲開始認真思考著在自己身上發生的怪事。

他必須主動追蹤問題的關鍵點，不能再任人宰割。

——這些怪蟲，究竟是如何出現在體內的？

那家老舊的湯屋，他並不是第一次去，但從來不曾發生這麼可怕的癢覺。

遽然，曹民哲想起老人身上的皮膚皺摺。

就像乾燥的蠶蛹一樣。

他相信，那些皺摺內一定藏汙納垢。老人在說話時，身體總是不斷抖動，一定會掉出許多皮屑。兩人的距離那麼近，溫泉的水流，必然將這些皮屑帶到自己的身上……

導致發病！

曹民哲愈來愈確信，怪蟲就是來自那個老人身上。難不成，他之所以會去溫泉，並非如他所言是為了尋找失蹤的母親，而是要治療身上的怪蟲？或許他也跟自己一樣，想迴避旁人的目光，才刻意選擇了沒有人去的湯屋。

結果，當老人發現了其他陌生人，不希望別人靠近，於是靈機一動，想出那個荒謬的故事來嚇唬人，把別人趕走。

但是，無論如何，曹民哲根本不想再去那家湯屋、不想再見到那個老人了。他不能讓病情繼續加重。他之所以思考發病的關鍵，只是為了日後可以永遠迴避。

理所當然，只是永遠迴避，並不能改變已經被怪蟲入侵的事實。曹民哲必須再更進一步地思考，保養乳液、藥劑擦了那麼多，為何仍然無法增強皮膚的抵抗力？

很快地，他立即想通了。

保養乳液與藥劑對怪蟲根本無效……

不，嚴格來說，這些東西反而有利於牠們生存。乳液只會供給怪蟲不虞匱乏的養分，而藥劑所維持的穩定酸鹼值，無疑使他的皮膚成為完美的保護膜，對怪蟲而言，那將是更適合生長、繁殖的環境。

所以，他不能再保養皮膚、不能再塗抹藥劑了。

他必須反其道而行。

既然他的身體已經成為怪蟲的溫床，那麼在此時此刻，已經萬不得已了，他必須做出令自己痛心的抉擇！

為了剷除穿梭在皮膚底下的怪蟲……

為了他心愛的皮膚……

曹民哲決定為自己動手術！

首先，他訂購了幾本關於人體解剖學的相關書籍，以及解剖刀組，碘酒、凡士林、紗布、棉花、培養皿等醫療耗材。透過網路，全都可以輕易辦到。

熟讀解剖學以後，曹民哲裸身面對鏡子，戴上特製眼鏡，拿出記錄每日膚質狀況的筆記本，依照筆記本上所記載的四百七十二塊皮膚的區塊，以細字的油性筆在身上畫上縱橫阡陌、猶如棋盤般的網格，在網格裡依序標記相對的編號。

然後，他以解剖刀沿著網格仔細劃開皮膚。

那一瞬間，曹民哲還是不由得流淚了。他哭了很久。但，那不是因為切開皮膚的疼痛，而是為了消滅怪蟲，讓惡癢不再發生，才不得不傷害皮膚。

他知道，未來他的皮膚再也不可能像過去一樣完美無瑕了，他只能祈求在最低限度的傷害之後，他不會再想要抓癢，讓皮膚不致受到更嚴重的破壞。

將皮膚切割成一塊塊的正方形後，用刀片、鑷子小心將這些皮膚剝除下來，檢查真皮層是否有蟲卵或怪蟲的出沒痕跡。這時，不可避免地，傷口會冒出鮮血來，因此，必須使用碘酒、凡士林穩定傷口，並且以棉花吸取溢出的血液，最後用紗布固定。

最困難的部分，是取下位於背脊處的皮膚，這些區塊非常不容易施力，解剖刀也非常容易割壞皮膚。為了解決這個問題，曹民哲將解剖刀仔細固定在鏡台上，並且使用了許多面角度各異的小鏡子，讓自己可以透過這些鏡子的反射，看到自己的背脊，並藉著移動身體來割下這些皮膚。

再者，為了讓取下的皮膚不致壞死，他準備了等張力生理食鹽水，注入編了序號的培養皿中，再將這些膚塊一一對應地分置培養皿內，放進冰箱暫時保存。培養皿的數量非常多，冷藏庫的空間有限，必須小心堆疊整齊。這個過程一定要再三確認，絕對不能有任何差錯。

凝視著冷藏庫裡的成堆膚塊，他的內心湧起無限憐惜。

在原本完美無瑕的皮膚上留下這麼多傷痕，帶給他極大的痛苦。然而，怪蟲的肆虐令他不得不出此下策。他只能期盼，經過徹底的整治、恢復健康以後，即使皮膚留下了醜陋的疤痕，將來也能找到一種可以消除疤痕的辦法。

果然，在右側腋下的真皮層，他發現一些糜爛的青色區塊！理所當然，那一定是怪蟲活動過的殘跡。強忍著切割皮膚的痛楚，他加快了剝除的速度。最後，他發現這道青色游痕沿著腋部往下延伸，最後抵達了左腳的小趾。

曹民哲知道，這就是怪蟲的巢穴！

沒錯。用棉花吸乾血跡後，他可以清楚看見左腳的整根小趾，肉質已呈瀝青色，還微微散發出腐化的腥臭，像是一塊生化汙染、毫無生機的死亡半島。先前在皮膚的包覆下，曹民哲根本沒有特別察覺到這根小趾早已病入膏肓。

由於全身的大半皮膚已經被他卸除，激烈的疼痛覆蓋了所有的搔癢，宛若另類麻醉，此時惡癢暫時停歇。他可以冷靜思考接下來的處置方式。

為了深入檢查小趾的病狀，他用鐵夾固定小趾，再以刮刀剔除變色的爛肉。以特製眼鏡近距離觀察，爛肉內部呈空洞的蜂巢狀，顯然怪蟲們正是在此大肆嚙咬、寄生。

怪蟲們一定是躲在小趾肉的最深處，甚至有可能鉤附在趾骨上。

他若是溫溫吞吞地慢慢剔除爛肉，勢必引起怪蟲們的注意，使牠們立即轉移陣地。機會只有這一次。因此，他的動作必須快一點，不能有絲毫遲疑！

如果想杜絕後患，他不能不忍痛放棄這隻腳趾。

必須整根截除，才能徹底防堵怪蟲的生路！

想不到，此時眼前的腳趾似乎聽見了他內心的聲音。它彷彿擁有自主意識地想要逃離鐵夾的箝制。不，應該說，這是腳趾內部的怪蟲唆使的。

曹民哲決定不再猶豫，馬上從解剖刀組裡拿出剪刀。

他將剪刀伸入腳趾間的縫隙，深吸一口氣，用力將小趾從根部直接剪斷。

剪刀非常銳利，把腳趾像是一根乾癟的香腸剪成兩截。

小趾的斷口血噴如注。突如其來的激痛，也令他一時視野發黑、險些昏厥。

脫離腳掌的腳趾，似乎還在微微蠕動，顏色也變得更深。在他眼中，猶如一顆惡性腫瘤。

這下子，終於把病灶截除了！

曹民哲先替小趾的斷口止血，再把腐敗的斷趾以真空塑膠袋封好，丟棄在垃圾桶裡。

這項手術耗費了大量的體力，但曹民哲卻沒辦法立刻休息。

他得將自己的身體復原。缺少了皮膚的保護，他全身的神經變得既脆弱又敏感，甚至還出現類似幻聽的現象。這必然是缺乏水分的症狀。

他從冰箱裡取出堆置了好幾個鐘頭的膚塊，然後按照筆記本上的紀錄，如同拼圖般逐一貼回。那個主治醫生雖然愚昧，有件事曹民哲倒是很能相信他——

人體擁有不可思議的修復機制。

只要將膚塊妥貼地平放在裸露的皮下組織上，從體內滲出的血水、黏液，就會慢慢宛如膠水般發揮接合作用。然而，由於卸除的皮膚會稍微收縮，因此在重新拼湊後，沒有辦法完全平整服貼，他必須稍作肌肉的伸張運動，才能使皮膚再度恢復彈性。

曹民哲看著鏡中的自己——貼滿了尚未密合、發黃甚至泛黑的皮膚，模樣確實相當醜陋，令他突然有股失落的沮喪感。這副模樣顯然比先前死白如蠟的膚色來得更可憎。

甚至，他也不知道這些傷口何時可以完全復元。

在膚塊與膚塊的接縫處，漸漸地增生了烏褐色的痂疤，猶如先前佈滿全身的細字簽字筆痕跡。身體一有任何動作，周邊的痂疤就會跟著扭曲擴張，不由得令他產生一種身體隨時都會潰解為正方體碎塊的奇妙錯覺。

培養皿還留有兩張膚塊，原屬於截除的左腳小趾。曹民哲並沒有丟掉它。它依然是他所珍愛的皮膚的一部分。

關於這次手術的所有過程，他都詳盡地記錄在筆記本中。

這是他為了解救皮膚所做的努力。

而，這兩塊皮膚，在他心中的意義，則等同於戰勝怪蟲所獲得的勳章。

更重要的是，可怕的癢覺終於消失了。

不……是他以為已經消失了。

8

翌日……正確地說，還不滿二十四小時，惡癢即開始反撲！

猶如以牙還牙、以眼還眼的報復一般，惡癢不僅迅速地死灰復燃，更以極為兇猛的力道對曹民哲的全身展開攻擊，彷彿怪蟲們在嚴正的宣示，牠們的生命力遠遠凌駕在他的想像之上。

這次的惡癢已經不再是過去猶如潮浪般的方式來襲，而像是從地殼的裂縫中迸發出來、伴隨著蒸氣的岩漿，瞬間穿刺所有的毛細孔，逼得他不由自主、發狂地用力撕扯傷口尚未完全癒合的皮膚。

皮膚的貼合還沒有恢復原貌，經過他如此使勁的扒搔，便一片片輕易地脫落下來。傷口湧濺著鮮紅色的血花，使他不得不再度咬牙冷靜下來，萬般忍耐地重新取出解剖刀具，盡可能不傷害到原來的膚塊，按照它們的編號，雙手顫抖地慢慢剝取下來。

原本僅存於左腳小趾的青色汙跡，這一次，擴散得益加嚴重，顏色也變得更加暗沉。

曹民哲根本想像不到，才相隔不到一天的時間，就必須進行第二次手術。尤其令他氣急敗壞的是，雖然他購足了超過一次手術所需要的醫療耗材，但解剖刀具卻只有一套。

亦即，他必須重複使用第一次手術的解剖刀具——但，對他的潔癖來說，這卻是萬萬不能容許的！

就算再怎樣想要解除皮膚的危機，也不能夠讓骯髒的刀具如此汙染皮膚。

然而，惡癢的冷血攻勢，逼使他沒有時間等待新的刀具。最後，他只好痛苦地忍著癢覺，一面以熱水不斷沖洗這些刀具，一面讓自己盡可能不哭泣出聲。

第二次手術的範圍擴大，他必須將左腿整個截肢，並刮下三分之二的臀部肌肉。出血的狀況十分嚴重，儘管已經使用了止血鉗，但在施行手術的過程中，還是有好幾次差點休克。然而，對怪蟲的憤怒則令他重新清醒，更讓他完全忘記劇痛。

由於斷肢的體積太大，他先前所購買的真空塑膠袋根本裝不下。因此，他只好將斷肢切成小塊，才能分別裝進所有的袋中。畢竟，這些肉塊絕不能任意棄置，若造成蠅蛆的孳生，必定會對身上的傷口造成感染。

這些顏色發青、散發腐味的肉塊，也全都遭到怪蟲的噬食，呈現空洞化了。

截斷左腿後，冰箱裡有將近一百格培養皿的膚塊，從此再也沒有可以附著之處。這些膚塊漂浮在等張力食鹽水中，彷彿還洋溢著強韌的生命力，在水面上微微顫抖。

他沒有丟棄這些膚塊。曹民哲發了誓，即便他失去了血肉，也要盡全力保護它們。

當他完成第二次手術後，他的想像力令他懷疑手術根本無效，那些怪蟲只是暫時撤退罷了。經過了長考，他決定不再將皮膚貼回他的身體。

第一次手術後，他太急著把皮膚植回身體，也許這剛好讓瀕死的怪蟲有了逃竄的餘裕。只有保持沒有皮膚的現狀，才能在怪蟲作祟的第一時間，立即進行處置。

於是，曹民哲將沒有皮膚的全身覆上白色紗布，作為臨時保護衣，來避免血液與水分流失。暫時失去了皮膚的屏障，他變得非常容易口渴，必須常常喝水，身體總是處於瀕臨脫水的狀態，但怪蟲必定會重新出現，他非得嚴陣以待不可，不能把時間浪費在拆卸皮膚。

然而，不知道為什麼，他就是無法徹底消滅所有的怪蟲。

惡癢的反撲很快地再度襲來，怪蟲們祟動後所留下的青色游痕，總是在他挖去腐肉之後，從沒有意識到的部位繼續滋長，四處的皮下組織，也不時爆發著激烈的惡癢，使他忍不住直接予以摳抓，甚至刨深到肌肉組織。

從第三次起，為了斬草除根，他開始連腐肉周圍的健康肉塊也一併切除了。新買的解剖刀具終於寄來，他還一口氣訂了十幾組，但無論動過幾次手術，都沒有辦法徹底根除病灶。

在不知不覺中，曹民哲已經切除了一半以上的身體，然而，怪蟲仍然不斷在他的身上建立新的巢穴。

直到最後，曹民哲的行動甚至只要稍微劇烈一些，就會引發大出血。他的意識經常陷入昏迷狀態，在清醒的時候也總是恐懼著，害怕他只要再多切除什麼，就會導致休克，立即喪命。

不過，曹民哲還有令他更憂心的事情。

事實上，打從一開始，他並沒有取下全身的皮膚。為了保持最低限度的生存能力，他始終沒有取下嘴唇和眼瞼的皮膚。

而，這兩個部位，好像也開始發癢了起來。

曹民哲已經不知道，接下來他什麼時候非剪開嘴唇及眼瞼不可？

9

就在曹民哲失去意識的時間愈來愈長、他也即將放棄求生的某一天，他發現了一件事。

也許，這可以說是他記憶裡的最後一件事。

當時他已經奄奄一息，正準備拖著自己殘存的軀體，進到冰箱裡去，和他的皮膚死在一起，他無意間在電視上看到一則新聞。

曹民哲並不是一個非看新聞不可的人。事實上，他對這個世界發生的事情，原就漠不關心。更何況，為了與這些神出鬼沒的怪蟲對戰，他根本沒有看電視的慾望——嚴格地說，他沒有做任何事的慾望。

讓電視開著，並不是為了要觀賞節目，而是要讓電視發出聲音，讓他可以一直聽見聲音，並且不斷地叫醒他，讓他可以避免永遠地失去意識。

也就是這樣的巧合，讓曹民哲在電視新聞上，意外地看見了那名曾與他共處一池、害他淪落至此的可惡老人！

然而，電視上的老人，卻成了一副涕泗縱橫的可憐模樣，也變得更加衰老。據他自稱，由於終日思念母親，經常前往北投緬懷，還希望找出三十年前的遊覽車事故現場。

新聞畫面上的湯屋，正是曹民哲去過的那家。而，湯屋裡令人生厭的老闆也現身了。他在記者採訪時提到，他所經營的湯屋生意每下愈況，因此協調了有意入主的財團接手進駐。接手的財團，則打算將湯屋周邊的山坡地，統整建設為嶄新的溫泉山莊。

由於原先的湯屋溫泉流量有限，不符合溫泉山莊的需求，財團決定進行規模更大的源頭開挖工程，並埋設更粗的管線。老人得知這個消息，便天天前往工地探查。

曹民哲便是在這樣的情況下，與這名老人相遇。

開挖了新的源頭後，水量更大的溫泉，沖刷到新的山坡地——亦即，三十年前的遊覽車事故現場。經過了三十年，外型老式的遊覽車全然埋沒在坡地的亂藤蔓草中，四十幾名乘客確實盡數罹難，屍體全都摔得支離破碎。然而，這些屍骸，一直浸泡在不斷冒出沼氣的溫泉水中，直到腐爛為止。

所以，新挖的泉源將這些屍水沖入原來的舊湯屋，汙染了浴池裡的水質。

難怪……那一天曹民哲進了湯屋，才會出現超出預想、未曾有過的濃密水霧。因為，那是新泉源開挖的頭一天。

理所當然，那一定也是屍水最濃的日子！

曹民哲終於恍然大悟了。

原來如此，在他身上肆虐的怪蟲，就是從這些屍體內繁殖而來，藉著滾燙的屍水流通過他脆弱的皮膚，入侵他的體內。

另一方面，老人之所以沒事，恐怕正是拜他醜陋的皮膚所賜。因為他的皮膚，像是乾燥的蠶蛹般堅硬，不像自己的皮膚細緻柔嫩、吹彈可破。很顯然，怪蟲鑽不進老人身上的那種皮膚。

——難道說，真的被那個愚蠢的主治醫生說中了嗎？

在曹民哲逐漸模糊的意識裡，他開始懷疑自己，不應該對他的皮膚愛得太深，反而使它脆弱得不堪一擊。

然而，他所做的一切犧牲，全是為了他所鍾愛的皮膚啊！難道他的皮膚不能瞭解嗎？那麼，每個晚上在保養工作完成的最後階段，他與皮膚之間的私密對話，到底有何意義？

他的皮膚是否欺騙了他？當他是如此堅強地想要保護它，但它卻任憑這些怪蟲來來去去，逼使他不斷自我傷害……

曹民哲陷入了無限迴圈的自我質疑，卻仍然像是得了強迫症般又翻開筆記本，開始記錄這個事件的最後真相，直到他染滿暗紅色鮮血的赤裸身軀再也動彈不得。

10

當房內的日光燈瞬間點亮，兩名身穿隔離衣、戴有手套的刑警，不約而同地從褲子口袋裡掏出口罩，迅速地戴在臉上。動作熟練的兩人，眉間卻同時出現了非職業性的嫌惡感。

房內的正中央，擺置了三面廣闊的落地鏡，正好讓這兩名刑警看見自己有點可笑的工作裝扮。然而，落地鏡面上沾濺了許多汙濁的血塊，卻在鏡面的折射後佈滿了他們的周身，顯得十分晦氣。

死者的死狀極慘，室內遺留著大量的血跡，甚至已經開始孳生蠅蟲，為了避免進入現場後發生疾病感染，他們穿妥隔離衣以後才敢入內。

電視機的電源依然開著，但是他們沒辦法立即找到遙控器，只好任憑電視繼續播送無聊的搞笑連續劇。

其中走在前頭、較為年輕的一人，皮鞋小心地避開地上乾涸的血漥，取出照相機，低頭朝著鏡前地面上的殘餘屍塊開始拍照存證。另一人則慢條斯理地巡視其餘房間，確認有無異常狀況。

『組長，這名死者在生前像是被人冷血地虐殺過……』年輕刑警暫且放下照相機，輕輕揉著因鎂光燈的閃爍而產生些微不適的雙眼，『想不到兇手的手法是這麼細膩、偏執！』

『但，現場除了大門以外，沒有其他出入口了。』年長的男子，聲音從廚房傳出。

『這會是密室謀殺案嗎？』

年輕刑警提出疑問，等了一會兒，卻沒有聽到上司的答覆，彷彿上司根本不想回答這個無聊的問題。於是，他決定跟著進入廚房再問上司一次。

結果，才走到門口處，他發現上司不發一語，手中握著一些像是藥包的紙袋，動作倉皇地從廚房裡逃出。

『我在廚房的冰箱裡，發現了疑似死者身上的皮膚，用培養皿堆置在冷藏庫裡。』年長的刑警不慎被部屬發現自己的膽怯，似乎有點尷尬。『另外，垃圾桶裡還丟棄了許多肉塊，一塊一塊都包得好好的，裝在密封的塑膠袋裡。』

年輕刑警一聽，表情立即變得僵硬，感到一股戰慄。

他知道上司的習慣——一進入命案現場，必先檢查垃圾桶。

只是萬萬想不到，竟會找到噁心得超乎尋常的線索！

『據這棟大樓的管理員說，』刑事組長繼續發言，『這名姓曹的死者體弱多病，所以沒有工作，也沒有來往的朋友。有什麼人會殘忍得用這種方法置他於死地？』

『……組長！』

年輕刑警突然叫出聲音，使這位上司的目光被他吸引過去。

『在死者的屍體下，好像有一本筆記本！』

屍體被包紮手法笨拙的繃帶團團綑縛著，可以看見其上的皮膚已遭剝除殆盡。由於繃帶與紙頁的顏色接近，而且淹沒在赭紅色的血跡間，一時之間並不是那麼容易發現。

『我看看！』

年輕刑警伸手將只剩上半身的屍體緩緩搬開，讓刑事組長可以把筆記本抽出來。筆記本的血漬尚未乾竭，大部分的內頁仍可翻閱。刑事組長以鑷子輕輕翻動紙頁，細細地閱讀裡頭單調、沉悶卻又怪誕、瘋狂的紀錄。不知經過多久，兩人終於讀完整本筆記，房內的空氣彷彿變得更加寒冷凝重。

『這本遺書的內容好詭異啊！』年輕刑警困難地嚥了嚥口水，感覺渾身不舒服。『我是說，如果……這本筆記可以稱為遺書的話。』

『三十年前的北投區遊覽車事故……』刑事組長若有所思，『這是前陣子的新聞沒錯。的確是溫泉業者開挖新源頭時，無意間發現的。所以他的筆記本並沒有造假。』

『所以說……怪蟲也是真的嗎？』

『但是，我在那些屍塊上，並沒有看到什麼青色痕跡。』

『……是嗎？』

年輕刑警不由得頭皮發麻。

這名曹姓男子，竟是為了虛幻不實的怪蟲而自我凌遲！

『看來，這個死者罹患了嚴重的被害妄想症。筆記本裡提到，他的主治醫生建議他去做心理諮詢，大概就是叫他去看精神科吧！』刑事組長舉起方才在廚房裡找到的藥包，『這些藥包裡都是膠囊，並不是皮膚的外用藥膏。』

『那麼是……抗精神病藥劑一類的嗎？』

『大概吧。』語畢，刑事組長站起身來，準備離開現場。『有了遺書，等於已經結案，沒什麼好查了。可以收屍啦。』

刑事組長嫌惡地別開頭，毫無猶豫走出房間。

年輕刑警無聲地埋怨兩句。每次遇到這種怪異的命案現場，組長就想草草結案，不肯在現場多查探一會兒。最後的殘局，都是他一個人收拾。

然而，再度低頭凝視著包裹著繃帶的屍塊……他忍不住打了冷顫。

就算遺書裡頭講的全是假話，他也不願意再觸碰這些屍塊一下了。那些無孔不入、引發可怖癢覺的怪蟲……說不定，牠們仍然寄生在這些屍塊裡……那些青色的痕跡，也許真的曾經存在過，只是在隔了一段時間以後，自動消失了……

可是，剛剛為了抽出那本筆記簿，他已經碰過屍塊了……

怪蟲不可能那麼輕易入侵的。那個找到母親屍骸的老人，他就沒有發生任何事。

不。事實上，根本無法證明怪蟲是從皮膚入侵的。當死者邂逅老人時，他曾驚嚇得整個人跌入水中，連眼睛跟鼻腔都進水了，或許這才是真正的感染途徑啊。

但是，無論感染途徑為何，恐怕都沒有辦法改變這名男子為了他所愛的皮膚，所進行的凌遲自殺吧？

從筆記本來推測，這場凌遲自殺至少持續了好幾週……

看到男子的最後下場，年輕刑警作嘔的噁心感愈來愈強烈。他有一股想要像組長一樣立刻逃離現場的衝動。但很不幸的，他的工作就是收拾這些殘局。

雖然組長立即論斷那些怪蟲都是死者想像出來的，然而待在這個死亡現場愈久，四周擺放的落地鏡就愈刺眼，而且彷彿要將他吸入死者內心構築出來的異度空間。

——三十年來一直浸泡在溫泉中的屍體。

——那些青色的卵。

——侵入感染、不斷繁殖、瘋狂啃噬肉體的怪蟲。

當年輕刑警終於察覺的時候，不知為何，他的皮膚已經湧起雞皮疙瘩，從背脊處開始發癢了起來。

貳 食人狂

CANNiBAL MANiAC

對某些人而言，肉是唯一的主食。

1

徐謹軒在生物本能的驅使下，緩緩地睜開眼睛，然而，如此自然的過程，這一次卻夾雜著一股再熟悉不過的嫌惡感。

嫌惡感首先來自於嗅覺。他醒過來的地方，彌漫著這十幾年一成不變的臭味。

謹軒知道，這個地方被人稱作『家』。

接著進入他眼簾的，是一整片暗褐色、表面斑駁剝落的木質夾板。

夾板上的好幾處，都留有字跡幼稚、拙劣的麥克筆塗鴉。

——欠錢十塊。

——明天要記得討回貼紙。

——笨蛋！天下第一大白痴！

——借膠水。正丅次。

文字的旁邊不僅畫上鬼臉、憤怒等既幼稚又可笑的圖樣，還註明了日期。雖然日期已經有些模糊，仍可以辨識出那是三、四年前留下的。謹軒仔細地以視線一一確認，夾板上所有寫了文字的位置。

然而，明明才甦醒不到兩分鐘，謹軒就開始感覺腦門隱藏著陣陣即將迸發的痛楚。

這陣陣劇痛，似乎會將他拉回清醒之前的黑暗。

謹軒再次閱讀了夾板上的字跡。

沒錯，這全是自己寫的。

他躺在自己的床上。這裡是雙層床的下舖。

陡然間，謹軒有一股想要伸手去觸摸、甚至以指甲剝除木屑，讓這些塗鴉全部消失的衝動。但最後謹軒並沒有真的這樣做。他發現，除了眼皮的眨動以外，此刻的自己無論想要做出什麼動作，似乎都會引來強烈的無力感。

漸漸地，腦門的劇痛似乎減緩了。謹軒與黑暗之間的距離稍微拉遠，他的意識也變得更清楚了些。

他在腦海裡搜尋著最後一件他所記得的事。

傍晚時分，在兩名身材高大的醫護人員協助下，謹軒像是木偶一般被抬進家門口，並小心翼翼地上了樓梯，要往二樓的臥房去。在醫院裡經過了不知如何計算的治療時間，謹軒終於獲准出院，從此回到家中休養。

然而，他的記憶卻中止在醫護人員將他抬入自己的房間之際。

這一次，當他再度清醒時，醫護人員的蹤影像是從空氣中溶解般突然消失，也聽不到停在家門外的救護車引擎聲了。

就好像……又回到了『事件』發生以前的時間……

不，謹軒很明白，一切都不一樣了。

在『事件』發生以前，謹軒絕不會像現在如同木偶一樣，動彈不得，被別人任意搬動。

事實上，儘管他不願意被人任意搬動，但他已經『獲准』出院了。當然，這兩個字只是表面上的說法，真實的意義是因為他已經失去住院的資格。可以想見，一定是家裡無法支付讓他繼續住院的醫藥費了。

記得同樣的事情，在三年半以前也曾經發生過一次。

當時，擔任建設公司監工的父親在工地裡發生意外——他從十幾層樓高的鷹架上墜落，開始長期住院。他在每天放學後，都會與哥哥謹達兩人一起到醫院去探望父親，陪他說說話，然後再回家寫功課。

然而，在謹軒的小學畢業典禮當天，父親被送回家裡休養。

出院後不到一個月的某一夜，父親在令人措手不及的不知名情況下，突然發生大量的內出血，結果在醫護人員尚未趕到之前就死去了。

後來，在父親的葬禮上，謹軒才偶然聽見叔叔們的低聲談話。

這才是真正的事實——

雖然父親在傷殘後，獲得了勞工保險的職業傷害理賠給付，但這並不表示未來可以不必為錢擔心，事實上，醫藥費的開銷比原先的想像更驚人，而父親的狀況又違背了醫生的預期，遲遲沒有好轉。

謹軒終於明白，父親的傷勢拖了很久，彷彿踏入無法脫身的迷宮，傷勢總是在幾個澄清不了的病徵打轉。

在不知不覺中，保險金已經全部花完，因此父親才『獲准』出院。

這個名詞，代表著失去住院的資格。

謹軒一想到父親死在床榻時的臉孔，內心突然產生一股強烈的恐懼。

但對謹軒來說，父親的死則昭示了更為毀滅性的改變。

因為，父親跟謹軒是最親的。

當哥哥懶惰、嫌麻煩的時候，謹軒也一個人去醫院探望父親；父親臨死之際，嘴裡念念不忘的也是謹軒。謹軒知道，一家之主的偏愛，引發了母親與哥哥的嫉妒。

在父親死後，由母親一個人撐起家裡的生計。父親死後，家裡又收到一筆保險理賠，但金額並不豐厚，只讓家裡取得一點點喘息的空間。

那時候，謹軒與哥哥謹達又考進同一家國中的智能教育班不久，加上特別輔導、課外講義、進階試題等等，開支很大，使原本只是個家庭主婦的母親，每天都得前往市場旁的自助餐店打工，才能勉強補貼。

然而，母親經常怨嘆自己命苦，表現出『因為丈夫死了，我是個無依無靠的婦人』、『你對我不夠友善，就是在欺負弱勢者』般的強橫態度，令人避之唯恐不及。

她還經常找機會批評父親，說自己把一輩子都奉獻給這個家，做了許多犧牲，她只期望兩個小孩未來都能成為社會地位很高的人，『別像父親沒有讀書，只好從事那麼危險的工作』、『到時候如果娶了老婆，也是害老婆跟著受苦』。

不，謹軒根本不認為母親期待『兩個小孩』。

其實她只期望『哥哥』。

母親的差別待遇，是為了報復已逝的父親。她將謹軒視為父親的分身。

凝視著夾板上的塗鴉，謹軒曾經遺忘的怨意在胸口再度復甦。

小學畢業以前，謹軒跟哥哥謹達住在同一個房間——也就是謹軒現在休養的這一間。他們睡的是雙層床，謹達睡上鋪，謹軒睡下鋪——當然，這樣的分配出自母親之手，這顯示了在她心目中兩個小孩在家中的地位高低。

因為父親工作太過忙碌，在家的時間並不多，對這件事情根本無暇過問。

謹軒比較喜歡上鋪，但母親不讓他睡，哥哥也不跟他換。謹軒遭受委屈之餘，將所有與他們有關、但不想讓他知道的祕密，全都記錄在上鋪的背面夾板上。

謹軒對哥哥的厭惡，似乎就是從此時開始的。

謹達或許也感受到了謹軒的忿忿不平。於是，上了國中以後，他逕自向母親要求，說為了專心讀書，希望能一個人一個房間。結果，母親立刻為他清出了一個房間來。

謹軒認為這完全是哥哥的中傷。他什麼時候干擾過哥哥唸書了？

但，當時的母親卻露出『有這種弟弟，也沒辦法』、『弟弟就是比較幼稚』、看似包容實則鄙視的表情。

確實在哥哥搬走後，謹軒感覺輕鬆多了。但是，謹軒還是有一種被支配的感覺——為什麼不是由自己決定？

兩個人，明明就是雙胞胎！為什麼有這種極端的差異？

而且，哥哥的房間，比自己的房間更大、更漂亮……

謹軒的腦海，浮現哥哥惡意的笑容。然而，諷刺的是，只有在哥哥嘲笑自己的時候，兩人的臉孔才顯得更相似。

此時，彷彿是潛意識不願意讓謹軒碰觸到過去的陰暗面，他的頭顱突然痛了起來！

彷彿那股將他拖入黑暗的力量又增強了。
眼前的視野開始變得昏黑。時間在此刻也跟著停止流動。
是了……一定是那個『事件』的後遺症……
『謹軒，你醒了嗎？』
顫震、細瑣得有如蚊蚋的聲響突如其來，將謹軒拉回現實世界，但也讓他不由得嚇得脖肩緊縮。
謹軒見到一個站姿駝屈、眼神空洞的老女人出現在房門口。
那正是他稱之為母親的老女人。
就是她，決定了他跟哥哥的出生順序。
她的身上散發出一股餿味。那是自助餐店打烊後，努力洗滌廚餘塑膠桶的殘留痕跡。
在謹軒泛黑的視野中，老女人的模樣更顯得陰森可怖。
『我剛醒。』
『身體有沒有感覺好一點？』
『我不知道。』噁心的餿味使謹軒想要別開頭，但老女人的視線令他動彈不得。
『以後的事你不用擔心。』
老女人這句話是什麼意思，謹軒無法明白。但，令他在意的是，餿味裡似乎夾雜著一絲郁香。
謹軒泛黑的視野漸漸恢復原狀。
彷彿就是那絲郁香，才讓謹軒的意識變得清楚。
然而，那絲郁香，則是來自老女人手上端著的一個……像是盛了肉湯的碗。

謹軒突然感覺到一股強烈的飢餓。
『媽，我睡多久了？』
『差不多兩個小時吧。』
謹軒的內心突然湧起疑惑。自己是在傍晚被救護車送回家的，但現在窗外透進來的亮光，卻像是接近中午的時間。
是自己遺忘了自己曾經甦醒過嗎？還是精神不濟的老女人記錯時間，隨口亂答？
『我想你餓了吧？媽媽為你準備了好吃的肉湯。』
不過，謹軒想要暫時忘卻那碗肉湯的誘惑，儘管他的肚子好像已經發出聲音。無論如何，他有更重要的事情得先確定。
『媽，』謹軒盡可能壓抑語氣裡的猶豫，『哥哥呢？』
『謹軒……媽媽最後還是得親口告訴你……』
『到底怎麼回事？』他的雙眼緊緊回望著老女人惶恐的目光。
『你的哥哥……他已經死了。』
謹軒希望，他的嘴角沒有透露出任何竊喜的線索。

2

一直以來，醫院的存在總是使玉寧感到非常不安。
醫護人員常常武裝表情來掩飾某種焦慮，內心卻藏著不知名的意圖，在狹窄的長廊上，摩肩接踵地來回小跑步；紛亂忙碌的急診區，隨時會突然出現一張蓋著白布、被人無心擱置的活動病床，人形的隆起還在緩緩地呼吸……

不知道從何處傳來的急促鈴聲，充斥在人滿為患的候診處，醫護人員卻形色悠哉地展露笑容，彷彿無視於那些聲響很可能暗示某種奪命的時限……

醫師的臉孔包覆著消毒口罩、眼神狀似鎮定，使用令人暈眩的專有名詞造成病人的混亂，並夾雜不置可否、躊躇不定的結論，一旁收到病歷表的護士，眉間的皺摺鮮明地影射某種恍然大悟，但仍舊靜默、僵硬地迅速將病歷表歸檔入庫，不願讓病人多看一眼。

那些刻意佯裝的笑容……不讓人知道真相是什麼的笑容……

以及，那些無法壓抑的愁容……連一絲微小的盼望都會被拒絕的愁容……

他們彼此輕聲細語地交談著，傳遞著只有他們知道的信息。

然而，對於求助的病人，卻完全採取絕不透露這些信息的敷衍說法。

『目前我們所能掌握的相當有限。』

『這樣做並不一定會比較好。』

『面對這樣的情況，其實有各種選擇。』

『或許應該再做進一步的觀察。』

『每一個病例都必須視為單一個案，不能隨便比較，混為一談。』

請帶著處方箋依照上面的號碼領藥下一位最近的症狀是不是沒有再發作了我覺得胸口的鬱悶感愈來愈嚴重那應該是藥物的副作用只要平心靜氣地面對有按照時間進食嗎一直沒有食慾一定要

進食沒有食慾一定要進食沒有食慾一定要進食沒有食慾……

玉寧努力甩頭，想要驅逐腦海內澎湃作勢的莫名聲響，但三年多以前的痛苦回憶，在她踏進醫院玄關的一剎那，全然再度重現了。

是同一家醫院沒錯。以骨科、外科手術、先進的復健設備聞名，在重大外傷病患的照護方面享有絕佳口碑的醫院。玉寧的丈夫，正是在這裡被丟棄出來的。

玉寧走進醫院的同時，玄關處有一對父女正準備離開。

看起來還是小學生的女童，好像剛打過針，正設法忍住淚水，而牽著她的手的父親，則不停安慰著她，另一手從口袋裡掏出車鑰匙，說要帶她去買可樂喝。女童似乎破涕而笑了。

玉寧見過這對父女幾次。

那小女孩可能患了什麼必須長期治療的疾病，得定期到醫院來。

兩人的親暱模樣，勾起了她過去的回憶。

當時，可以說是徐家最圓滿、最和樂的時刻。

玉寧的丈夫才剛升上主任，雙胞胎兒子謹達、謹軒也沒有讓夫妻兩人失望，努力考取了知名國中的智能教育班，兩人還在小學的畢業典禮上，一起接受了校長的表揚。

謹達尤其懂事，知道用功讀書需要安靜的環境，也知道兄弟兩人長大以後，彼此都需要獨立的空間，於是，他跟謹軒特別經過詳細的討論，才告訴玉寧，希望上了國中以後可以分房，擁有各自的房間。謹達的心思總是那麼細膩、成熟，可以說是她畢生的驕傲。

但是，天有不測風雲。玉寧的丈夫，卻在這樣的關鍵時刻，因為初次擔任高層大樓的監工，竟然在工地發生意外，從十幾層樓高的鷹架摔落。所幸，工地裡的防護網發揮了作用，讓他保住性命，沒有當場死亡。

但玉寧簡直哭瞎了雙眼，還承受了前所未有的莫大壓力。她在專科畢業以後，在父母親的安排下，年紀輕輕、不懂世事地嫁到徐家來，婚後只是個單純的家庭主婦。

婚後的前幾年，夫妻兩人都還算年輕，貸款買了房子，也不急著立刻生小孩。在這段時間裡，丈夫很疼她，很少要她擔負什麼家庭責任，她的日子過得相當自在，享受了沒有工作束縛、也不必照顧小孩的快樂生活。

有了小孩以後，而且又是雙胞胎，玉寧一下子忙碌了起來，丈夫的工作表現不錯，得到公司拔擢，工作量當然也會漸漸增加。夫妻兩人的交集變少了，偶爾還有些爭執，但終究能夠彼此諒解。

在丈夫意外受傷後，醫院、保險公司、銀行等各種以往都是由她丈夫一手包辦的瑣事，從此全都落到她肩上，謹達、謹軒又還在唸書，她必須獨力處理。醫院的檢驗程序、保險金的給付手續、銀行的房貸還款協商，再加上智能教育班的家長會談等事務，對長期缺乏社會經驗的玉寧來說，全都是陌生得令人膽怯的未知數。

那段時間，尤其是院內的醫生及護士，曾經給了玉寧地獄般的無比煎熬。她恨他們。他們一方面滿口複雜難解的醫學術語，製造一種高壓的權威印象，另一方面，卻又刻意示弱，表示自己無法做出最利於病患的專業判斷，將責任全部推回給家屬。

直到最後，保險公司給付的醫藥費全部耗盡，他們再表現出愛莫能助的憐憫，夾雜著循規蹈矩的冷酷，將傷勢原地踏步的丈夫趕出醫院。

玉寧的丈夫，回家還不到一個月就猝然身亡了。

她常想，假使丈夫能夠繼續住院，絕對不會那麼早死，甚至還有康復的機會。

一切的原因，都歸咎於這家醫院！

但是，玉寧萬萬想不到，謹達、謹軒會再度發生意外。

竟然還送進了同一家醫院……

玉寧發誓，她絕不能讓悲劇再次發生。

經過了幾年來的社會歷練，玉寧變得堅強，甚至，她必須以盛氣凌人的姿態才得以生存。因此，她對醫生的各種處置也不再唯唯諾諾了。這只會讓他們給她一個束手無策的答案。反之，他們太在乎醫院的形象，面對她的挑剔與質疑，他們勢必不得不有所調整。

雖然玉寧沒錢購買相關的醫學書籍，但只要一有時間，她就會去書店，將這些大部頭的書中內容，盡可能硬記裡面的專有名詞。只要一進醫院，她就纏著醫生發問，要醫生解釋這些名詞，如有推託，她就揚言要鬧。

這個辦法果然發揮效果，醫生與護士將玉寧視為瘟神，總是盡量迴避，迴避不了只好盡量配合。然而，她這樣不顧顏面地裝瘋賣傻，無非是為了她唯一的兒子。

是的。意外發生之後，哥哥謹達當場死亡，玉寧只剩一位身受重傷的兒子謹軒了。

她絕不能再讓醫院奪走謹軒！

『雖然，謹軒在脊髓的腰部位置因為嚴重撞擊而受損，很可能暫時癱瘓。』主治醫生溫柔的聲音猶如尖刺，『不過，只要經過一定時間的復健，我相信未來仍然可以預期得到改善……樂觀地看，使用枴杖絕對沒有問題。』

『原來如此。』玉寧不願讓醫生發現她的脆弱。

『出院休養的這段期間，首先要請妳特別注意病患的臥姿。』

在玉寧尚未反應過來之際，醫生迅速切入談話重點。

這句開場白，已經明確地表示，醫院不可能繼續收留謹軒了。

玉寧並非不知道，無論自己在醫院裡多麼強勢，讓醫生、護士都不敢看輕，她都無法掩飾醫藥費不足的窘境。

這次的情況，恐怕比當初丈夫入院時更嚴苛。丈夫死後的玉寧，為了設法維持家計，曾經應徵過許多工作，卻屢屢遭到冷淡的對待。畢竟，她已經不再是剛畢業的社會新鮮人，又缺乏同齡者的工作經驗，最後，才因為專科時代的朋友幫忙，到離家不遠的便當店打工。

由於收入實在微薄，玉寧根本無法照應到兩個小孩足夠的保險費。她根本想像不到，謹達、謹軒竟會發生機率如此微乎其微的意外事故。

單靠玉寧在便當店打工的收入，不可能負荷長期住院的費用。因此，她才會這麼急切地要求醫生盡速治療。然而，謹軒傷勢的好轉速度，遠遠跟不上存款的消耗速度。

很顯然，醫生對徐家的狀況相當清楚。

但，沒想到這句『妳已經沒錢了，請離開。』來得這麼早！

『行動不便的患者最怕褥瘡，會造成壓迫處的皮膚壞死，甚至出現細菌感染。』

像是要回報過去玉寧的霸道，醫生一吐怨氣般連珠砲地解釋著，『另外，不自然的臥姿也會壓迫神經的生長，影響痊癒的速度。病人自己可能是感覺不到的，因為目前他的感覺神經還尚未完全修復。』

『嗯。』

根本來不及聽懂醫生的說明，玉寧卻更不願意示弱，於是故作點頭貌。

『再來就是飲食。長期臥病在床的患者若缺乏適當運動，肢體的肌肉很快就會萎縮。因此，必須補充足夠的蛋白質，例如奶蛋、豆類等，含量最豐富的是肉類。』

『肉類嗎？』

玉寧設法插入一些回應來打斷醫生，讓她有多一點時間可以思考。

『一般的肉類就可以。不過要特別注意，熱量的攝取必須適量，病人的運動量比一般人低很多，體內很容易積存過多的脂肪，不利於康復後的生活起居。』

玉寧的腦中突然閃現肉湯的畫面。

足夠的蛋白質，再加上充滿暖意的熱湯……

『肉湯可以嗎？』玉寧問。

醫生屢屢被打斷說明，似乎有些失去耐性。『只要是肉類都可以。』

『好，我知道……』

『另外，沒有癱瘓的部位，盡可能地做一些簡單的運動，這樣也會刺激周圍肌肉生長。』醫生似乎希望盡快完成說明，他開始無視於玉寧的詢問。

彷彿是兩名辯士在最後一場比賽的互動，絕不讓自己屈於劣勢。醫生加快了說話的速度，又繼續說明許多注意事項，玉寧則設法刻意拖延，干擾醫生的解釋步調。

『尤其，最重要的是患者的心理狀態。』

醫生說到此處，卻刻意放慢了速度。

玉寧知道，這就是最後一段話。當他把這段話說完，他就會吩咐護士『下一位』了。也許她可以干擾醫生說話，但終究不能阻止時間的流逝。

『無論醫學技術多麼進步，病患永遠需要關心。尤其是長期處在封閉空間的病患，因為生活作息暫時無法自理，情緒比較容易不穩定，照護人必須有更多的耐心。病人出院後，我們經常聽到家庭關係惡化的例子，這一方面是病患的心理逐漸封閉，不願跟他人溝通。』

『我明白……』

『另一方面，可能要提醒徐太太特別注意的。』醫生的話裡似乎帶了諷刺，『照護行動不便的患者，可以說是一場長期抗戰。對於人類運動中樞的自我修復機制，現今醫學的瞭解仍然很有限。我們永遠無法斷定，患者什麼時候可以恢復過去的行動能力。

『在長期的照護壓力下，病患的家屬很容易出現精神焦慮的症狀。日復一日照護工作，不僅需要極大的耐心，內容非常單調，還必須維持高度的專注。家屬也往往會為了照顧病患，而忽略了自己的健康狀況，結果，家屬的精神狀態反而會被病患影響，導致許多心理疾病……』

這些話，玉寧都清楚得很。

同樣的事情，已經解釋過數百遍了！

更何況，玉寧並非沒有照護經驗。三年半以前，她盡心盡力地照顧傷殘的丈夫，並沒有出現什麼精神上的問題。

總之這些醫生的目的，還不是想要繼續支配病患？

反正，病患的心理狀況會出毛病、家屬的精神也有問題，所以，請你們都付錢來找醫生吧！

她絕不能在最後關頭又被醫生控制。

『醫生，關於藥的事情……』玉寧打斷醫生的話，不客氣地問：『我是不是應該一個禮拜來拿一次藥。』

『不，因為現在已經出院了。只要每天妥善清潔癒合後的傷口即可，不用再特別擦什麼藥。徐太太，請妳不必太擔心。謹軒還年輕，外傷方面的恢復速度，比妳想像中的要更快的。』

醫生又開始推卸責任了。

玉寧決定，無論如何，她一定要每個禮拜來拿一次藥。

還有，千萬別忘記——每天都要為謹軒準備一碗精心熬煮、營養豐富的肉湯。

一切都是為了讓他早日康復……

3

『事件』發生的那天下午，謹軒跟哥哥謹達，去了補習班上課。

雖然，雙胞胎兄弟升上國中以後，兩人都進了智能教育班，卻不能保證畢業後一定不會進入重考班。重考與否，與學測成績的關聯並不大，只決定於一開始所設定的目標。

事實上，謹軒根本不認為他們有重考的必要，但最後仍然必須遷就母親這個老女人的脾氣。她總是以自己非常辛苦為藉口，嚴苛地不斷提高對兩兄弟的期望。她希望她付出的所有犧牲，都能立即、有效地得到回報。

老女人天真地以為，沒有考上第一志願，就代表他跟哥哥不夠努力。總之，她完全無法理解這個殘酷、不公平的世界。

謹軒不想辯解，也懶得跟老女人解釋。

但，哥哥謹達去跟老女人解釋了。最後，老女人同意接受哥哥的建議，讓兩人進同一家重考衝刺班去補習。謹軒當然清楚，老女人工作忙碌，收入又不好，也許這已經是她所能容忍的最大極限了。

可是，謹軒還是無法理解，哥哥為什麼喜歡做這種事情。

哥哥總是喜歡表現出一副很好溝通的模樣，並維持人際關係的和諧，再從中獲取利益，樂此不疲。在家裡如此，在學校也如此。然而，在謹達的協調、解釋下，謹軒反而被所有人認為他是一個內向、封閉的人，也不願意跟任何人交朋友，最離譜的是，他唯一願意吐露心事的對象，只有哥哥謹達。

謹軒無法忍受這樣的狗屁結論。

事實上，謹達真正想要爭取的，絕對不是為了他們兩人，而是為了他個人。謹軒只不過是供他利用、替他背黑鍋的擋箭牌而已。

說得更坦白，謹軒會故意讓哥哥謹達捲入那個『事件』，也是因為謹軒不想再見到哥哥的嘴臉了。

擁有同一張臉的，世界上只要有自己一個人，就足夠了……

那椿偶發『事件』，就發生在下午的第一堂課之後。

雖然只在補習班待了一個小時，謹達已經感覺非常無聊，趁著休息空檔，他找謹軒一起去附近的網咖上網，玩玩線上遊戲。謹軒心裡很明白，哥哥把自己也找出去，他可以製造的藉口比較多。但，謹軒也沒有心情上課，於是便同意了。

謹軒並不想上網打怪，他逛了一些無聊的網站，便一個人到店外閒晃。

沒想到，正當他走出店外，突然見到一對成年男女，行色極為匆促，臉上甚至還帶著緊張的驚慌感，甫一下了計程車，幾乎以奔跑的方式，經過他的身邊。

那個男人，手機一直沒有離開耳朵。

同行的女人則一直跟在他的身後。

他們跑過謹軒身邊的剎那，謹軒無意間從男人的口中聽到了一個奇妙的關鍵詞。

——『炸彈』。

當謹軒意識到這個關鍵字真正的意義時，這對男女已經跑遠了。

他沒有辦法確定，剛剛自己是不是聽錯了。

『謹軒，你怎麼了？』

『沒有啊。』謹軒發現哥哥已經站在他的身後。

『你不打電動了嗎？』

雖然謹達表面上是在關心弟弟，但謹軒知道哥哥只是怕他先跑回補習班去。

就在此時，謹軒才想起一件更重要的事情。

——剛剛那對奔跑的男女。

——那個同行的女人。

謹軒記得她的臉！

她是另一家補習班老師，跟謹軒上課的大樓，是同一棟。因為兩家補習班位於同一層樓，因此兩邊的老師、學生經常打照面。

而，即便頂著重考的壓力，國中男生聚在一起，還是會經常討論起漂亮的女老師。

這個女老師，當然也是大家下課談論的對象。

沒錯。雖然只看到一秒鐘，謹軒愈來愈確定，她就是那個補習班的老師。

『如果你也不想打的話，那我們回去好了。』謹達說。

謹軒仍然沒有立即回答哥哥的話。

——為什麼那個男人會跟補習班的女老師在一起？

——他真的說了『炸彈』嗎？

——他們跑得這麼匆忙，到底要去哪裡？

謹軒的腦中飛快地閃過這些問題，卻因為線索太少，無法想出答案。

『我們走吧。』

於是，謹達拉著謹軒，兩人一起走回補習班。

——那對男女，也是同一個方向。

謹軒注意到這件事情。或許，那個老師是要帶那個男人去補習班大樓？

『哥，我突然想起一件事。』

『怎麼了？』

從網咖回到補習班的沿途上，謹軒並沒有看到有任何人扛著攝影機，或是任何像是在拍戲的劇組工作人員。當然，也許是他沒有發現；也許那個老師跟男人去的是其他地方。

就在抵達補習班大樓的街角，謹軒才終於開口。

『我想起我把東西放在網咖裡了，我要回去拿一下。』

『什麼東西啊？』

『也沒什麼。』

『喔，那我陪你回去拿。』

瞬時，謹軒的內心暗自下了一個非常大膽的決定。

『沒關係。』謹軒平心靜氣地說：『我一個人去就可以了。』

『反正又花不了什麼時間，我陪你去吧。』

謹軒聽到謹達的回答，才發現或許謹達也察覺到了自己的態度有點奇怪。

『哥，現在好像已經開始上課了呢。』

『那又怎樣？』

『假使補習班老師問起，你可以說你晚進教室是為了要找我，結果沒有找到。』

『可是……』謹達的臉上又出現了盤算利弊得失的表情。

『兩個人一起回去，萬一被老師發現，那就不好解釋了啊。』

『啊，你說的也對。』哥哥立刻點點頭，『……好吧。』

謹軒對哥哥的個性太清楚了。他就是這種人。

真的有炸彈嗎？他們去的是補習班嗎？——事實上，一直到最後一刻，謹軒還是不確定補習班大樓到底會不會爆炸。也許這一切都是出自於他內心無端的妄想。

但是，他還是想等等看。

也許……那個看起來像是防爆專家的男人，在炸彈爆炸前，終於安全地將炸彈拆除。結果，補習班什麼事也沒發生，甚至為了不引起民眾恐慌之類的考量，連新聞都不會提到。

若是如此，他晚點再回補習班也還不遲。遲到十分鐘跟遲到一小時，他得面對的斥責並不會差距太大。

然而，在那一瞬間，謹軒由衷地希望哥哥趕快回到補習班去。

他希望哥哥會被炸彈炸死。

……只不過，這起『事件』到最後的發展，依然令人震驚。

大樓確實爆炸了！

這個結果，並沒有讓謹軒等待太久。那個男人的行動如此緊急，並非毫無原因。

然而，謹軒還是失算了！

第一項失算是，謹軒根本來不及遠遠避開補習班大樓。爆炸的威力遠遠超過謹軒的預期。由於他距離大樓的位置太近，爆炸時震碎的建築物石塊，將他砸成了重傷。

這就是後來他之所以長期住院的原因。

第二項失算是，謹軒沒有考慮到，萬一哥哥並沒有被炸死，該怎麼辦？

如果哥哥還活著，他勢必會發現到，為什麼自己沒有馬上進補習班。他終究會知道，他的弟弟希望他死。

若是他把這件事情告訴了老女人，那麼……

謹軒一直惦記著這件事。他必須盡早確認哥哥的生死，縱使這並非出自兄弟之情。

但，住院療傷期間，謹軒的訊息來源變得非常有限。

雖然，他獲知了爆炸案的真正原因——

據說是暗中在台灣進行恐怖活動的祕密組織所策劃。那些人在那棟大樓設置了炸彈，可是真正的目的，相關消息則遭到警方封鎖——但，電視上的各種矛盾的揣測從來沒少過。

可是，關於謹達是否在爆炸案中活了下來，他卻一直得不到答案。

也許是醫院不希望影響病患的情緒，所有的醫護人員在謹軒面前均避而不談。

那時候，連老女人也不願意正面回答。

『哥哥他……真的死了？』

現在已經回到家裡了。謹軒以顫抖的語氣再問了一次。

『嗯。』老女人端著肉湯的手開始顫抖。她立刻將碗放在床邊的矮櫃上。

『什麼時候的事？』

謹軒會這樣問，並非沒有理由。

假使哥哥是進了醫院後才傷重死去的，他仍然有機會向他人揭露自己的罪行……

哥哥必須要當場死亡！

可是，老女人沒有再繼續回答第二個問題。她的表情彷彿只要一把真相說出來，連自己就會觸犯詛咒的禁忌。她開始顧左右而言他了。

『謹軒，你乖乖養傷，要盡快讓身體好起來。媽媽會好好照顧你的。』

由於老女人的態度並未表現出任何特別的異狀，他相信哥哥一定是在來不及揭露真相之前，就已經死亡了。

謹軒終於稍微冷靜下來。

而，這也讓他把注意力重新放在那碗尚未享用的肉湯上。

盛滿肉湯的碗，在矮櫃上香味四溢，給謹軒的嗅覺帶來迷魅誘人的刺激。在住院期間，他不是打點滴，就是吃流質食物，有如實驗室裡被豢養的菌株。

他好想念肉湯的滋味。

謹軒側著臉，凝視著肉湯的碗面，從房間窗外透進了稍顯昏暗的日光，卻使碗內晶瑩剔透的湯汁閃著光點，暖呼呼的蒸氣猶如湖面佈散的裊裊薄霧。一大半浸在熱湯裡的帶骨小肉塊，隨著湯面油亮亮的漣漪緩緩漂流，曖昧地透露著它綺麗的曲線。

哥哥已經死了。這是只為他一個人準備、唯有他才能享用的肉湯……

老女人好像也察覺了謹軒對肉湯的渴望。她露出了安心得令人作嘔的微笑。她雙眼周圍暗沉、陰森的黑眼圈，也因為微笑而變得更加詭異。

『肚子餓了吧？』她的問話像是在戲弄小狗似的。

『嗯。』

『好啊，我餵你吃。』

在這一瞬間，謹軒感覺自己的臉頰脹紅，因為老女人的話聽起來非常愚蠢。但，謹軒卻沒辦法做出任何抗拒。老女人喜孜孜地拉了一旁書桌的椅子，坐到他的床邊來。

然而，愈是靠近他，她身上的餿味也跟著加重了。

老女人將碗端起，撲鼻的香味也跟著流動，令謹軒的舌底不自禁湧出唾液。

她輕輕地以調羹舀起一小匙半透明的湯汁，在他的眼前搖晃搖晃，然後，調羹的前端溫暖地抵著他的下嘴唇，微微傾斜，讓湯汁慢慢流入他的嘴裡。他飢渴地將湯汁一吮而盡。

不過，調羹很快地從他的嘴裡移開，只在他的唇齒間留下無限餘溫。

『啊，謹軒真的好餓了呢。』

『我還要……』

『好，馬上就餵你哦。』

可是，老女人卻慢條斯理地以調羹攪拌著肉湯，並將肉塊壓鬆成更小的碎塊。

她極有耐性地嘟起嘴巴，專心地吹開肉湯的熱氣，卻不立刻餵他。熱氣從她的口中不斷擴散開來，讓整個房間裡漸漸彌漫著惱人的濃郁香味。

謹軒見到老女人磨磨蹭蹭的姿態，內心焦急不堪，真想用力將她撞開，搶走這碗肉湯。

但，謹軒根本就做不到。

因為，他的下半身完全癱瘓——兩腿失去活動能力。右手也截肢了。唯一能使用的左手，則打上了厚重的石膏。

他只能仰賴這個令人憎恨的老女人。

此時此刻，他發現老女人的神情就像是個喜獲新生兒的媽媽，正沉溺在初為人母的樂趣中。

4

『徐太太，怎麼啦？』

便當店老闆娘的聲音，將玉寧從恍惚的思緒中喚回現實。

『沒事……』

玉寧連忙倒進更多的沙拉脫，加快了沖洗鋁製盛菜槽的速度。然而她從眼角的餘光卻發現，老闆娘一邊翻閱帳簿一邊在廚房裡檢查地上擱置的鍋子是否乾淨，似乎沒有立即離去的打算。

玉寧心想，老闆娘果然是為了昨天有客人的菜裡出現蟑螂腳的事情而來？

老闆娘翻動那些鍋子，手指在鍋緣上滑動著，仔細地確認是否仍留有油膩感。

『最近這陣子妳好像比較累呢……』

玉寧聽了，眼前突然一片暈眩。

正如老闆娘所猜測的，最近的確是太累了。

所以，昨天中午才會把髒東西夾給客人。那時候，她的手只是無意識、機械式地把菜鋏伸向前方，根本沒有看清楚裡頭到底夾了什麼。

便當店的工作本來就不輕鬆。早上七點以前，一大早就必須開工。平常的工作內容，從打掃店面開始，接著準備食材、便當盒，分量與數字都必須根據前一日的狀況做調整。如果輪值到食材的採買，那就必須更早到店裡。

接近十點左右，店裡就會開始頻繁地出現令人緊張的電話聲。這是要求訂購便當的來電。負責接聽電話的員工，必須記錄好數量、菜色內容，以及對方會來店裡拿，或是需要外送。如果需要外送，那就得再記錄住址及聯絡人。金額總數的計算，絕對不能馬虎，每一筆還得附上負責者的簽名。需要外送的便當，多半都還得先準備好收據。

十一點以後，來店裡吃自助餐的客人會漸漸增多，負責外場的員工開始忙碌起來。外場員工要協助客人夾菜——這是比較好聽的說法，實際上是要控制夾菜的份量，不能給太多；此外，還得補充即將淨空的盛菜槽、飯桶。

外場人員，為了標榜清潔衛生，必須『全副武裝』，穿上長袖衣套、連身圍裙，並且戴上口罩、手套及帽子。即使店內冷氣開放，長時間工作下來，依然會弄得滿身大汗，就這樣悶在衣服裡，很容易引發濕疹。

兩點過後，中午用餐的客人人潮散去，店裡要立刻開始準備晚餐。同樣的工作，必須再重複一次。不過，在晚餐開始之前的短時間內，還必須再打掃一次店面，將中午用餐時間散落在四處的飯菜餘渣全部清理乾淨。

老闆娘是個標準到家的生意人，凡事斤斤計較到令人發狂的地步。對於各項成本的控制極為重視。每個月的整體收入，看起來雖然還過得去，但若是換算成每小時的薪資，卻瀕臨難以忍受的邊緣；上下班都必須打卡，如果不小心遲到、早退，二話不說地就是扣掉半天薪水。保麗龍餐盤、免洗筷、塑膠湯匙、紙巾等用餐消耗品，每日都得清點兩次，以確認數量沒有短少；甚至連每天自來水、沙拉脫的用量都有限制。

這麼嚴苛的工作條件，卻仍然不乏有人應徵——在這裡打工的，全都是中年失婚或丈夫早逝的婦人，沒有一技之長，還肩負扶養小孩的責任，只好來這裡掙取微薄的薪資。由於大家的處境都相當艱難，玉寧的狀況並不特殊，也不可能得到眾人的同情。

『是不是最近照顧小孩的緣故？』老闆娘等不到玉寧接話，於是她逕自繼續說：『我知道，一個女人要養家確實比較辛苦。』

『不會啊，一點都不會。』

玉寧好不容易終於從暈眩中回神過來，立刻回答。

事實上，自從她在這裡打工，平常休息的時間本來就少，而現在為了照顧在家長期休養的謹軒，除了變得更加睡眠不足以外，身體也偶爾開始出現暈眩、心悸、耳鳴等症狀。但，老闆娘可不會替她設想這麼多。

追根究柢，會讓客人吃到蟑螂腳，責任絕對不在玉寧身上。玉寧認為，真正應該怪罪的，是那些不把菜洗乾淨的廚工。

不，也不能怪那些廚工。玉寧也認識她們。她們都是跟自己一樣，鎮日辛苦工作的好人。真正該怪的，應該就是眼前的老闆娘吧。是她太苛刻，害大家過勞，才導致蟑螂腳的出現。

為了盡可能地壓低成本，店裡的飯菜分為『一日菜』、『二日菜』、『三日菜』等等，有許多食物會放在冷藏庫裡好幾天，供應正餐前再拿出來加熱，與當日食物混在一起，以避免被客人發覺菜完全不新鮮。

然而，這期間的處理，根本大有問題。事實上，不在客人面前，老闆娘是不准員工『全副武裝』的，因為這會影響工作效率。而且，這些制服弄得愈髒、洗得愈多次，看起來就愈破舊，就會導致店的形象受損。

所以，做菜、搬菜的時候，是不准全副武裝的。

結果，這樣反而更容易把髒汙帶進食物裡。

完全只是表面工夫嘛。

但是，玉寧絕不可能把這些真心話說出口。她需要這份工作。

玉寧思索很久，才終於做出最後決定。

老闆娘會不會以這件事為藉口，辭掉自己的工作？如果真的演變成那樣，家裡就沒有收入了。因此，她應該趁這個機會跟老闆娘把話說清楚，以免造成更多誤解。

為了謹軒，她只好設法把責任推給那位家裡還有一個中風公公要養的廚工了。

正當玉寧打算開口之際，老闆娘又說話了。

『對了，昨天我清點食材時，竟然發現數量有少。』

『……是嗎？』

『少了半隻鵝。』老闆娘的聲音變得冰冷起來。

玉寧裝得若無其事，略微抬起手臂擦汗，其實是想掩飾內心的驚慌。

是的。玉寧並不真的擔心老闆娘為了蟑螂腳的事情，對她興師問罪。她有太多的對象可以推卸責任了。由於店內的衛生控管不嚴，以往在菜裡也出現過鐵絲、毛髮等異物，結果，大家互相推諉，到最後連強硬的老闆娘也沒輒。店裡的工作非常忙碌，人力相當吃緊，做事全憑經驗，也沒有時間培訓新手，她總不可能一下子把所有人都辭退。

反正，這家店的便當是整條街最便宜的，大部分的客人，也不可能為了其他人吃到的蟑螂腳就不願再來，下個禮拜大家會全都忘了這件小事。

但是，關於冷藏庫裡的半隻鵝，責任就不是那麼容易擺脫了。

儲藏所有生鮮食材、二日菜、三日菜的冷藏庫，在店後走廊的盡頭，與放置菜槽、菜鋏及其他餐具的碗盤櫃只有一牆之隔。換句話說，要去冷藏庫，一定得經過碗盤櫃。

而，這週正好是由玉寧輪值清洗菜槽。

『徐太太，難道妳沒有發現嗎？』老闆娘又問。

『我每天洗完鍋子以後就馬上回家了，因為還得照顧小孩，所以……』

『啊，對哦，妳得趕著回家。』

『是啊。下次我一定會特別注意一下的。有誰經過冷藏庫的話，我一定會告訴老闆娘。』

『徐太太，妳也認為是有人偷走的啊？』

『啊，這……我想，半隻鵝也不會自己長腳跑出來吧。』玉寧力求鎮定，設法撐出一絲尷尬的笑意，『會不會是有人惡作劇……』

『既然連整天在這裡的徐太太妳，也完全不知道的話，那我只能認為是鵝自己長腳了。』

『……老闆娘真會開玩笑。』

老闆娘似乎發現直接切入問題關鍵，並不能突破玉寧的心防，遂改變策略。

『對了，徐太太，妳的小孩已經回家休養一個多月了，對吧？』

『是。』

『受了這麼重的傷，妳也很辛苦吧。』

『還好。』

『假如妳覺得店裡的工作負擔不過來，想要減少工時，可以明白告訴我喔。』

『我知道。』

『徐太太，大家都認識這麼久了，妳可千萬別跟我客氣啊。』

『嗯，老闆娘妳人這麼好……』

『整天都要忙著清洗這些碗啊鍋的，還得照顧小孩，也難怪沒有注意到有誰去過冷藏庫。』

雖然不是沒見識過老闆娘冷嘲熱諷的功夫，但玉寧卻是第一次成為被她攻擊的箭靶。她的說辭雖然老套，但尖銳的語氣卻帶著極端惡毒。

『我可能太專心工作了……』

『上禮拜店裡一次進了比較多鵝肉，我看是有人天真地以為這次數量那麼多，拿走半隻鵝也神不知鬼不覺。對了，上禮拜的採買，徐太太也有去吧？』

『對啊。可是，那些鵝肉不是我買的，我記得一起去的還有邱太太……』

玉寧一邊解釋，一邊感覺兩眼發黑。

類似貧血、令人暈眩的症狀又出現了。

在她的視野中，赫然浮現謹軒恐怖的笑容！

玉寧遽然停止了以菜瓜布刷洗鋁槽的手，原本堅定的意志瞬間崩潰了。

這一剎那，玉寧幾乎立刻就準備吐露所有的事實。

——那半隻鵝……對，是我帶走的！

——為了讓謹軒盡快恢復健康，我非得天天準備肉湯不可。

——原本我也想用自己的錢買的。沒錯。從謹軒回家休養以來，我一直是這樣做。我沒有想過要偷店裡的肉。可是，謹軒他……

——謹軒好像對肉湯上癮了！

——不知道是從哪一天開始，謹軒只要沒有喝到肉湯，就會鬧脾氣。除了基本的家用，還有謹軒定期的藥費以外，我把所有的收入，都拿去買肉了。事實上，這些錢根本不夠……

——不過，以後我不用再帶走什麼鵝。老闆娘，妳省下妳的調查吧。妳永遠抓不到我了。因為……因為……

——謹軒早就不願意吃鵝肉了！

玉寧一思及此，就感覺到太陽穴有榔頭在猛烈擊打著。

因為，謹軒在昨天晚上，十分明白地告訴玉寧，他已經對尋常的肉湯徹底厭倦了。

『媽，我想吃人肉。』

儘管在玉寧的認知中，這彷彿是一樁早就可以預期得到的芝麻小事，在聽到那一刻，玉寧依舊以為自己聽錯了——從頭到尾，這只是一場噩夢？

從謹軒出院回家休養的這一個多月以來，玉寧逐漸發現，謹軒的食慾全然失控了。

玉寧依照醫生的指示，為了讓謹軒補充肌肉成長所需的蛋白質，起初她熬煮雞湯給他喝。但是，才喝了兩天，他就抱怨雞湯對身體無效，無論怎麼安撫他，都沒有用。

『我不要再喝這種湯了。』他說。

原本以為只是謹軒在受傷之後，渴望得到玉寧更多的關懷，所以才藉著這種方式引起她的注意，於是，她便做了魚肉熬湯，料理方式也更加用心，但謹軒居然喝了一次就膩了。

『我要喝其他種類的肉湯！不要這種！』

謹軒甚至一見到同樣的肉湯，就會破口大罵起來。

接著，玉寧又準備了豬肉熬湯、牛肉熬湯、羊肉熬湯……他也是很快就拒絕再喝。

玉寧這才察覺，謹軒的心智年齡，好像完全退化為嬰兒了。只不過，這個學會說話的少年嬰兒，想吃的東西並不是在母乳或牛奶之中做一選擇。

在半個月前，謹軒竟然提出了任性得超乎常理的要求。

『媽，我要吃狗肉。』

『我覺得，蛇肉對我的身體應該很有幫助。』

『我一定要吃到貓肉！』

『給我老鼠肉吧！媽，我要吃老鼠肉！』

說這些話的時候，他的雙眼異常貪婪。

最早玉寧還以為謹軒說的是玩笑話，是用來嚇唬媽媽的惡作劇。然而，當玉寧準備了其他食物，謹軒根本看都不看一眼，還以惡毒的言語咒罵，激烈得無異於絕食抗議行為。

在他發生事故之前，從來沒吃過那種可怕的東西。

事實上，這根本就不是普通人會吃的肉！

果然，謹軒已經發瘋了……

但，玉寧不可能看著謹軒從不進食，日漸消瘦，甚至危及生命，於是，她決定用鴨肉熬製的肉湯騙他，但是，謹軒很快地就發現了，他不僅不顧自己被燙傷，用力打破湯碗，還立刻將她趕出房間。

最後，玉寧在迫不得已的窘境下，只好用捕鼠籠抓到一頭老鼠。

她必須壓抑恐懼的情緒，將鼠肉熬成肉湯！

當她與籠中的老鼠四目相對之際，老鼠彷彿察知了她的企圖，在籠內一角死命逃竄，不斷地發出令人膽寒的悲鳴。處理這頭老鼠的過程，玉寧嘔吐、哭泣了不知多少回，特別是除去牠全身的細毛、牙齒、腳爪和尾巴的過程中，恐懼得幾乎讓她嘔吐到只剩胃液。

然而，花了三個小時才完成的鼠肉湯，終究成了食物的一種，濃厚的香氣幾乎令人忘卻食材最初的恐怖模樣。

但是，只要一回頭看到處理食材所遺留的毛團及殘骨，戰慄感就會立刻襲上心頭！

在送出肉湯之前，玉寧進入浴室，拚命地澆淋熱水，用力刷洗身體，想把彌漫在空氣中的異味全部洗乾淨，甚至把噁心的記憶也一併沖走。

也不知道洗了多久，玉寧甚至一度暈厥，最後才擦乾身體，木然地離開浴室。出了浴室後，她已經說服自己，接受謹軒發瘋的事實了。為此，她還換穿了一套比較體面的衣服，略施薄妝，強自偽裝成開朗愉悅的模樣，將肉湯送到孩子的面前。

然而，一見到謹軒凝視著肉湯的表情，玉寧終於落下淚來。

當她雙手顫抖、遲疑地遞出舀滿湯汁的調羹時，謹軒猶如飢腸轆轆的食蟻獸般不停吮飲湯匙，直到調羹內的湯汁已盡，他還在忘情地舔舐著，宛如沙漠中長年未逢的珍貴甘霖。

接著，他才慢慢咀嚼熟透的老鼠肉，原本緊繃的臉頰也跟著舒張開來，彷彿自己像是一位高雅的美食家，以開朗的咀嚼聲來代替鑑賞的喝采。然後，他以舌頭舔舐著唇間殘留的湯液時，眼神綻放了喜悅的激動。

玉寧從謹軒的眼神中，看見了康復的希望。這個孩子，是真心渴望恢復健康的。因此，他才會提出這些無理的要求……終於，她體會到這碗肉湯對他是多麼重要。

然而，隔了幾天以後，令人萬萬想不到，謹軒對老鼠肉也厭倦了。他就像孩童一樣，對於習以為常的事物非常排斥，只一意追求新鮮感。

玉寧再也沒有別的辦法了。於是，端到謹軒面前的肉湯，也慢慢換成了狗肉、貓肉、鴿肉，有時甚至還會加上蒼蠅或蟑螂磨粉製成的怪異味精佐料。抓不到的動物，就得設法去買。待在家裡，對玉寧而言已經變成痛苦的折磨，但她卻只能逼迫自己習慣這種變態的烹調方式。

每當謹軒喝完了湯，露出純真的笑容，那是玉寧最感幸福的時刻。身為人母的滿足感，在那一瞬間全都獲得了，她甚至感覺死也無憾。

但只要用餐時間慢慢接近，當謹軒望著她的臉，他的表情就像是在傾訴，他還想要更多的肉湯，那宛如一種永無止境的央求，央求她完全滿足他。

玉寧的精神壓力變得愈來愈大。有時候明明是在便當店裡工作，卻誤以為手上正在處理的食材變成死猴或蜈蚣。每天晚上進了臥房，玉寧也無法闔眼，腦海中填滿那些小動物在鍋子裡被滾湧的熱水燙熟的掙扎。

即便好不容易進入睡夢裡，她甚至會看到那些小動物從肉湯裡跳出來。

老闆娘以為她無法勝任便當店的工作，是因為照顧傷殘的小孩？

根本不是！

那完全是因為，玉寧的腦海裡，整天都充斥著烹煮小動物的恐怖記憶。

但是，下一步居然是人肉！她真的沒有聽錯？

為什麼她的小孩會說出這種話……

『不可以嗎？媽媽？』

『不是不可以……而是……我根本辦不到啊！』

『如果我沒有辦法吃到人肉，』全身無法動彈的謹軒，激動的聲音卻大得幾乎刺穿玉寧的胸膛。『我恐怕一輩子都無法下床了。』

他又露出那副傷心欲絕的臉孔了。

『謹軒，殺人是犯法的，這一點你應該很清楚啊！更何況是吃人……』

謹軒的語氣彷彿要咬碎自己的牙齒，『只要不被發現，就不算犯法吧！』

『你這孩子，怎麼會說這種話？』

『我不管！我不管！』他居然真的落淚了，『媽媽，妳討厭我了嗎？』

『媽媽沒有啊。』

『那媽媽為什麼對我這麼兇？』

『不，不是的。我……』

『我真的想吃人肉！如果沒有吃到人肉，我一定會死的！』

『知道了……我知道了……』

玉寧的語氣充滿無力感，她強顏歡笑地回答。

『謹軒，我們改天再吃人肉好不好？今天我準備了貓肉湯喔。』

『怎麼又是貓肉！』

『你聞聞看，這碗貓肉湯這麼香……』

『媽，妳不要敷衍我！』

在謹軒的強烈要求下，今天晚上回家以前，玉寧若不是真的得想辦法為他熬製出人肉湯，就是得想出一個好理由來搪塞他。可是，依據過去的經驗，謹軒從來沒有接受過玉寧的理由，逼得玉寧總是必須順服。

等洗完這些盛菜槽後，她就必須回家面對謹軒了！

玉寧感覺頭痛欲裂。自從開始熬製怪異的肉湯以來，偏頭痛已經持續了很長一段時間。今天的狀況則更加嚴重。

她好想對老闆娘說出實話，然後從此擺脫謹軒的威脅。但，老闆娘並沒有注意到她內心的掙扎，還以為她做賊心虛，口中的攻訐便更犀利了。

面臨老闆娘極不友善的對待，玉寧硬生生地把話吞了回去。

取而代之的，是憤怒。她心中的一股殺意陡然生起！

——如果，我殺了老闆娘，那麼我的工作既能保住，謹軒也有人肉可以吃了。

——但那是不可能的……老闆娘臃腫的身軀，足足是我的兩倍。更何況，打掃餐廳的其他員工也都尚未下班。我一定會被發現的。

——不行……我做不到……

就在玉寧輾轉反覆之間，老闆娘似乎已經罵累了。也許她沒料到玉寧這麼堅強，可以承受得了這麼多捕風捉影的冷血鞭笞。

她放棄了玉寧，轉而朝其他地方巡視去了。

玉寧終於鬆了一口氣。但隨之而來的，則是更強烈的失落感。老闆娘可能是綁住自己理智的最後一根繩索。

她默默地繼續洗完鋁槽，並且全部收拾到碗盤櫃，離開了便當店，準備開車回家。

——接下來該怎麼辦？

謹軒一定在家裡等著要喝人肉湯。

謹軒不會原諒她的。他必然會大吵大鬧起來，並且出言徹底否定做母親的她，踐踏她的尊嚴。但是，人肉的要求實在是做不到的……

就在此時，玉寧在門口看見一位穿著幼稚園圍兜的女童，往便當店走來。

那是老闆娘的小女兒。

『徐阿姨好。』

這個小女孩剛滿五歲，跟便當店開張的時間差不多，等於是在這裡打工的婦人們一起看著長大的，跟大家都熟，一點也不怕生。因為長得相當可愛，很得大人的疼。也許是出生環境使然，也許是遺傳到母親八面玲瓏的性格，小女孩從學會說話以來，便很懂得逢迎大人，向大家撒嬌要糖果吃。

『好乖。來找媽媽嗎？』

『嗯。』

此時剛好是小女孩的放學時間。不過，當大人還在便當店裡忙進忙出時，小女孩也不吵鬧，一個人乖乖在店裡找張桌子寫作業。

『徐阿姨要回家了嗎？』

凝視著小女孩圓滾滾的臉頰，玉寧的耳際忽然出現許多噪音般的喧嘩聲。

『我要晚一點才回家，現在正想去公園裡抓蝴蝶呢。』

『啊，好棒喔。』

小女孩的臉上頓時露出了羨慕的表情。

可是，儘管如此，小女孩依然趨身準備進入店門。

『對了，妳最好不要去吵媽媽哦。』像是正有歹徒將水果刀抵住她的背後似的，玉寧的語氣充滿著不由自主的緊張感，猶如生死危機即將迫近。

『她現在剛好很忙，看妳突然跑進去玩，說不定她會生氣……』

5

現在，必須要藉助嘴巴的力量，謹軒才能打開電視機的電源。

包裹著電視遙控器的保鮮膜，看起來早就吸附許多灰塵、汙垢，此時卻流滿自己的唾液。

謹軒只能選擇別開頭不去看遙控器，他現在連擦拭唾液的辦法也沒有。

以前只要打開電視，謹軒總會先按著選台鍵，將所有的電視台全部掃閱一遍，然後再憑第一印象的記憶，來選擇最喜歡的一台。

然而，這樣簡單的動作，卻變得困難重重了。

原本放置在一樓客廳的電視機，其實是老女人怕謹軒整天躺在床上太無聊，才把電視搬進這個房間裡的。可是，這反而加深了謹軒的挫折感。

既無法自由控制排滿密密麻麻按鍵的選台器，原本每個禮拜都會準時觀賞的綜藝節目，也充斥著四處活蹦亂跳的藝人……這一切都像是在告訴謹軒，他永遠都無法重回正常人的生活。

更令人喪氣的是，老女人第一次把電視的訊號線裝好，居然兀自將頻道切換到國中課程的電視教學節目，離去以前，還特別叮嚀著，一定要每天準時收看，認真複習功課。

——難道說，她還沒有對眼前這個廢物死心嗎？

——我都變成了這副德性，她還在殷切地期盼我？

儘管謹軒已經上了病榻，老女人竟然依舊沒有放棄要他重考的打算！

雙眼無神地凝望著電視螢幕前的影像晃蕩，謹軒的眼睛突然刺痛起來。

長期臥床的結果，已經讓他的身體肌肉完全鬆弛，既養成了嗜睡的習慣，作息也經常日夜顛倒。此外，由於房間狹窄，電視沒有辦法架得太遠，在螢幕輻射線的照射下，眼睛也開始畏光，一旦電視看得太久，就會開始紅腫、冒淚。

縱使經過長時間的睡眠，謹軒在醒過來以後，精神也仍然委靡不振，最後只好再度閉眼，繼續睡覺。他總是處在半夢半醒之間，時間感忽快忽慢，常常感覺自己失去意識，一大段時間整個被人強行奪走一樣，一下子就從黑夜跳躍到白天，反之亦然。

在他眼眶的周邊，長滿了黏膩的分泌物，他卻根本沒辦法揉掉。別說是刷牙，即便是身體的簡單擦拭，只要老女人一忙起來，就會完全忘記。他的嘴裡經常充滿著牙垢不斷增長的黏膩感，這甚至使他連味覺都喪失了。

謹軒感覺自己就像是隻攀附在樹根上的弱小黴菇，在暗無天日、到處都是螻蟻逃竄的陰濕土壤之間悲慘地寄生著。

因為下半身幾乎沒有任何感覺，失禁的情況也變得愈來愈嚴重。

——難不成，我未來只能這樣過一輩子？

他雖然穿著紙尿褲，不必擔心尿液流滿整個床鋪，但是自己竟連尿液的水流都感覺不到，令他對『事件』的憎恨情緒，高張得無以復加。

若非謹達在最後關頭刻意出言拖延，他有足夠的時間可以逃離現場……到頭來，他依然將軀體成殘的責任，全然推給哥哥。

一想到哥哥，謹軒的情緒又焦躁、浮動起來了。最近這兩個禮拜，他漸漸地再也難以控制自己的暴怒。然而，哥哥已經死了。他再怎麼憎恨，都無法再看見哥哥受傷害的痛苦表情。

若從這個角度來看，自己的處境比死得乾乾淨淨的哥哥更悲慘。

於是，謹軒只得將發洩的管道轉向老女人了。除了進食、控制電視遙控器之外，他的嘴巴多出來的功能，就是辱罵老女人。謹軒心想，他寧可再次被送回醫院，去面對那些毫無生命感、象徵死亡的消毒藥水味，也好過每天聞到她身上的餿味。

辱罵這個他應該稱她為母親的老女人，之所以愈來愈理直氣壯，並非毫無原因。她總是無所不用其極地在展現個人的控制慾，對待自己的方式，有如玩偶。

『多吃一點飯飯好不好啊？』

『把窗窗打開好不好啊？』

『我們來看綜藝節目好不好啊？』

『你看你，又尿床了，真拿你沒辦法啊，呵呵。』

老女人那種低能幼稚、辦家家酒般的說話方式，簡直讓謹軒忍無可忍。

『傻孩子，這又沒有關係。』

『你答應媽媽好不好嘛，不許再胡鬧了喔……』

老女人的心智年齡好像退化成小孩了。而且，是會把洋娃娃整得支離破碎、還裝成若無其事的那一種小孩。

是了。謹軒還記得，父親還在世時，有幾次生了病，老女人也是這樣對待他的。

父親並不常生病。但有時候會突然感染嚴重的流行性感冒，告假好幾天待在家裡養病。

老女人好像逮到大好機會一樣，搖身變成一家之主。無論是量體溫、吃藥，她都以嚴厲的姿態要父親乖乖從命。感冒的人，胃口通常不好，但老女人可不管這些，她甚至會將滾燙的熱粥強行灌入父親的喉內，還說這全是為了他好。

那時候，父親病得再重，只要一見到謹軒，總是會露出鬆了一口氣的和善表情。那是在老女人面前從來沒有出現過的表情。然而，當時老女人卻貌似羞赧地說，她小時候最愛和洋娃娃一起玩辦家家酒的醫生遊戲，對於照顧病人，她可是非常得心應手。

事實上，謹軒在心底一直認為，父親在受傷殘廢以後，趕他出院的醫生們當然有責任；但是，原本體魄強健的父親，竟然在一被送回家休養不到一個月的時間內即猝然過世，絕對跟照顧他的老女人脫離不了關係……

這個可惡的老女人……

謹軒一點都不想成為她的洋娃娃！一點都不想！

他暗自發誓，總有一天，他一定會好起來的！

『這是這個月內發生的第三起女童失蹤的案件……』

倏地，電視上的新聞快報引起了謹軒的注意。因為，他看到電視畫面上出現熟悉的影像。

那是離家不遠的一所小學——在『事件』發生前，他每天都會經過的地方。

『據瞭解，女童失蹤的時間是在昨天傍晚下課以後。經過警方的初步研判，目前主要朝著預謀犯罪事件的方向進行偵查。』播報這則消息的女主播，儘管表情刻意裝得緊張萬狀，卻給人一種大驚小怪、趕時間下班、毫無說服力的感覺。『由於失蹤女童就讀的小學，設置了專屬的家長接送區，但並不是每個小學生都有家長接送，因此，綁架者如果不是經過一段時間的觀察，才決定了沒有家長接送的下手對象，那麼綁架者就有可能是女童家長的熟人。』

謹軒平常並沒有收看新聞台的習慣。之所以會看到這則新聞，完全出於偶然，只是因為自己僅以嘴巴控制遙控器選台，每轉一台都非常辛苦，最後，轉到這個新聞台以後，嘴巴就變得非常痠麻，只好停了下來。

由於這附近只是普通不過的住宅區，遑論發生命案，縱使是鄰里間的口角也很少聽說，謹軒看到這則新聞，感到十分驚訝。

台灣的新聞電視台數量，已高居全球之冠。因為競爭十分激烈，無論是多麼不重要的新聞，只要能夠稍微勾起觀眾的好奇心，記者們就願意不厭其煩、天馬行空地進行超大篇幅的深入報導，在電視上反覆強力放送。

然而，無論是再有趣的節目，同樣的內容一旦播放了兩次以上，就會感覺無聊。綜藝節目的笑點也不例外。特別是對於像謹軒這種成天無事可做、只能靠什麼東西來打發時間的人而言，對於電視機的存在，更有一種早已厭煩卻無法遠離的需要。

可是，這次的情況不同。

因為是發生於近在咫尺的新聞，同樣的內容反而給予謹軒切身的刺激感。原本單調貧乏的資訊，在他的眼中也變得滋味豐富，得以思考再三。

多虧了這則新聞，才讓謹軒提振了消沉的精神。

女主播除了介紹這位國小女童的家庭背景以外，也詳細交代了先前兩位女童的失蹤事件。前兩位女童都是在放學後失蹤的，第一位還在就讀幼稚園中班，失蹤於放學回家的途中；第二位則是國小一年級的女生，是在放學回家後，獨自去了公園玩耍，最後再也沒有回家吃晚飯了。

『……她平常在學校裡，很乖……很乖……成績也很好，很多同學跟她是好朋友。』

『她很有禮貌。』

訪問案件關係人的鏡頭，常常會避開受訪者的臉孔，象徵記者對人權隱私的重視。若是其他社會事件，謹軒根本不會在意，但對於這樁女童連續失蹤案，他卻瞇著眼睛想從畫面的蛛絲馬跡上發現一些現實的端倪。

『學校到家庭之間出現了治安的死角。』

『在乖巧的外表背後，兒童是否也擁有不為人知的一面？』

『專對無辜的幼童下手，這個社會是不是病了？』

除去關於案件的必要情報以外，諸如此類的論調，每一個新聞事件裡都會出現，記者們只要把主詞換掉即可。這種結論，謹軒認為根本沒有必要說。

新聞台的新聞，以每個小時一次的方式進行播放。如果在這段期間，案情出現什麼新發展，重要的事件一定會進入緊急插播，否則就會在螢幕側邊打上危言聳聽的文字跑馬燈。

正當同樣的新聞，幾小時內重複了三、四次以後，謹軒看著看著，也開始感覺疲累之際，這一段整點播報，增加了新進的新聞畫面。

然而，謹軒一看到新的畫面，卻立刻詫異得全身顫抖起來！

首先，畫面上出現了小學的圍觀人群。

女主播解釋，這段畫面之所以比較晚到，其實是因為現場的記者好不容易等到校長出現，在校園裡直擊採訪。

可是，或許是因為學校現場還有許多小學生，畫面必須做一些剪輯處理；或許是因為拍攝後引起校長抗議，進行交涉以後才取得諒解。

不過，謹軒關心的事情，都不是這些畫面上沒有提及的猜測。

因為，在圍觀著記者採訪的人群中，竟然出現了老女人的臉孔！

——為什麼她會出現在那裡？

記者在拍攝的無意間，將鏡頭停留在老女人的臉上好幾秒，讓謹軒得以仔細地辨認，那人確實是他的母親。

沒錯，連續三樁女童失蹤案都發生在這附近，老女人逗留在現場圍觀並不奇怪。

但，謹軒發現，她的眼神卻不像是好奇的表情。而是一種……隱匿窺探的詭異情緒。其他人絕對分不出她的表情有何古怪之處，因為他們並未跟老女人朝夕相處。

而謹軒是老女人唯一的家人，也是世界上最瞭解她的人。

這段攔截校長的過程，標題不僅寫上獨家，還配合女主播的悉心說明，在電視上重複播出多次，更讓謹軒對老女人異常的神色愈發不解。

就在謹軒的心思依然纏繞在老女人是否與女童失蹤案有所關聯之時，老女人的身影突然從門口出現！

『謹軒，你在看電視啊？』

老女人突如其來的聲音，嚇得謹軒心跳幾欲停止。

她一進房間，便回頭瞧了瞧放在裡側的電視。還好，此時她的臉已經消失在螢幕前，電視新聞轉到下一則，是一場連環車禍。

『是啊。』謹軒癱瘓的身體根本無法動彈，這反而使他激昂的情緒沒有被她察覺。

不過，螢幕上連續不斷的文字跑馬燈，反而像是圍繞四周的蚊蠅般讓他心焦。他設法咬起遙控器，以齒尖尋找著電源開關的按鈕。

『先別看電視了。』老女人狀似溫柔的語氣，永遠顯露著權威式的壓迫感。『我準備了熱騰騰的肉湯哦！』

事實上，老女人根本無須贅言，謹軒一下子就聞到了撩撥食慾的香味。

若非女童失蹤案的新聞完全吸引了他的注意力，他也不會在老女人進門時才驚慌失措。早在她在樓下料理肉湯的過程中，他就會在房間裡聞到香味了。

這是謹軒癱瘓後唯一的愉悅時光。

正是這碗肉湯，才使他願意忍受老女人的支配。

在謹軒重傷成殘後的這段期間，當他只剩下嘴巴可以正常活動以後，只有在進食之際，他才會忘記發生在自己身上的悲劇，感覺自己宛如正常人般地活在世界上。

然而，不知為何，今天肉湯的氣味極為香醇，遠勝以往。

謹軒嘴裡的唾液很快地濕潤了。

遙控器上的保鮮膜，被他的口水弄得濕淋淋的，同時也滲出一絲腐臭的鹹味。但在美味的肉湯面前，他絲毫不以為意。他終於找到電源按鈕，焦急地關掉了很可能再度播送女童連續失蹤案的新聞。

『媽，今天的肉湯特別香耶。』

『傻孩子，這還用說，我精心調製的嘛。』

想要早點吃到這碗肉湯，謹軒就必須壓低身段，假惺惺地逢迎奉承眼前的老女人，直到她高興地將盛滿熱湯的調羹，一口接一口送進自己的嘴裡。還有，那些咬勁充滿彈性的肉塊，一撕開就會溢出鮮美的汁液……

老女人欣喜地坐到謹軒的身旁，一副辦家家酒的神態。謹軒儘管思念肉湯，卻仍被她身上的餿味嗆到。但他卻不能發出任何不快的哼聲，老女人這時候對他的一舉一動，可是敏感得很。

當閃著澄澄亮光的湯汁，徐徐流入喉內，謹軒的胸口彷彿通上快樂的電流，飽滿的暖氣也從體內伸張開來。不知道今天的肉湯是如何熬煮的，甘美的渦流在他的腦中旋繞不去。

喝了兩口湯以後，老女人送上了沉浸在湯中多時的肉塊。

比起雞肉，肉塊的顏色顯得稍微深沉了些，但卻又不像牛肉的觸感那麼粗糙。一進入嘴裡，肉塊卻宛如充滿生命力，會主動纏繞在自己的舌齒上，那些有如綢緞般細緻的肉質，輕輕咀嚼後就會整個化開，並且轉變為羽絨般的觸感，溫柔地撫觸著他的牙齦與頰內。

『這些肉……吃起來真的好嫩……』

謹軒無法停止嚥食這些肉塊，他有種狼食鯨吞的衝動卻又混雜著點舌啜飲的矛盾快感。

彷彿有一股隨時都會被吸入深淵、成癮得無可自拔的魅惑力量。

『謹軒，你喜歡今天的肉湯，媽媽真的好高興。』

因為嘴裡滿是甘醇鮮美的肉塊，謹軒沒有辦法好好說話，儘管他是可以等到整碗肉湯喝完再問的，但他卻忍不住地一邊咀嚼著肉塊一邊發問了。

『媽，這到底是什麼肉啊？』

聽到他的詢問，老女人餵湯的動作忽然完全停止了。

『這是祕密。』

老女人樂不可支的神情一下子煙消雲散，取而代之的是冰冷淡漠的迴避。

謹軒也沒有想到，這個微不足道的無心之問，居然讓老女人動怒了。原本在他的唇齒間吞吐進出的溫熱調羹，此時也硬生生地被移開了。

『媽……妳怎麼了？』

斷然失去了即將飲盡的肉湯，他不由得感到一陣錯愕。

『你這小孩為什麼那麼多嘴？』老女人像是惡魔附身地改變態度，『真夠丟人現眼！』

『我只是……我剛剛只不過是問……』

謹軒對老女人的轉變嚇了一跳，說話也不知不覺支吾起來。一時之間，他還誤以為自己剛剛看新聞窺探老女人的臉孔，被她發現了，所以她才會變得這麼兇。

『這是祕密！這是祕密！』老女人憤怒地叫喊：『你聽不懂嗎？』

房間裡迅速陷入陰沉的靜默。

『媽……我不問了……對不起……對不起……請妳讓我繼續吃好嗎？』

老女人聽著謹軒的求情，一點都不為所動，反而將肉湯端得更遠。

『不，今天我們不喝肉湯了。』

此時，謹軒的頭皮忽然一陣發麻。

『媽……這……』謹軒顫抖地吞嚥口水，卻發現口水根本嚥不下去。

他終於知道老女人為何出現在案件現場了！

『……這是人肉……對吧？』

在這句話說完的一瞬間，謹軒看見老女人雙眼圓睜鼓起。可是，她在下一秒，卻又遽然開心地歡聲大笑起來，跟電視上的鬼祟模樣判若兩人。

6

老闆娘女兒失蹤的消息，在電視新聞報導一揭露後，立刻在便當店裡爆發了沸沸揚揚的祕密議論。

『怎麼會發生這種事？』

『好可怕……』

『到底是誰會做出那麼變態的行為？』

『還好還好，我女兒今年已經十七歲了……』

事實上，儘管老闆娘在女兒失蹤的當晚隨即向當地派出所報案，但她並沒有在店裡的員工們面前透露出任何異狀。當有人偶然間問到怎麼今天沒有看到她女兒時，她只推說她女兒才剛來過店裡，拿了家裡的鑰匙就直接回家了，並立刻轉移話題。

除了玉寧以外，大家都是看了新聞報導以後才得知的，而這已經是老闆娘女兒失蹤一週以後的事情了。在這一週之間，警方認為老闆娘的便當店生意興隆，恐怕招惹歹徒覬覦，因此初步判定是擄人勒贖案，遂在老闆娘家中設立指揮中心，還在電話裡裝設追蹤儀器，可是，卻遲遲等不到歹徒的聯絡。

三天後，附近又發生了第二起女童失蹤案，但這回的受害者家屬竟沒有立即報案。記者在報導中指出，這似乎是因為女童家裡發生問題——她的父母正在打離婚訴訟，雙方都認為對方把小孩藏起來，還想誣賴對方莫須有的罪狀，以奪得監護權。結果，等到兩人終於發現大事不妙、即刻報案之際，第三起案件也同時發生了。

警方這才發現，一開始的辦案方向嚴重錯誤，但已經失去了偵查的黃金時機。最後，只好在媒體揭露後，被迫公開案情線索，向社會大眾尋求破案契機。

就在這樣的巧合下，玉寧逃過了立刻被警方鎖定的厄運。

案情揭露後，玉寧聽其他員工說，老闆娘這輩子幾乎沒有談過戀愛，唯一的一次是在四十歲那年，跟一個小她十幾歲的男人相戀，沒想到，那男人只是為了貪圖她的存款，錢一到手之後就立刻無影無蹤。

但，在男人失蹤後，老闆娘才發現自己已經懷有男人的骨肉。儘管傷心欲絕，她還是決定生下這個孩子。由於是高齡產婦，加上極不穩定情緒影響所致，老闆娘的懷胎過程並不順利，好幾次都有流產危機。所幸，最後女兒無事誕生，成長過程更十分健康，也因此，這個女兒可以說是老闆娘唯一的倚靠。

不過，老闆娘卻不再相信任何人，這也許就是她對待員工如此刻薄的原因。她曾經被騙走一筆鉅款，所以對金錢總是斤斤計較。

若非發生這種大事，玉寧恐怕也沒有機會聽到老闆娘背後的這段祕辛。

事情發生後，沒有人敢在老闆娘面前提到她女兒，全都埋頭默默工作，避免刺激老闆娘。雖然在私下的討論中，大家都對身陷悲劇的老闆娘感到同情，但玉寧聽得出來，大家的心裡全都鬆了一口氣。

老闆娘暫時不會再來指責東指責西的，店裡的氣氛也變得平和、寧靜許多。

正如同老闆娘在報案後仍然向眾人隱瞞著女兒失蹤的消息，悲劇發生後，她也不在眾人面前表露任何情緒。這是她母性堅強的一面。

不過，儘管玉寧早知道這一天總是會來，警察大陣仗的偵訊卻令人倍感不安——這可能也有在媒體面前作秀，藉此消除社會觀感不佳的企圖。

便當店裡的所有員工，都被要求單獨問話。輪到玉寧的時候，她面對的是兩名年輕刑警。其中一名體態臃腫的刑警，個性似乎比較火爆，每當她的回答稍有遲疑，他就會發出不耐煩、克制不住情緒的哼聲、有時甚至會拍擊桌面，露出想揍人的表情。

另一位身材精瘦型的刑警，就顯得比較冷靜。他只是默不作聲地在看不清楚字跡的白紙上寫字，並且露出疑惑與寬容混雜的表情。在胖刑警情緒失控的時候，他也會說一兩句話來安撫。

起初，玉寧還以為警方用這種方式對她，是因為對她有所懷疑。她必須非常謹慎，才能確保自己的證詞沒有矛盾之處。

不過，玉寧結束偵訊、跟店裡其他人討論時，警方對待證人似乎都是用相同的模式。或許這只是警方偵訊的標準流程；或許他們以為，用這套流程就能突破犯人的心防吧。

這一個禮拜以來，包括老闆娘的小女兒在內，玉寧總共殺死了三名女童。警方這時候才開始訊問便當店的員工，顯然是太遲了，玉寧在事前反覆檢查自己的證詞，可以說是完美無缺，絕對不會被警方疑心。

此外，隨著經驗的累積，玉寧的犯罪手法也變得愈來愈熟練。在第三個小女孩面前，她只花了不到兩分鐘就得手了。

玉寧會在女童尚未出現戒心之前，立刻伸手掐住她的脖子，然後施出狠勁迅速勒死她。這個過程一定要快，必須快得讓女童還來不及哭、來不及發出叫聲時就斷氣。

女童一旦喪命，玉寧會即刻把女童的屍體放在車後的行李廂，再覆蓋上沾滿廚餘的帆布及工作服。預謀型兇手往往因為考慮到安置屍體的位置，因此會在事前特別整理後車廂，這反而容易引起警方懷疑，因此，看起來凌亂骯髒、很少整理的後車廂，其實是最良好的掩飾。

將屍體載回家裡後，首先要先送進浴室裡清洗，並且把屍體全身的體毛剃乾淨。女童的體毛通常不多，但仍然要小心處理，不能隨便讓這些毛髮隨著排水管流掉。一旦造成堵塞，很可能會令事跡敗露。

剃光體毛的屍體，外型已變得跟雛雞沒什麼兩樣。

然後，是把屍體抱進浴缸裡，開始進行放血。為了不讓屍體散發出太多的血腥味，除了房門必須緊閉以外，也必須使用大量清水沖淡血液。放乾血液、剖開體腔把內臟掏除以後，最困難的工程到此大抵結束。

到此為止，屍體已經不再是屍體，而必須視為初等食材了。

接下來，是將食材解剖，做進一步的處理。各部位的食材，脂肪、肌肉的比例含量都大相逕庭，處理方式也不盡相同。

其中，肉質最鮮美、最適合作為上等食材的首選部位，並非臀部或大腿。

而是腳掌。

未曾遭受高跟鞋的扭壓，光滑細緻，連一絲粗糙的皺紋也沒有，由於經常跑跑跳跳，也保有均衡的彈性。此外，腳掌的硬筋最少，所含的蛋白質、脂肪比例也最勻稱。

熬製湯汁的骨頭，則以肋骨最適合。肋骨不僅髓汁最為香醇，還帶有可愛的弧線、充滿韌度，一側剛好可以放進一隻腳掌，可以讓肉質變得更入味。

女童尚未發育完全，骨骼充滿膠質，剔除骨頭來烹調肉材並不困難。

但，對於玉寧而言，真正麻煩的是內臟、剔餘的骨頭該如何丟棄。尤其是頭骨。

玉寧曾試著調製王水來溶解這些東西。但溶後的反應物異味更為強烈，而且附著力很強，幾乎沒辦法清洗乾淨，極可能堵住排水孔，屆時會更難以收拾。此外，內臟腐敗得特別迅速，她不得已只能暫時先藏置在冰箱裡。

玉寧心想，這些犯罪證據，一定要想辦法早點丟棄！

因為，她如果再繼續尋找附近的女童下手，總有一天會被警察盯上的。女童失蹤案接連不斷地發生，這附近的女童們，定然全都接受了師長的告誡，防備心也愈來愈重。

接下來，再找任何一個女童搭訕，甚至都有可能被告發！

另一方面，謹軒喝了愈多的人肉湯，就愈是出現上癮的症狀。只要沒有定時餵他喝肉湯，他就會開始大吵大鬧，甚至語無倫次、精神錯亂起來。嚴重的話，還有類似戒除毒癮時，常會出現的禁斷現象。

謹軒對於狗肉、貓肉、老鼠肉再也沒有任何興趣了，卻對人肉的食慾一次比一次更強烈，進食的時間間隔也愈來愈短。

玉寧在腦中計算了冰箱裡還有多少食材。

光憑那些分量，恐怕撐不了一個禮拜，很快就會耗盡。

既然警方已經開始行動，玉寧想要再得逞，已經不是那麼簡單的事了。事實上，在她心中還有一個目標，可以供作謹軒的食物。比起先前的三個受害者，她已經偷偷觀察了更長的時間。

總之，她不能急、不能打草驚蛇，她必須繼續等待，直到時機成熟。

不過，她總有一天必須動手。

因為一切的所作所為，都是為了治好謹軒啊……

7

謹軒疲倦地躺在床上，凝望著上鋪夾板上的幼稚塗鴉，混亂的思緒一直無法平靜。

——到底是那個老女人瘋了，還是我瘋了？

老女人已經離開了房間好一陣子，地板上散落著破碗的碎片，冷卻的湯汁流滿整片地板，開始發出微腐的油味。她似乎沒有回頭來清理的打算。

縱使是不可思議的異想天開，謹軒還是認為，他的猜測並沒有錯。

但是……老女人為何會做出這麼可怕的事？

謹軒忽然感覺從胸膛裡湧起一陣陣倍感窒悶的寒意。

在不知不覺中，謹軒也成了可悲的受害者！

『……這是人肉對吧？』

方才，見到老女人只是一個勁地傻笑，久未獲得正面回應的謹軒，終於決定再問第二次。

第二次，他決定豁出去了。

老女人手上的肉湯，無論謹軒如何求情，看起來是絕不會再回到他嘴邊了。出於一種惱羞成怒的倔強，既然柔言苦勸未果，謹軒終於對肉湯徹底死了心，並且開始以言詞攻擊老女人，打算一股腦兒放出狠話來激怒老女人。

『謹軒，你不要胡說八道！』

『這一定是人肉！』

『這碗肉湯……哪裡是什麼人肉啊？這明明是雞肉啊。』

老女人很快地冷靜下來，並且立刻否認。但，謹軒早就看穿她的口是心非。

『我不相信。』他堅持己見，『味道根本就不一樣！』

她端著肉湯的手在顫抖。

『媽媽只不過換了一種煮法而已。』

『絕不是那樣。這碗肉湯的口感，跟雞肉差太多了。』謹軒佯裝一副看透事實真相的模樣，想逼老女人坦承，『媽媽，妳老實告訴我，這是人肉對不對？』

『你不要再鬧了，謹軒！』

碗裡滾燙的肉湯雖然濺了出來，但老女人卻沒有察覺。她真的生氣了。

『媽媽，妳不要再騙我了，還是告訴我實話吧。』

『我說過了，這是雞肉！』老女人突然爆出大發雷霆的吼聲。

『媽媽，妳為什麼要餵我吃人肉？』

『你敢再說！』

『我不想再喝妳煮的肉湯了。』

『我不允許！這是雞肉！你給我乖乖吃下去！』

老女人憤怒地瞪視謹軒，舀滿肉湯的調羹有如長矛般鋒利，使他頓時感覺到一股邪惡的壓迫感。謹軒很清楚，此時此刻，眼前這個四肢健全的老女人，又恢復為權威至高無上的暴君，想要向家裡唯一的弱者──自己強力施壓。

雖然謹軒感覺自己依舊飢腸轆轆，但這次他決心抗拒到底，絕不屈服。

『哼，不管媽媽妳怎麼解釋，我知道那就是人肉！』

謹軒不再讓她餵食，甚至還提高了毫不在乎的語調說話。

『我在電視新聞裡，看到妳出現在女童的失蹤現場。』

『你說什麼！』

『只有一個理由。』他的語氣尖銳，『妳一定是殺害那些女童的兇手，所以在警方開始調查以後，又回到命案現場去確認自己有沒有留下什麼證據……』

老女人突然把還剩下半碗的肉湯用力甩到地板上，發出震耳欲聾的激響。

『閉嘴！給我閉嘴！』

『媽媽，為什麼妳要做這種事……』

『為什麼？為什麼？你還敢問為什麼？我為了這個家、為了你辛苦了這麼久，你有沒有幫我問過為什麼？』或許老女人發現方才的強硬態度無效，轉而想走柔性路線，摔破了碗以後居然還潸然落淚起來。

但是，謹軒並沒有被老女人的示弱打動。

『我又從來沒有要求妳照顧我！』他冷漠地反唇相譏。

『這可是你說的！』

話聲未止，老女人頭也不回地奔出房間。

房間遽然變得一片死寂。

這樣也好。總算安靜下來了——然而，謹軒的呼吸急促，久久未能平息。

他心底的那團迷霧，也變得愈來愈陰暗。

老實說，那碗肉湯到底是不是人肉做的，謹軒根本無法判定。的確，這碗肉湯的滋味，跟先前吃過的雞湯不太一樣，但這並不表示一定是人肉熬製的。

他之所以說那些話，只不過是倔強、發小孩子脾氣罷了。他甚至連試探老女人底細的企圖都沒有。

或許是因為癱瘓、或許是因為截肢，謹軒再也沒辦法像以前一樣自由行動，所以，他才會出言不遜，希望能和以前一樣惹惱別人、激怒別人……

然而，老女人的反應竟是那麼激烈、那麼反常。難道說，他的猜測是正確的？

極其失落的謹軒，不由得側眼看著潑倒一地的肉湯。

湯汁依然像是盛在碗中般晶瑩剔透。

嘴裡的味覺神經，像是發現金礦的探測器般豎起天線，他頓時感覺非常後悔。無論他多麼討厭老女人，都必須承認她的手藝非常出色。他真不該這麼衝動地質詢老女人。

即便真要質詢她，也應該等到把肉湯全部吃完再問。原本美味可口的肉湯，就這樣被糟蹋浪費了。

——肚子真的好餓。

一感覺到腹中的飢餓，謹軒的頭又開始痛了起來。這些時日，只要沒喝肉湯，他就會變得昏昏欲睡，意識也開始缺乏現實感。

——不行……不行……他不能沒有肉湯。

謹軒想要說服自己，眼前潑灑一地的肉湯，並非人肉。但他已經看過電視新聞，產生了無可避免的聯想，如此恐怖的推測，無論如何都揮之不去。

愈是看著那些糟蹋了的肉湯，他的舌尖就愈是濕潤，甚至脹痛起來。

——就算肉湯真的是人肉做的，那又怎麼樣？

謹軒的心底突然浮出這樣的聲音來。

——老女人餵我喝這種肉湯，恐怕不是第一次了。

他的腦海中浮現起這段時間，老女人每天端著肉湯進房，溫柔地餵食他的畫面。

——我一直都吃得很愉快，不是嗎？

——難道說……難道說……

謹軒的想像力，又將他帶到另外一個更可怕的方向！

自從發生意外以後，他的身體產生了無可恢復的變化。同時，他的心理狀態也跟著改變，已不再像是原來的自己了。對於自己的存在，他也感覺到愈來愈詭異。

例如，他還記得，當他第一天被送回家來，明明他感覺已經睡了將近一天，但老女人卻說他只睡了兩個小時。這就是最明顯的徵兆！

是的。『某人』的確存在，代替他在兩個小時前醒來，與老女人對話。他的時間被『某人』奪走了。這個『某人』，像是腦裡的黑洞般，不間斷地要將他吸入黑暗裡，令他的意識總是渾渾噩噩，喪失了現實的存在感。

——會是『事件』造成的嗎？

謹軒突然想起，以前在學校裡，有個級任老師對心理學特別有興趣，曾經在課堂上說過一件事，令謹軒印象相當深刻。那個老師說，人在承受不了突如其來的巨大壓力時，有時候會在潛意識裡製造另外一個人格，來代替自己承擔這個壓力，以保護自己的安全。

——難道說，在我的潛意識裡，因為『事件』而出現了另一個人格？

謹軒開始思考著，他潛意識裡的這個『某人』，很可能在他不知道的情況下，要求老女人煮人肉湯來吃。

——事實上，想吃人肉的是『某人』。

——老女人將『某人』當成是我，她只是按照我的要求去做而已。

——殺害女童來做肉湯，是極為殘酷的犯罪。但老女人願意為我這樣做。我們成了共犯。然而，我剛才的詢問，卻讓老女人以為我刻意裝瘋賣傻，故意刺激她，要她承認殺人的事實。她以為我想要佯裝不知情，規避責任，所以才會如此憤怒。

愈是深入想像，謹軒的思緒就愈是紛歧。無論如何，他沒辦法否定這樣的可能性。

他定睛凝視著上鋪夾板，突然想到一個辦法。

——或許我可以在夾板上寫字？

——假使我的另一個人格見到我的留言，說不定會回答我？

——反正，不管是哪個人格，這樣的身體，哪裡都去不了。

——『某人』一定會看到我的留言。

——他要留言問『某人』！

側著頸子，謹軒用嘴巴去拉床邊矮櫃的抽屜。他記得裡面有一枝麥克筆。

他不能把留言寫在石膏上，這樣老女人一定會發現的。他已經跟她大吵一架，根本不想讓她看出自己內心的疑惑。

要使留言絕對不會被發現，唯有自己才看得見，只能留在一個地方——上鋪的床板背面。

於是，他把麥克筆叼出來，咬去筆蓋，伸長脖子銜著筆尾想在夾板上寫。這些動作非常困難，他費盡力氣才終於完成筆劃簡單、字體歪斜的寥寥幾字。

吃、人、肉。

然而，他一直咬著筆端的嘴巴，此時早已痠麻不堪。一個不小心，麥克筆從齒間鬆開，滾落到床底下去了。

謹軒一面責罵自己的疏忽，一面設法窺看麥克筆落下的位置。看到了。他發現那枝麥克筆滾得並不遠，如果自己能夠稍微下床，是可以馬上取得的。

若沒有拿到麥克筆，就不能把留言完成。同時，『某人』也沒有辦法回覆。

謹軒並不是完全動彈不得。他的腰部還保有活動的能力。一開始打上石膏的左手，事實上也能夠抬舉。下床並非不可能的事。

首先，他設法以腰部的力量，將下半身拖向床緣，然後再靠左手的拉曳，讓自己翻身向下。原以為可以順利地偏移軀體，重心卻突然失去控制，他一下子整個人從床上重重跌落。

在他墜地的瞬間，身體發出了喀喀的聲響。他的骨頭好像有什麼地方撞裂了。

可是，他一點都不痛！

但，謹軒反而有股深深的悲哀。

——癱瘓就是這麼一回事。即便骨折受傷，也沒有任何知覺。

當謹軒跌到地板上，他很快就看到床底下近在眼前的麥克筆。但是，他也無法用手去握。他必須探頭入內，伸長脖子，用嘴巴去咬。

然而，就在此時，謹軒突然停住了動作！

他聞到了潑灑在地的肉湯香味。

儘管他設法維持理智，要自己不去在意那些翻倒的肉湯，但他敏感的鼻腔仍然情不自禁，牽引、拉扯著他，要他朝那些散濺一地的湯汁、肉塊爬去。由於房內很久沒有打掃了，地板上鋪著薄塵，但這卻未能阻止他去接近那灘肉湯。

——就算那真的是人肉，我也……

謹軒終於失去了自制力。

他乾渴的舌頭，開始用力舔舐地板上冷掉的湯液，伸長的牙尖，也興奮地使勁囓咬僵硬的碎肉。他太餓了，肉湯變得怎樣他都不在乎！

完全冷卻的肉湯，在他的嘴裡散發出一股難堪的澀味。

『謹軒！你在做什麼？』在他絲毫未覺之際，老女人又回到房間。『我可憐的孩子！』

『媽……』

他沒想到老女人會再回來，而且態度明顯地又恢復成辦家家酒的小女孩。

『是媽媽不好。』老女人的臉上殘留著淚痕，『原諒媽媽好不好？』

『我沒事。』

『媽媽的情緒不該失控的，』她蹲下身子來，小心翼翼地撿拾破碗的碎片，『媽媽不該讓你在地上吃這些髒掉的東西。你讓媽媽好心疼。』

『不要緊、不要緊……』

『媽媽再煮一碗熱騰騰的肉湯給你喝，好不好？』

『嗯、嗯。』

謹軒的嘴裡已經塞滿肉塊，他只能做出悶哼的漫應。

然而，就在老女人喜孜孜地轉身下樓的一瞬間，謹軒的理智卻立刻恢復了。老女人的下樓的幼稚姿態，真是令他感覺噁心。

猶如迷夢覺醒，他連著口水一起，厭惡地全吐掉了那些骯髒的肉塊。

——我到底在幹什麼？

——不，我沒有瘋……都是因為太飢餓的緣故……

——這都是『某人』害的。

——我得保持理智才行。我好像因為老女人的變態行徑，也跟著變得怪異了……

謹軒告訴自己，他得趕緊取得麥克筆，趕緊確定『某人』的存在！

但是……

當樓下的廚房又開始飄出濃郁的鮮肉香味時，謹軒的心底竟然又產生奇妙的期待。

8

『徐太太，最近謹軒的情況怎麼樣？』

『他的情況愈來愈好了。』

『是嗎？』

『當然！』

玉寧一面百無聊賴地漫應眼前的醫生，一面在心裡想著，從醫生額前的細微皺紋，可以輕易看出不停蹙眉的痕跡。醫生雖然點頭稱好，這些痕跡也騙不了人，足以證明醫生對自己一點都不信任。他根本不相信她能照顧好謹軒。

但，謹軒的身體確實恢復得很好，這是事實。

玉寧已經可以想像得到他重新站起來、重新學會走路的模樣。

因為，他食用了營養豐富的人肉湯，很快就會康復的。

——然後，我再也不必來這家醫院找罪受了。

——我只是來拿最後一次藥。

——這個可恨、令人不安的鬼地方……

『太好了。既然這樣，徐太太不妨找一天帶謹軒來醫院。』醫生又提出了狂熱的建議，『我們可以來討論一下未來的復健計畫……』

——省省吧你。

——就算沒有醫院的復健計畫，謹軒有我的照顧已經足夠了。

這些反唇駁斥的激烈回應，不停地在玉寧的腦中浮現。她很瞭解謹軒，要他回到醫院，他也絕不會願意。謹軒跟她不只抱怨過一次醫院的食物很難吃。

他只想喝媽媽煮的肉湯。

不斷地使用食物、藥物來降低病人的食慾，藉此消磨病人的求生意志，增強醫生的權威性，進而操縱病人的行為，使病人逐漸失去自信、失去生存意志，再從中獲得利益。

——這就是醫院慣用的詭計。

『沒問題。』玉寧假意恭敬地回答，『我回家立刻跟謹軒說。』

玉寧想要拿到藥，就立刻走人，但醫生卻不打算讓她馬上離開。

『對了，我想我這麼說可能有點多管閒事，不過，徐太太妳臉上的氣色不太好……』

——的確是多管閒事。不用你說。

『妳如果有空的話，等一下不妨在醫院做個小檢查。不會佔用妳太多時間的。』

『啊，謝謝醫生的關心。』

與這家醫院的關係，就到今天為止了——玉寧心想。

所以，她更不能在這個關鍵時刻，讓自己露出破綻來。

『我每天照顧謹軒，真的沒注意到自己太累了呢……不然這樣好了，我下次帶謹軒來復健的時候，也順便做個健康檢查吧。待會兒我剛好還有點事，得早點趕過去。』

『這樣啊……好吧。不過，徐太太，妳可要記得啊，病患跟家屬的健康一樣重要。』

玉寧沒有再理會他了。

——真是個見錢眼開的混帳！

先告訴對方有病，然後再建立權威，接著開始進行操縱、打擊信心……

也許受到了老闆娘的影響，玉寧不會再相信任何人。

現在，在玉寧的心中，只有謹軒一人而已。

在過去，玉寧不得不承認，她的確對謹達、謹軒兩兄弟有差別待遇。她一直認為謹達比較懂事、善解人意，長大以後也不需要她操心，所以，她對待謹軒的態度便顯得嚴厲。

可是，在謹達發生事故死亡、謹軒重傷成殘以後，玉寧卻感覺萬分後悔，認為這一定是上天對她如此偏心的懲罰。

所以，未來無論謹軒多麼任性，玉寧都願意忍耐。

她不願意再失去最後一個孩子了！

玉寧一面小心翼翼地拿著藥包，一面輕手輕腳地留意四周的狀況。她希望自己可以在不引人注目的情況下，安靜而自然地離開這家醫院。

因為，玉寧剛剛做了一件事。

她趁著醫護人員忙進忙出、沒有人留意她的行蹤之際，順手將一個手提包丟棄在無人的病房裡了。那只手提包造型尋常，也沒有標籤，是到處都買得到的地攤貨。任何人看到，都會以為這是探病家屬不慎忘記的行李。

然而，裡頭卻裝滿了三個女童的內臟及骨骸！

一旦有人發現這只手提包是個藏屍袋，勢必將引起軒然大波。但是，她卻不擔心自己會被懷疑。進出這家醫院的人那麼多，玉寧到這家醫院來，每個禮拜都是在固定的時段，但警察一定會認為嫌犯是為了棄屍才專程來到這家醫院，因此並不是定期來看病的患者。

甚至，警方會被她騙得團團轉，甚至誤以為擄殺女童們的，是精神異常的醫生呢。

——呵呵……

事實上，為了今天的棄屍計畫，玉寧已經佈局了很久。

玉寧的思緒翻騰，態度卻十分鎮定，很快地，她平安無事地走出了醫院的玄關。

——終於脫身了！

然而，當她迅速地接近停車場的途中，無意間看見她車子的不遠處，站著一個小女孩，正凝視著停車場邊緣設置的自動販賣機。

沒錯，是那名小女孩。

每個禮拜的同一時段都得來醫院定期檢查、打針，雖然怕痛但故作堅強、出院時必定會向帶她來的爸爸吵著要喝可樂的小女孩。

可是，現在她的身旁並沒有爸爸的蹤影。連一個大人也沒有。

——假使，我現在靜悄悄地走過去，將她擊昏……

——可以做得神不知鬼不覺……

玉寧的腦海中，模擬著殺害小女孩的畫面。

儘管她的犯罪行為，被警方最近的密集調查行動暫時壓抑了，但她的犯罪念頭並未停息。

因為，她隨時隨地都必須準備新的食材。

那小女孩的眼神是那麼天真無邪，雪白的手臂柔弱無骨……

在玉寧的眼前，彷彿已經浮現出她成為鍋中食物的迷人模樣。她的腳掌一定很可愛。她不自覺地吞嚥著舌根的濕滑口水。

就在玉寧感覺到自己即將把手伸向那個小女孩的前一秒鐘——停車場的車陣裡，突然站起一個中年男人，並走向那個小女孩。是那個帶她來的父親。

父女兩人，一起走向自動販賣機，男人以手上的零錢購買易開罐，遞給滿心歡喜的小女孩。

原來，那個男人剛剛蹲在地上撿零錢。

所以玉寧才會以為，小女孩的身邊沒有其他人。

萬一她方才真的行動了——她必然會被當成現行犯，立刻被逮。同時，費盡心思將屍袋棄置在醫院裡的計畫，也將會徒勞無功。

還好。就像她一開始並沒有被警方鎖定一樣，玉寧一直很幸運。

她再次將目光投向那對父女。

每次見到這對父女，總會令人感染一種天倫之樂的融洽氣氛。

不過，誰知道這對父女以後會變怎樣？說不定，小女孩未來想喝的不再是可樂。

而是肉湯……

算了。沒關係。其實一切都不重要了。

9

——吃人肉的是你嗎？

沒有。

除了自己的問句外，無論掃視了多少遍，謹軒都沒有在床板上發現新的留言。

麥克筆在老女人熬煮肉湯的期間，終於設法取得了。後來，老女人端著新做的肉湯回到房裡，並將他搬回床上，他才又找了另一個機會，把未完成的留言寫好。

可是，時間已經經過了一個禮拜，『某人』卻毫無音訊。

儘管在這一個禮拜中，謹軒的精神狀態依然處在夢夢醒醒之間，時間的流逝也快得像是胡亂地跳躍著，但『某人』似乎並沒有隨而現身。

——難道我猜錯了嗎？

事實上，謹軒難以接受這樣的結論。

如果『某人』並不存在，那表示自己的精神錯亂根本就是庸人自擾。亦即，他的神智不但非常清醒，也沒有雙重人格，更從未唆使老女人去殺人煮肉。

——肉湯的材料，真的全都是自己的妄想嗎？

——老女人出現在命案現場，真的只是出於她一時的好奇？

不，謹軒心中疑惑的陰影，並未因為『某人』沒有回覆留言而消散。有太多種解釋了。說不定，『某人』並不想讓謹軒發現他的存在。

更何況，謹軒自始至終都堅信自己的直覺——老女人鬼鬼祟祟的窺視表情，絕對代表了某種陰謀！

謹軒在腦中不斷地提出各種假設，但立刻又一一自我否定，繞了半天依然回到原點。最後，他只能恨恨地責怪自己想不出原因。

然而，這時候，一件令人驚訝的事發生了。

他的下半身居然在動！

就像赫然從睡夢中甦醒似地，謹軒發現自己的雙腳，開始恢復力氣了。最初，是猶如膝蓋呈現抽筋般的晃動，緊接著腳趾也感覺到了被窩裡的熱氣。接著，小腿肚慢慢湧現痠痠麻麻的刺痛感，宛若微小的電流不斷通過。

謹軒不可置信，從腰部、臀部試著施力，想要移動自己的大腿。結果，大腿的肌肉竟然協調地開始一收一縮著。

他立刻以包覆石膏的左手支撐著，讓只剩一半的右臂撥開棉被。

他沒有看錯。他的雙腿果然在動……那絕對不是反射性的痙攣或震顫，而是真的在運動！

出院前醫生的叮嚀，突然在他的耳邊迴蕩——

現代的醫學，尚且無法解釋人類的運動中樞，是如何自我修復的，但是，只要能夠補充足量的蛋白質、脂肪，一定可以促進肌肉、神經的生長與連結。

想不到，經過了長時間的調養，他的脊髓終於跟腿部神經重新連結了！

謹軒狂喜地想大哭，想大叫……

但，就在掉下淚水的剎那，他忍住了。

恢復運動機能的事，絕不能讓老女人知道。這是他的祕密。

老女人一直想要宰制他。她巴不得他永遠癱瘓，永遠做她辦家家酒的洋娃娃。

謹軒決定要逃走，永遠不要回這個家。

在家休養的這段期間，他已經受夠了老女人！

但是，光是一個人逃走是沒用的。謹軒打算，把老女人藏在家裡的錢、首飾、印章、存摺，還有身分證……全部都偷走，遠走高飛。這不但可以徹底打擊她，也可以讓自己繼續生存下去。

然後，他可以像其他的打工族那樣，一個人自由自在……

但是，他不曉得她把那些東西放在哪裡。

老女人去了醫院，大概還有一個鐘頭左右才會回來。但是，一個小時是不夠的，他知道老女人的防備心很強、總是疑神疑鬼，這些重要的物品一定都妥善地藏好了，不可能這麼快全部找齊那些東西，可能要花好幾天的時間慢慢找。

無論如何，既然老女人並不知道他已經恢復運動機能，他也不必急於一時。他可以等一切都準備妥當以後，再好整以暇地離開這裡。

然而，謹軒卻有一個更加迫切、想要立刻知道的事。

——那碗肉湯，究竟以什麼食材烹製的？

——能夠順利恢復運動機能，真的是因為老女人每天餵我吃人肉嗎？

——老女人跟女童連續失蹤案之間，到底有什麼關聯？

一旦運動機能復元，謹軒要像以前那樣自由行動，便不再困難了。他決定迅速下床，去查出老女人鬼鬼祟祟的真相。然而，由於這段期間久臥在床，食慾又盛，不知不覺中，他變得臃腫許多，肌肉無力，下了床以後卻站不起來。

最後，他只好以半爬半跪的怪異姿勢，出了房門。

冰箱在一樓的廚房。

理所當然，他必須爬下去。

於是，他一面伸著腳，踏著樓梯，小心翼翼地不讓左手的石膏碰撞到階梯。石膏雖然堅硬，表面卻易生刮痕，只要稍有不慎，就很可能讓老女人發現他已經恢復行動能力。

儘管只是爬下一層樓，仍然令他滿身大汗。到了一樓，他稍微喘息了一陣。

廚房跟『事件』發生前的狀態一樣，依舊充滿黏膩、陰鬱的氣氛。時間緊迫，謹軒沒有稍微遲疑，他以右臂勾住冰箱把手，把冷藏庫門打開。

混雜著青菜與魚腥味的複雜氣息衝入鼻腔，他看到冰箱裡擠滿了隨意包裝的高麗菜、青蔥、豬腳、鮪魚、雞蛋、脆瓜罐頭、調味料、牛奶等食物。

但是，反覆仔細檢查過後，他並沒有看見貌似人體屍塊的肉類。

一時之間，謹軒失望至極。

他的肚子開始餓了，但近來除了肉湯以外，他對其他的食物毫無興趣。

他沒有料到，調查冰箱居然會一無所獲——難道，老女人及時全部清理掉了嗎？

無論看了多少次冰箱，也沒辦法找出任何線索。

關於肉湯的謎團，暫時只能調查到這裡了。他決定離開廚房。

然而，就在謹軒準備爬回二樓之前，他突然聞到一股熟悉的奇妙臭味。

那是經常在老女人身上可以聞到、近似廚餘腐敗後的餿味！

他心頭一驚，原以為是老女人回家了，但是，屋子大門卻紋風不動，也沒有聽見任何聲響。

老女人根本還沒有回到家。

謹軒仔細憑鼻子搜索，才發現氣味是從那個房間傳來的。

原來如此。經常從老女人身上散發出來的餿味，並不是便當店裡的餿味。

而是來自那個房間。

——那是哥哥的房間啊！

一瞬間，謹軒的身體湧起一股徹寒的戰慄！

——哥哥他……不是已經死了嗎？

謹軒彷彿臉上被打了一拳，腦中一片空白。

他僵硬地張著嘴巴，完全喪失思考能力，一臉呆滯地跌坐在一樓的階梯上。

——對吧。他已經死了。

——我明明記得他已經死了。他回去補習班大樓，被炸彈炸死了。

——那場爆炸，強烈到連不在大樓的我都身受重傷，進入大樓的哥哥沒有理由不死。

——這件事跟人肉有什麼關係。

——對吧。他已經死了。

——老女人是這麼說的。我問過她好幾次，她都是這麼說的。醫生也是這麼說的。

——我沒有再聽說過任何人提起他了。

——對吧。他已經死了。

——被這麼強烈的炸彈攻擊，沒有人可以活得下來。

這時候，謹軒赫然發現一個事實。沒有，他並沒有親耳聽見醫生這麼說。從入院一直到回家休養，他從來沒有跟醫生談過謹達的事。

——從頭到尾，只有老女人一個人這麼說！

——老女人騙我！

——為什麼。為什麼她要騙我。

──這件事跟人肉有什麼關係。

──哥哥就在那個房間裡。他沒有死。他跟老女人串通。

──『某人』就是哥哥。

──為什麼。他要老女人餵人肉給我吃。讓我上癮。再把我塑造成食人狂。

──我完了。哥哥把我謀害他的事都告訴老女人了。

──哥哥要把我變成食人狂。哥哥要毀了我。

謹軒發瘋般地向前爬，爬到哥哥房間的門前。但，他沒有手可以開門。於是，他只好張開流滿唾液的嘴巴，費力地把喇叭鎖旋開。

謹達的房間裡，所有的窗戶全部拉上窗簾、變得極為陰暗的房間裡，靜得只聽得到謹軒自己混亂的呼吸聲。

他沒有聽到任何人聲。這是一間空房。

餿味果然是從這個房間裡傳出來的。

因為，謹軒很快地發現，在門邊擺著一個高達腰部的藍色塑膠桶，裡面裝滿了色澤腥黃的腐敗碎肉，散發出令人難以接近的衝鼻臭氣。而且，這些腐肉不只盛在塑膠桶裡，還潑灑、噴濺得滿地都是，往前延伸到房間盡頭的床鋪上。

塑膠桶旁有一台除濕機嗚嗚地低鳴著，卻無法改善房內的臭味。

謹軒等到眼睛習慣於房內的黑暗後，他驚訝地發現床上躺著一個人！

然而，定睛一看，那並不是人。

躺在床上的，是一具比例與真人相同的塑膠人偶。

人偶有如長期臥病在床的患者般，動也不動地躺在被榻之中。但是，人偶臉上、被榻周遭全黏滿了乾涸的腐敗食物，其上還穿梭著幾隻觸角搖擺的蟑螂。

——這到底是怎麼回事？

——哥哥，果然還是死了嗎？

當謹軒正打算調整呼吸，冷靜地好好思考之際，他突然聽見了從大門口傳來的鑰匙聲，正在開啟門鎖！

——是老女人！她提早回來了！

不，她並沒有提早回來。是他花了太多時間從二樓爬到一樓來，花了太多時間調查廚房裡的冰箱。癱瘓以後屢屢發生的時間喪失感，竟在這個緊要關頭害了他！

他再也沒有時間離開這個房間了。

因為，老女人的腳步聲，很快地進入大門，並且愈來愈近，直到哥哥房間的門外。

於是，謹軒只得用盡力氣，盡速爬進房內唯一的不織布衣櫥裡，藉著哥哥的舊衣服掩藏自己的身體。房門被慢慢地打開，走廊的微弱燈光，將老女人佝僂的剪影映落在房內。

從謹軒頭上垂落的衣物，引起了他的注意。他發現到，衣櫥裡的舊衣服，並不全然是哥哥的……吊在衣櫥裡的，居然還有圍兜、像是小學生制服的百褶裙、貼滿卡通貼紙的書包跟彩色蠟筆。全都散發著臭不可言的霉味。

——連續失蹤的女童們，果然是被這個老女人殺害的。

——最後全成了那堆腐肉，被丟在藍色塑膠桶裡。

可是，謹軒還不明白，老女人究竟在這個房間做什麼？

老女人當然不知道他們兩人現在正共處一室。她還沒有上過二樓，也不知道他已經恢復運動機能。但是，謹軒現在也動彈不得，甚至連一絲輕微的動作，都害怕會不慎發出聲音，導致自己被老女人發現。

縱使已經恢復運動能力，但他還沒有完全適應。他的行動依然很緩慢，雙腳的力量也不夠，比不過老女人的速度。

現在的謹軒，只能躲在衣櫥裡了。他必須等她走上二樓階梯，還沒有察覺到自己已不在床上的間隙，立刻逃出去報警。

『謹軒……謹軒……』

不期然聽到老女人的甜膩膩的叫喚，謹軒差點嚇得叫出聲音。但，謹軒卻意外地發現，老女人並不是因為發現了藏在衣櫥裡的自己而叫喚他的名字。

她叫喚的對象，是床上的那具塑膠人偶。

謹軒的背脊一片冰涼。他萬萬想不到，老女人並未稱人偶為『謹達』。

當謹軒見到人偶的瞬間，他還以為這具人偶是因為老女人受不了哥哥謹達死亡的打擊，所以才偷偷帶回家的替代品。但，實情顯然並非這麼單純。

——為什麼，她會叫床上的人偶『謹軒』？

——如果那具噁心的人偶是『謹軒』，那我又是誰？

——不。我才是真正的『謹軒』。那具人偶根本什麼都不是啊！

他的思緒被老女人怪異至極的認知，弄得完全混亂了。

老女人一點都沒有注意到衣櫥裡還有別人。

『謹軒……媽媽回來了啊。』老女人的聲音溫軟如綢，『你想不想媽媽？媽媽好想你……一個人在家會不會害怕？我一出門就開始想著你啊。對啊。你是我唯一的依靠了。我知道。我知道你擔心我。我沒事。我已經可以接受謹達哥哥的事情了。這點打擊不算什麼的。真的。雖然他出了意外，已經不在世界上了，但至少我還有你啊……

『只要你能夠好起來，媽媽什麼都願意做。不過，以後你一定要乖乖吃飯飯喔。不可以再像小時候那樣，東西隨便吃個兩口就吐掉……這樣不乖的。一定要全都吃乾淨，身體才會健康啊。你看，媽媽準備的東西，你吐得到處都是呢。你知道媽媽為你準備這些食物有多辛苦嗎？這些全都是你愛吃的。如果你還想吃什麼，告訴媽媽，媽媽會立刻為你準備的。』

聆聽著老女人的自言自語，謹軒的頭皮不斷地發麻，血液也冷得彷彿停止流動。

那個徵兆。

老女人在他第一天被送回家後，說他只睡了兩個小時。

其實，這並非意味自己在『事件』後變成雙重人格者。真正承受不了心理壓力的人，是老女人。是她的時間被吞噬了。

——老女人果然已經瘋了！

——她的心智年齡完全退化，變成只會辦家家酒的痴呆者！

打從懂事開始，謹軒就無法接受老女人對哥哥的偏心。因此，抱著一種不平衡的心態，他自小便經常製造麻煩讓她收拾、惹惱她、羞辱她。

他們的關係一直無法改善，甚至在父親死後更為惡化！

於是，在謹達哥哥意外遽逝以後，她終於精神崩潰了。這場事故，讓她失去了體貼懂事的謹達，卻留下難以管教的謹軒……她承受不了這巨大的壓力，終於在內心創造了一個完全不會反抗、沒有自主意識的『謹軒』，作為她心目中最理想的兒子。

謹軒終於恍然大悟——這就是人偶之所以被稱為『謹軒』的原因！

為了不讓『謹軒』再受到委屈，老女人才將人偶安置在哥哥謹達的房間裡。哥哥的房間，更大、更漂亮……

謹軒並沒有雙重人格；在心裡製造出另外一個人格的，是老女人。

此外，他還記得另一天的情景。

他在看完電視新聞後，將女童失蹤案與老女人鬼祟的行徑聯想在一起，順口指控肉湯是用人肉做的，也使得老女人勃然大怒。

但是，他的指控並非真正的事實。

老女人確實殺了那些無辜的女童，也確實將她們做成肉湯，但她並沒有把這些珍貴的肉湯，端上二樓讓他享用。這些恐怖的肉湯，全都給了一樓的人偶享用了！

事實上，老女人之所以勃然大怒，是因為她誤以為自己的詭計被拆穿了。然而，等到冷靜下來以後，她才發現自己差點露出破綻。那些指控只是胡說一通，根本沒有真憑實據，於是，她才又回到二樓來，設法安撫他的情緒，消除那些與真相只有一線之隔的聯想。

謹軒所喝的肉湯，確實只是雞肉而已。

他一方面安心於自己並沒有喝到那些恐怖的肉湯，但另一方面，卻又對接下來所聽到的最後真相，感到無比恐懼。

『呵呵。你還想吃人肉啊……我就知道。媽媽最懂你的心了。但是，現在外面警察伯伯抓得很兇，好吃的人肉不好找喔。哎，別哭別哭，媽媽知道。媽媽知道。媽媽可是很聰明的喔。謹軒你放心，媽媽現在還是一樣有辦法弄到人肉哦。

『你也好聰明，馬上就猜對了呢。沒錯。媽媽在二樓的房間裡，養了一個隨時都可以殺來吃掉的人喔。他已經被我養得白白胖胖的。媽媽每天都餵他最高級的雞肉。那個人好笨，被我騙得團團轉的，一直到現在他還以為自己叫作謹軒，是媽媽的小寶貝。才不是。

『好。乖乖。媽媽知道你餓了。想吃人肉。好。你再忍耐一下。媽媽現在就去準備。你要乖乖，不要哭喔。等一下就有新鮮的人肉可以吃囉。』

——『某人』就是『謹軒』。

——是『謹軒』想吃人肉，要求老女人去殺害那些女童的。

他在衣櫥裡環顧自己的臃腫、多肉的身體，終於知道老女人會如此殷勤，其實是別有居心。

——老女人每天都極有耐性地餵食我，為的就是今天要宰殺我！

——她會殺了我。我知道她不是開玩笑的。

——我現在的處境極端危險。

——我必須在老女人上樓找我之際逃離這裡！

不知道經過多少時間，老女人終於與人偶好話說盡。她將發霉的被單蓋在人偶身上，接著慢慢拖著衰老的步伐走出房間，把門關上。

老女人必然很快地會恢復若無其事的表情，進入二樓的房間。

他不能再遲疑了。這是逃走的最後時機！

但是……但是……

謹軒在準備起身的那一刻，卻發現自己的雙腳竟然不聽使喚，一動也不動了。

他開始全身冒汗，腦海中再度出現醫生的悉心叮嚀——現代的醫學，尚且無法解釋人類的運動中樞，是如何自我修復的……

——只要能夠補充足量的蛋白質、脂肪，一定可以促進肌肉、神經的生長與連結。

想不到，好不容易連接起脊髓的神經線，此時彷彿出於恐懼而再度繃斷。

參 寵兒遊戲

SPOILED CHILDREN'S GAME

用力踩扁毛毛蟲、拔掉蝴蝶的翅膀……小孩內心的惡意，
往往比大人所以為的更殘酷。

1

當辦公室內的最後一盞燈熄滅以後，也意味著值日老師完成了守護校園的工作。在時間早已遠離傍晚的夜裡，從走廊上傳來鑰匙碰撞的金屬聲，傳到空無一人的操場裡化為烏有，而接下來輕微的皮鞋聲、電動鐵門的運轉聲、轎車引擎聲，則更明確地記錄了學校從充滿活力到空無一人的最終過程。

失去了人工的燈源，只留下夜空月光的微映，一整排門窗緊閉的教室，仍舊透露著幽闃曖昧的青輝。初夏月影的照射角度，暗示現在已經超過晚上八點半，是小學校園進入休眠的時刻。

然而，圍牆邊的一個聲響，卻破壞了休眠前的寧靜。

很快地，從操場旁鐘塔下的陰沉黑影間，出現了一個動作迅速的人形。

快步行走的人形，暫且停駐在鐘塔下，似乎想藉著月光來看清楚鐘台上的時間。但是，他最後像是放棄了，拉開了掛在一邊肩上的背包拉鍊，從裡頭摸索出一支手錶，按了錶緣的夜光按鍵，才終於確定錶面液晶螢幕上所顯示的數字。

八點五十四分。

人形微微點點頭，轉而向教學大樓最盡頭的轉角處前進。那裡堆聚了學校裡所有令人反感、不再需要的物品，是捨棄與遺忘的集中地——垃圾場，屬於學校的邊疆地帶。

除了週一至週五每日兩次的定期打掃工作以外，很少有學生願意單獨在垃圾場附近逗留，連大部分的老師也寧可迴避。

當人形踏入毫無光線的垃圾場時，像是被四處飄散著衝鼻、腐敗的臭味阻擋似的，立即停下了腳步。但是，從他的站姿看來，卻又更接近正提防著周圍動靜、隨時預備戰鬥的神態。

然而，從人形的身後忽地閃出一塊黃光，還是使他嚇了一跳。

人形連忙回頭，甚至準備揮拳應戰，但一個稚嫩的聲音令他停止動作。

『曾亮和，你來了啊。』

在人形的眼前，出現了手上握著手電筒、猶如惡作劇般由下往上照射在自己的臉孔、嘻嘻地輕笑著的小男孩。小男孩戴著過重、造型有點滑稽的眼鏡，身上還穿著這所小學的制服。

在手電筒的照射下，人形的外貌也一下子變得非常清楚。這個祕密潛入小學校園的人形，正是對方預期前來、口中所稱的曾亮和。

『原來是你。』曾亮和一見到對方，便面帶不耐地呿了一聲，『袁牧正！』

『有沒有被我嚇一跳？』

『沒有。』

『我不相信。』

『哼。』

曾亮和對眼前不停擺出鬼臉、怪笑的袁牧正感到十分厭煩，但他仍然沒有鬆懈心防。他藉著手電筒的光芒，仔細觀察著袁牧正的周遭，確認他的身邊是不是沒有其他人。

『是你約我來的？』

『是啊。』

『為什麼要那樣做？』

『你說什麼？』

『你的信，沒有留名字。我差點以為……』

『呵呵，你說那個啊。』袁牧正一邊大笑、一邊故意來回晃動著手電筒，讓手電筒閃著刺眼的光線，『這樣你才會來啊！』

袁牧正自以為是的回答方式，令曾亮和非常不悅，但他並未立即揮拳痛揍對方。

『曾亮和，你很久沒來學校了，』袁牧正繼續說，『我還以為我少了一個同班同學了呢，呵呵……你拿得到畢業證書嗎？』

『不用你擔心。』曾亮和鄙夷地回答：『第一名了不起嗎？』

雖然兩人是年紀相近的同班同學，但曾亮和的身高比起袁牧正足足高了一個頭以上。身高的差距，也讓袁牧正此刻語露譏訕的模樣，在曾亮和的眼中更顯得獐頭鼠目。

然而，袁牧正在學校的表現，卻與他的瘦弱形成強烈的反比。曾亮和叫他第一名，若是聽在其他人的耳裡，非但不是什麼諷刺，反而是公認的事實。

袁牧正不只在班上的成績一直保持第一，還經常代表學校參加縣市等級的各種比賽，舉凡書法、繪畫、演講、鋼琴等才藝樣樣精通，可說是校內名氣最盛的風雲人物，上自校長，下到老師，沒有人不對他關愛備至的。至於其他同學，不是虛情假意地捧他，就是避免跟他站在一起，才不會被拿來做比較。

相反的，對曾亮和而言，學校卻是一個毫無意義的地方。他從不在乎老師、同學，也未曾關心數學、國語等科目。他認為，街頭遠比學校有趣、刺激多了，更重要的是，在街頭上，可以學到更實際的知識：生存——而這是養尊處優的小學生們永遠也無法理解的。

因此，曾亮和確實相當惱火，自己為何會因為一封不曉得是誰寄的信跑來學校。他從沒想到居然會在這種時刻，回到這個早就過了放學時間、連老師都不在的學校。

而且，他沒想到寫這封信的人，居然是袁牧正！

曾亮和收到信——並不是E-mail，而是直接將信封投到他老爸的選民服務處——之際，他還一度以為，以前當他還在學校時所結怨的仇人們，打算趁畢業典禮前跟他算個總帳。而且，為了不讓他知道到底有多少人會來，因此才用了這種方式。

儘管不知道對方會來多少人，但曾亮和還是一個人來了。就算到時候必須以一打十，他也不想被人看扁。他有他的自尊心。

想不到，找他來的人竟然是袁牧正——不過，這反而使曾亮和非常警戒。

與曾亮和完全相反，袁牧正是一個最適合活在學校裡的人。考試、名次、才藝、全勤……只有學校會在乎這種東西。當袁牧正提到畢業證書這四個字，曾亮和更確定這件事了。

『你幹嘛管我畢不畢業？』

『沒有啊，』袁牧正笑著回答，『我只關心我自己能不能畢業。』

這句話在曾亮和的耳裡聽來，真是刺耳至極。

照道理說，袁牧正的說話方式如此心高氣傲，學校裡的不良少年一定會看他不順眼，找機會揍幾拳讓他乖一點。但，事實卻剛好相反。即使是那些不良少年，在袁牧正面前也忌憚三分，據說連經過他身邊，動作都會放輕。真是太沒種了。

原因很簡單。袁牧正的老爸是個警察——

並不是那種在街上騎摩托車到處巡邏的基層員警，而是市警局的副局長！

『袁牧正，你到底有什麼事？』

『不要這麼兇嘛，我不是來找你打架的。』

曾亮和不滿地哼了一聲。他確實喜歡打架，但被別人以這麼毫不在乎的語氣貼上標籤，他的雙拳遽然握緊了。

『我可沒時間跟你聊天喔！』

話雖是這麼說，曾亮和卻沒有立即離去的打算。

那封信，他前後讀了十幾次。除了對來信者的身分猜測外，令他最感好奇的還有另一段寫著『在畢業典禮前，想要提出一個你不知道一定會後悔的建議』的描述。

令他相當訝異的是，來信者顯然對自己的個性知之甚詳。曾亮和知道，自己最恨別人對他有所隱瞞，而且還是個經不起挑釁的人。他曾經因為別人的激將法而情緒失控，吃過不少苦頭。不過，最近這半年來，他逞兇鬥狠的行事風格，已經在這一區闖出名號來，連附近國中最大的幫派都避免招惹他，也沒人再敢去挑動他敏感的神經線。

——袁牧正明明就不是街頭人，為何他對我這麼瞭解？

『曾亮和，你是不是很討厭我這個人？』

然而，袁牧正依然繞著圈圈，並沒有立即把他最想知道的『建議』說出來。

『不只是我吧？』他輕蔑地回答，『沒有人喜歡你。』

『這件事，』但，袁牧正卻毫無遲疑地點點頭。『我知道。』

『哈、哈、哈！』

曾亮和忍不住放聲大笑。

『真是笑死我了，想不到堂堂一個資優生，也會在別人面前承認自己討人厭啊……』

袁牧正對於曾亮和的譏笑不為所動。

『我們是一樣的。』

『你說什麼？』

曾亮和的雙眼圓瞪。

『曾亮和，我們是一樣的啦。』袁牧正的話像是刀子一樣犀利，『我們一樣討人厭。』

袁牧正狀似獨斷的結論，不禁令他一時語塞。

——他說的沒錯。

與袁牧正有個警察父親的背景相似，曾亮和的老爸是市議員。

老爸雖然去年曾經爆發了因為跟女助理的外遇被記者爆料、最後導致離婚的事件，已經使他的支持率大幅滑落，電視新聞也不斷預測他下次選舉一定會落選——因為他以前都是靠外公撐腰——但，他勇於直言、不畏權勢的作風，卻也讓很多人認為他經常路見不平、拔刀相助，而獲得一些熱情選民的認同。

只不過，這種選民的人數畢竟有限，老爸還是得努力爭取更多選票，才能讓他繼續連任。自從與老媽離婚以後，更不常在家，經常到處應酬。不過，對曾亮和而言，這反而更樂得自由。

無論如何，學校裡的校長、老師們，還是會怕老爸。儘管曾亮和經常在校外惹是生非，老師們也盡可能大事化小、小事化無，設法掩飾、平息他所製造的麻煩。

縱使曾亮和對自己的拳頭非常自負，但他內心仍然必須承認，老爸的現任市議員身分，也是個不能忽視的保護罩。

——從這點來看，我們兩人確實是一樣的。

理所當然，袁牧正也善用了在市警局副局長父親這個靠山，在學校裡享盡好處。他不需要參加早自習——那段時間，由學生老師們輪值為他一對一教學；他還擁有學校費心準備、個人專屬的鋼琴練習室。

——這難道不是另外一種『橫行霸道』嗎？

『袁牧正，你說我討人厭？』

『不用我說，我想你自己也知道。』

事實上，正如同袁牧正看得出來別人的厭惡，曾亮和也知道自己沒有人喜歡。

市議員老爸的保護罩，只保護自己一個人，以前與自己一起到處鬧事的跟班們，因為沒有靠山，全都得到該有的懲罰，不是被迫轉學，就是被訓導處『矯正』成好學生了。漸漸地，大家都知道，跟曾亮和在一起，最後只會變成他的犧牲品。

學校裡的不良少年，仍然游走在校規邊緣，在沒有言明的灰色地帶建立他們的理想世界。但他們絕不會給學校招惹真正的麻煩。

同時，他們也知道，跟曾亮和為伍，不會有好事的。

——尤其是上個月的事情發生以後……

那事情鬧得太大，似乎也傳進校內了。大家與他保持更遠的距離，甚至更像是直接逃開。

但是在袁牧正面前，曾亮和卻也不願意明白承認這樣的事實。他有他的自尊心。

『你到底想怎樣？』

『曾亮和，我知道上個月的事喔。』

儘管袁牧正的語氣依然平靜，但他這句話卻使曾亮和心頭陡地緊繃起來。

彷彿像是看穿一切謊言的讀心術。

『……你知道多少？』

『你無照駕駛，據說那輛摩托車還是偷的。』袁牧正的語氣，像是在背誦無聊的課文，『車上還有一根用砂紙磨過的鋁棒。』

曾亮和聽見自己胸口的心跳愈來愈強烈。

『還真是令人佩服，你在校外這麼有本事，連摩托車都弄得到。』

『這沒什麼。』

『結果，你被警察抓了。』

『哼。』

『其實，如果你乖乖認錯的話，再把你爸的名字秀出來，應該會沒事？』

在討厭的人面前談論這種隱私，令曾亮和心裡十分不舒服。

『……我是秀了。』

『是嗎？』袁牧正刻意露出詫異的表情，『那你後來為何還拿出球棒打人？』

『不是所有人都會聽我老爸的話啊。』

『也對。』

『不過，把事情鬧大也好。少年隊裡有我爸的朋友，反而好處理。』

『你也很了不起啊，連警察都敢打呀。』袁牧正不僅大笑起來，還開始誇張地拍起手來。

『全校應該沒有一個人敢打警察吧？』

——哼。

事實上，拿球棒打警察，根本是學校附近的不良少年們製造出來的謠言。當時他也只是在把球棒交給警察時，態度有點不爽而已。

那些不良少年，只是存心想造謠引起學校的注意，讓他受老師牽制。

『很好笑嗎？』看到身軀瘦弱、臉色蒼白的袁牧正笑得那麼得意，曾亮和感到非常憤怒。

他緊握的雙拳因為過度用力而開始顫抖著。

但是，最後他還是忍住了。垃圾場太暗了——他不知道有沒有什麼陷阱。

更何況，既然袁牧正主動提出這件事情，曾亮和就必須確認他究竟知道多少。

『袁牧正，這件事你是從哪裡聽來的？』

『我是前天晚上才知道的。』袁牧正回答，『我偷聽到我爸媽的對話。』

『你爸說了什麼？』

『我爸媽為了我轉學的事情，吵了一整個晚上。』

『你要轉學？』

曾亮和感到相當意外。

這所小學是市內數一數二的知名國小，並不是人人都進得來的。

『你的事情，被我爸知道了。他不想要我跟你同班，但是，我媽希望我可以在這所好學校裡順利畢業，才不會影響到我的未來。』

曾亮和聽了袁牧正的解釋，感覺非常可笑。

——想不到連這種無聊的事情也可以吵一個晚上？

——大人的腦袋裡到底在想什麼？

『你要轉學就轉學啊。』曾亮和說：『我們學校也沒什麼了不起。』

『我絕不會轉學的。』

『哦？跟你的狗屁未來有關嗎？』

『不是。』袁牧正的回答出人意料。『一直到畢業以前，我想當你的同班同學。』

『……為什麼？』

『所以啊，我今天晚上才會找你呀。』

2

袁牧正的話開始變得荒謬，差點令曾亮和轉身離去。但在另一方面，曾亮和卻也知道，像袁牧正這種跟自己完全是兩個世界的資優生，絕對不會是為了什麼尋常的事情，才會突然寫匿名信給自己。

『我們都要畢業了。好快喔。』

袁牧正收斂了誇張的笑容，露出認真的表情。曾亮和看過類似的表情。當老爸假意與政壇上的對手談笑風生地通過電話，在掛上話筒的瞬間，也會出現這種表情。

『畢業以後，我就要離開這所好學校，選一間厲害的人更多、競爭更激烈的國中去唸啦。我爸常說，一定要不斷競爭、競爭、再競爭，一直到比所有人都強，才能得到真正的成功。所以，他才會要我進這間學校。』

曾亮和心想，人家說父子關係，果然是這樣的東西啊。

回憶起來，曾亮和的老爸也說過極為類似的話。但老爸並不強求他的成績，反而要他多認識一點朋友。聽說，在這所學校裡，很多人的爸媽都是名人。但是，可能也不像學費很嚇人的私立學校那麼多吧。

曾亮和並沒有被老爸洗腦。雖然老爸很行，但說真的也沒有真的那麼行。要不是外公很看重老爸，他不可能這麼順利當上議員。

現在，失去了外公的支持以後，老爸雖然還是掛名這所學校的家長會會長，表面上看起來好像仍然很風光，但其實只是沒用的狗屁頭銜。

現在的曾亮和，就像老爸當初發跡時的情況一樣，也是在街頭開始闖出名號的。

也許這就是血緣的力量。

總有一天，他也能靠自己的力量，在社會上呼風喚雨……但絕不是跟老爸一樣進入政壇。

——同樣的，想必眼前的袁牧正也是這樣吧？

他也會像他父親那樣，一路用功讀書上去，上研究所拿到博士，甚至出國留學……最後在大學當教授或是變成什麼大官。說不定，袁牧正也會變成一個權力很大的警察。

『哼，在這種時間……你要發表畢業感言嗎？』

『這樣講好像也沒錯。』袁牧正坦白承認的態度一直沒變，『本來，我一直很努力地達成我爸的期望，從來沒有懷疑過他的話。但是，前天晚上我聽到了你所做的事情，我卻突然感覺到，我爸好像把事情看得太簡單了。』

袁牧正突如其來的恭維，讓曾亮和不自覺動搖了心防。

『這所學校只不過是成績好、有才藝的學生比較多而已。但，就算考試每次都考一百分，我叔叔也會笑我，說我以後一定會變成死讀書的。』

『這句話倒是說的沒錯。』

曾亮和贊成地回應。

『我老爸也叫我在學校要多認識一點朋友，說這樣以後才會很方便。可是，那全是狗屁。我受不了學校老師，他們只講大道理。』

儘管兩人的偏激思想有些超齡，畢竟仍然是國小六年級學生，一旦談到內心的真實感受，就會恢復純真的本性，無法克制地將情緒宣洩而出。

『就是這樣。大人的所作所為都是假的。』

『我同意。』

『曾亮和，你知道大人為什麼要說謊嗎？』

『為什麼？』

『因為大人想要控制小孩。』

一瞬間，袁牧正又表現出看透了事物本質般的高傲性格。

『事實上，努力讀書也好、努力認識朋友也好，小孩做什麼事情都可以，反正，那些事情都跟成為優秀的人無關。但是大人喜歡小孩照他們的話去做。此外，那些事情也不容易，不過正好可以轉移小孩的注意力。

『反正，只要大人能夠控制小孩就好了。大人就是這樣。』

袁牧正再次下了獨斷的結論。不過這一回，曾亮和倒是非常贊同。

『好像沒錯耶。』曾亮和問，『你是怎麼想出這個道理的啊？』

『你有看昨天的「神奇怪獸」嗎？』

『沒有，』曾亮和搖頭。『很久沒看了。』

那是曾亮和也迷過一段時間的熱門卡通，但他後來覺得那種東西很幼稚。

『大人就像是裡面的「御獸者」一樣，要神奇怪獸變什麼就變什麼。昨天御獸者還叫神奇怪獸故意打輸，這樣他才能乘機去拿祕寶，但是這件事情他根本沒有告訴神奇怪獸，結果害神奇怪獸差點死掉。』

『喔。』

『御獸者可以盡情控制神奇怪獸，神奇怪獸只能乖乖聽話。我發現，這就跟大人與小孩之間的關係一樣。』

『原來如此。』

真是想不到，那麼無聊的卡通居然也能想出這種了不起的道理來啊。

『大人的控制慾最強了。』察覺到曾亮和的認可，袁牧正的眼神開始變得狂熱。『像我爸已經當上副局長了，還不是得接受局長的命令？他經常會在我媽面前講局長的壞話。不過他也差不多，只要他的部下不聽他的，他還不是照樣破口大罵。』

『我老爸在議長面前很聽話，但對市政府的公務員可兇得很。』

『對，大人就是這樣。』袁牧正進一步地解釋，『小孩被控制來、控制去的，毫無自由。大人可以決定小孩全部的事。要讀什麼學校、假日可以去哪裡、一個月多少零用錢，還有以後的職業。事實上，這是因為大人在外面也像神奇怪獸一樣必須聽別人的話，所以回家就想盡辦法控制小孩，總之，他們比較喜歡當御獸者。』

『大人總是說得很好聽，這是為了小孩好。』

雖然心思不比袁牧正深入細膩，但曾亮和也不甘示弱地附和。

『只要小孩聽了大人的話，把心思放在課業上，就完全不會發現到大人真正的想法。』

『所以，我才不願意到學校來。』

曾亮和的結語，卻立刻被袁牧正駁斥了。

『你這樣只是在逃避。』

『哼。』到最後，曾亮和還是經不起對方的激怒。『不用你管！』

『曾亮和，如果你逃避了，最後還是得屈服於大人的控制慾。像上個月發生的事情，你還不是得靠你爸。』

曾亮和再度語塞了。

『……你還不是一樣？因為有個當警察的老爸，所以才可以這麼囂張！』

『那是以前的我。』袁牧正沒有被曾亮和的反唇相譏影響，『當我想通了大人的想法以後，我不會再屈服於大人的控制慾了。』

『說得真好聽。』曾亮和輕視地說。

『要成為優秀的人，絕對不是聽大人們的話，乖乖去做那些他們希望我們做的事情。但也不能只是反抗、逃避……』

『那你又有什麼辦法？』

『我們應該要盡快學會大人的想法，並且反過來控制他們。』

『……什麼意思？』

『我剛剛說過，前天晚上我偷聽到我爸媽的對話。聽完以後，我……突然興奮地睡不著覺。雖然沒有看到我爸的表情，但是聽到我爸煩惱、無法下決定時的態度……那種沒有辦法放心的樣子，讓我終於知道，其實我也有辦法讓他擔心，甚至讓他痛苦……』

袁牧正興奮的結巴語氣，反正更強化他的說服力。

曾亮和沒有辦法想像老爸情緒脆弱的畫面。在他面前，老爸永遠表現出一副萬事輕而易舉的大氣神色。他知道，老爸喜歡替他解決麻煩，以換取他的崇拜。聽了袁牧正的話，曾亮和的腦海中也開始幻想老爸驚慌失措的表情。

『而且，我竟然還滿喜歡這種感覺的，呵呵。』袁牧正的臉上，浮現了令人不舒服的笑容。

『你該不會很討厭你爸吧？』

『不。』

『那為什麼……』

『我只是發現這個道理而已——控制別人好像真的是很有趣的事，難怪大人都愛玩這一套。還有，我覺得我爸會控制我，也不是因為他討厭我，只是因為我是他的小孩。』

『原來如此。』

『曾亮和，你討厭你的爸爸嗎？』袁牧正突然問。

曾亮和從來沒有想過這件事，一時之間陷入思考。他最後才好不容易回答，『其實我不討厭我老爸。可是，我也不喜歡別人在我面前提起他……』

『對，我也是這種感覺！』

聽到袁牧正果斷的答覆，曾亮和的心底感到一股莫名的震動。

——儘管心底明白背後的靠山就是老爸，也沒有人會願意坦白地承認。一旦承認老爸的能耐，彷彿也同時否定了自己的才華！

『我們不喜歡別人提起爸爸。但是，曾亮和，你知道嗎？』袁牧正繼續說：『大人剛好相反。他們卻喜歡提起小孩的事，尤其是小孩願意接受他們的控制時，他們會更有成就感。』

『沒錯……』

他從來不知道，這個討厭鬼的想法，居然也有與自己這麼貼近的一面。

『那麼，如果你爸被你控制……你喜歡這種感覺嗎？』

『我……』

袁牧正追根究底、直指內心的問話，讓曾亮和不免有些錯愕。『既然像你說的，他對我的方式只是為了要展現控制慾……我當然會喜歡反過頭來控制他了。』

『你果然是我想像中的那種人。』

『什麼？』

『太好了！這就是我想要的！』

『你到底在說什麼？』

『我在信上說過，』袁牧正的神色異常雀躍，『我想提出一個建議。』

『嗯。你還說如果我不知道，一定會後悔。』

『你來上學，陪我玩一個遊戲。』

袁牧正炯炯發光的眼神，在手電筒上方緊緊凝視著。

『什麼遊戲？』

『「讓爸爸操心」的遊戲。』

『這種遊戲，虧你想得出來。』曾亮和冷哼一聲，『所以你才不想轉學，還說要跟我當什麼同班同學……』

『對。』

『可是……為什麼找我？』

『這個遊戲，我認為你就是最好的對手。』袁牧正的語氣變得愈加異常。『我爸還跟我媽說了很多你的事。他說你在校外很有名，連國中的幫派都怕你。你不是完全靠你爸的人，也不怕競爭。』

『我是不怕。』

『所以，我說過了，我們是一樣的啦。』

——我們是一樣的。

——這句話倒是沒錯。

——袁牧正就算全靠警察老爸的保護，要是本人的才能不夠，也沒辦法這麼出風頭。

——雖然大家知道我爸是市議員，但是真的打起架來，我可是誰都不會輸。

——打到最後，連國中生都不敢惹我。

『我在學校裡已經沒有競爭者了。比成績沒什麼意思，因為其他人的成績根本就跟我不能比。學校裡能比的那些東西，我都是最優秀的。所以，我一直在尋找一個值得跟我成為對手的人……』

『我沒興趣成為你的對手。』

『你怕輸？』

『我？我才不怕！』

『那你為什麼不願意跟我比？』

『就算你說的控制慾都是真的，我為什麼要為了這種遊戲回學校？』曾亮和提高音量，『就算比贏了，又有什麼好處？』

『當然有。』想不到袁牧正會這樣回答。

『什麼好處？』

『曾亮和，被警察抓到那一次，你是不是想揍我？』

曾亮和頓時沉默了。

『我爸告訴我媽的。』袁牧正一邊說話一邊靠近曾亮和，沒有絲毫畏懼。『我爸說，你那天帶球棒是為了要揍我。為了不被別人懷疑，你還故意去偷車。你果然還是怕我爸發現。所以，我爸才希望我轉學。結果，我媽還把我爸訓了一頓，罵他竟然連這種小事都處理不好。』

『你沒有證據。我只不過剛好出現在你家附近。』

『我爸告訴我媽說，他查過我同班同學的資料。』袁牧正的話斬釘截鐵，『沒有人跟我住在同一區。』

『你爸怎麼知道我不是去找別班的人？』曾亮和試圖辯駁。

『他是不知道──沒有辦法確定的事情，才讓他更擔心。更重要的是，曾亮和，你剛剛並沒有立刻否認……』

『哼，我是想揍你沒錯。』

曾亮和最後還是承認了。的確，他不想被人知道這件事，尤其是袁牧正本人。但是在一股虛張聲勢的意氣驅使下，他還是說了。

『為什麼想揍我？』

『沒有原因。』曾亮和聳聳肩，『單純看你不爽。』

『你常常看別人不爽？』

『對。』

袁牧正滿意地點點頭，似乎毫不在乎眼前身材高大的同學曾經想拿球棒揍他。

『曾亮和，這個遊戲如果你贏了，』袁牧正深吸一口氣，提出了令人難以置信的建議。『我會跪在你的面前，讓你用腳踩爛我的臉。』

『哈、哈、哈！真有趣！』曾亮和大笑，『那如果我輸了呢？』

『如果……你是我想像中的那種人，你是絕對不可能讓自己輸的。』袁牧正的話充滿挑釁，『因為你死也不會願意跪下來，讓我用腳踩爛你的臉。』

『我不需要贏這種遊戲才能揍你。』

『你想揍我的機會只有這一次。我爸知道你想揍我，最近就會開始找手下設法保護我了。如果你不答應，你再也不可能揍我了。』

『我可以現在就揍。』

『曾亮和，再過二十分鐘，我爸就會到家。』袁牧正的語氣鎮定，『如果他沒有見到我，一定會來找你算帳的。我爸很在乎我的——他在乎我的程度，遠遠超過任何人的想像。』

『所以你才覺得可以跟我比？』

『我知道你爸很在乎你，所以你是我最合適的對手。其他同學的老爸都太軟弱了，一聽到小孩闖禍就只知道磕頭道歉。沒錯，我一個人也可以學會大人的想法。既然想通了，要學會就不是什麼難事。但是，這麼好玩的事情，只有我一個人知道實在太無聊了。有競爭才有趣嘛。』

袁牧正垂下握著手電筒的手，垃圾場轉為一片漆黑。

『你也是這麼想的，對吧？』他的說服更積極了，『相信我，你會喜歡這樣的學校的。』

但這一次，曾亮和沒有立即回答。

他有他的自尊心。

3

遊戲很簡單，沒有任何特殊規則，想怎麼玩都可以——

期限，是直到畢業典禮的前一天晚上。

獲勝的條件只有一個。

雙方各自把老爸責備、訓斥自己，或者表達內心擔憂的談話過程，用錄音筆記錄下來，總時間加起來長度較長的人就是獲勝者。

錄音內容必須讓另外一人檢查，確認沒有作假。另外，『爸爸的操心』若是在毫無預警的情況下發生，導致來不及錄音，後果請自行承擔，因為事後根本無法提出任何證明。遊戲的區域，僅限學校——因為兩人的活動範圍，唯一的交集就是學校。

原本曾亮和並不同意這項協議。對他來說，真的要製造什麼事端，只要到附近的國中去找人單挑、把對方打成重傷就可以了。這種事情，根本是曾亮和的家常便飯。

但袁牧正所堅持的理由非常充分，使他最後還是接受了這項協議。

首先，這是為了要確認對方真的製造了事端，而不是為求贏得遊戲，私下與自己的父親、朋友祕密協議作假。因此，在學校以外發生，都不能夠算數。

再者，他們所就讀的學校，畢竟有相當的知名度，校長、老師們為了維護學校形象，其實有很多事端，都是在台面下發生以後，在尚未鬧大以前就被撲滅了——曾亮和從小有政壇老爸的耳濡目染，又不受學校管教約束，自然很瞭解這一套。

就算是在學校裡、就算兩人是同班同學，儘管一方真的製造了事端，只要是在鬧大以前就被學校平息，而沒能讓對方知情，當然也不能算數。

當然，即便是同班同學，也不可能時時刻刻都監視著對方的一舉一動。因此，一方製造事端的同時，另一方若是沒辦法在現場親眼目睹，只要當時有許多同學可以作證，那就包括在內。在班級上，兩人都不受同班同學們的歡迎，因此他們皆無法串通太多人來作假。

換句話說，兩人所製造的事端，必須發生在學校，也必須嚴重到校方壓不下來，被許多同學知道才行！

希望讓袁牧正可以複習補習班的上課內容，他爸特地買了錄音筆給他。因此，為求公平起見，曾亮和也立刻去買了相同廠牌的錄音筆。反正，無論價錢多少，老爸都不會過問。老爸闖蕩政壇的原則很簡單——為了建立寶貴的人脈，錢絕對不能捨不得花。據老爸說，就連總統出國訪問，花錢也是毫不手軟的。

一旦協議談定以後，曾亮和就立刻在心中開始反覆盤算，想要先發制人。

他記得，袁牧正的老爸曾經來過幾次學校。單從外表上來看，是個儀態從容、行止得宜的中年人。既然身為警界高官，資歷豐富，認識的歹徒、罪犯，以及見識過的陣仗，想必不計其數，要讓這樣的人操心，恐怕不是一件容易的事。

——但是，袁牧正曾經說過，他爸擔心他被揍。

這麼說來，袁牧正很可能會採取『讓自己置身在危險之中』這樣的手段，來讓他爸擔憂。

——袁牧正的心思，真是太單純。

——他在無意間，已經不慎洩漏了自己的底牌。

在學校裡的師長們，都將袁牧正小心翼翼地捧在手心裡，要讓自己置身在危險之中，袁牧正是不太可能找到什麼機會。

況且，除了曾亮和以外，校內的不良少年再怎麼兇惡，也不會笨得去找袁牧正的麻煩。他們不像自己有老爸當靠山。

然而，曾亮和這麼一想，卻發現了另一個可能性。

除了自己以外，在學校裡的確沒有人敢去揍袁牧正。

——難不成……這才是袁牧正真正的目的？

只要在畢業典禮以前，兩人一直玩著『讓爸爸操心』的遊戲，曾亮和為了不讓自己輸掉比賽，就不可能奉送任何機會，使袁牧正的爸爸去擔心他。所以，這段期間，他不可能去揍袁牧正。這麼一來，這項遊戲的協議，反而讓袁牧正保障了自己的安全。

更何況，受限於協議內容，曾亮和必須到學校來。表面上說是要確認對方製造的事端，結果卻給了袁牧正監視自己的機會！

——果真是這樣嗎？

曾亮和突然感到非常憤怒。他沒有料到有如書呆子般的袁牧正，竟會如此工於心計！

但，曾亮和並沒有憤怒太久。他反而很快地笑了。

書呆子畢竟是書呆子。想必，袁牧正以為遵守承諾是一項真理。那個笨蛋一定不知道，在現實的社會裡，破壞承諾、背叛盟友才是眾人不會說出口的默契。

不過，他還是決定陪袁牧正玩一玩。

距離畢業典禮還久，這個小遊戲可以打發許多時間。

——擔任市議員的老爸，最擔心的事情會是什麼？

曾亮和最先想到的，是錢。

選舉需要錢。

假使他可以設法搞掉老爸的錢，老爸可真不是『操心』兩個字足以形容的了……

不過，他不能這樣做。沒錯，老爸的弱點確實是錢。可是，一旦老爸真的失去金錢，將不可能再是下任的市議員。那麼，他也不可能再擁有老爸這座靠山了。

就像袁牧正的爸爸也一樣。只要失去官位，什麼都不必談了。

原來如此。

這個遊戲的重點，並不僅是在於讓老爸操心。更重要的是，他所製造的事端，絕對不能危害到老爸的地位！

——那麼，除了錢以外，老爸還在乎什麼？

老爸跟袁牧正的爸爸，完全是兩種類型的人。與警界的高官截然不同，老爸長期在地方人士間的狹縫裡設法生存，建立了親民、草根的仗義形象。無論是面對誰，他總是能夠友善過度地展露笑容，彷彿什麼問題都好談，什麼麻煩都可以『喬』。殊不知，當他回到家裡，就會收掉那副和藹的假面，恢復功利冷酷的本性。

——他最重視聲望和形象。

——只要我針對這點來攻擊……

曾亮和的腦海中，再度出現袁牧正的笑臉——令人感覺不快，卻又讓人害怕。他知道，心高氣傲、聰明過人的袁牧正，絕不做沒把握的事，而且總能做到完美。那是宣示勝利的笑臉。

——除了官位以外，他的警察老爸還有什麼弱點？

——假使，我能先查出他的策略……

『最近一兩個禮拜，愛麗絲好像身體不太舒服。』

『嗯，牠一吃完東西就吐。』

『該不會是懷孕了吧？』

『妳去檢查啊！』

『我不要。昨天的值日生是誰啊？應該由他……』

『各位同學，上課了、上課了。請不要再說話了哦。』

班上風紀股長提醒大家回座位的聲音，中斷了曾亮和的思緒，將他拉回現實。

曾亮和已經很久沒有聽到她刺耳、嘈雜的聲音了。

他不想把時間浪費在枝微末節的小事端上，因此他連瞪都懶得瞪風紀股長一眼。

『愛麗絲』是全班飼養、由值日生每天餵食的兔子，名字的來源是《愛麗絲夢遊仙境》。問題是，這本故事書裡叫愛麗絲的，並不是兔子……這群愚蠢的小學生們……

曾亮和環顧討論愛麗絲病情、面孔有些陌生的同學們，繼續思考著他的策略。

今天是頭一天回學校來上課。不過，全班同學都裝作沒看見他。

──我只會打架。我只能善用這項專長。

──那麼，袁牧正呢？他只有讀書一個專長，這也能讓他老爸操心？

──如果他考試故意考差……袁牧正會這樣做嗎？

──我不相信他會放棄第一名。就算跟我比賽也不會。

──上次考試才考完不久，他仍然是第一名。而且，距離下次考試還很久。

『呵……呵……』

在老師尚未出現的教室裡，突然出現一陣笑聲。

『陳國侖！請你安靜點！』風紀股長是個很沒耐性的女生，很早以前，就喜歡在老師面前表現領導能力，但實際上，只要出一點小狀況她就會找老師，根本無法自己處理。

曾亮和在校外鬧事，有幾次也偶然被她看見。其中情況最嚴重的一次，是他跟幾個朋友，圍著一個落單的低年級學生，準備勒索一點錢……

總之，她是個令人非常厭惡的告密者。

在過去，他既不怕被人告密，也不屑跟女生計較。

——如果我揍她的話……

不。曾亮和認為，她根本不值得他動手。她不夠漂亮，在班上也沒什麼人緣。打她既不能引起全班公憤，也不一定能逼老師不得不把老爸找到學校來。最糟的情況是，真揍了她，說不定同學們還會故意當成不知情，對製造事端毫無助益。

——不過，倒是剛剛風紀股長提到的陳國侖……

曾亮和側著眼，瞧了瞧坐在他隔壁排最後一個位置的陳國侖。

一個肥頭肥腦、長滿青春痘的笨蛋。

說他是個笨蛋，算是非常客氣。

不是只有他。聽說，他全家的腦袋都不太正常，好像是某種遺傳疾病。

儘管是幾年前的記憶了，曾亮和依然記得，剛進小學時，陳國侖的祖母天天接送他上下學，那時候他還沒那麼不正常，只不過反應比別人慢而已。可是，後來他的祖母過世，陳國侖就開始變得愈來愈怪異了。

在他的書包裡，藏著一隻灰色的髒襪子。那襪子似乎是他祖母的，年代久遠得無法計算。他請完喪假回學校後，每天坐在座位上，常常拿出那隻襪子，對著襪子低聲自言自語，還經常露出傻笑，甚至會把鼻子埋進襪子裡深呼吸。

由於他的顏面肌肉神經不太協調，常會流口水，他就拿著襪子把口水擦乾淨。這種事他做過好幾次。

班上的同學都覺得他很噁心，每個人都避開他。老師也不想管這種事。

不過，曾經有一個同學受不了陳國侖的行為，惡作劇地搶走他的襪子，不願意還他。結果，陳國侖在教室裡哭天搶地，還發狂般破壞了好幾張課桌椅，逼得那個同學只好跟他道歉，還他襪子。

令人想不到的是，事情並沒有因此結束，陳國侖的老爸隔天竟然跑到學校來，把那同學痛揍一頓，直到警察趕來才被制止停手。

陳國侖老爸的腦袋，比陳國侖更不正常，而且，顯然有嚴重的暴力傾向。那位被揍同學很快就轉學了，但聽說一輩子都必須插管維生。

受害者的老爸非常憤怒，後來似乎鬧上法庭。但是，最後那場訴訟結束了沒，沒人知道。

從此以後，再也沒人敢惹陳國侖，也沒人會去嘲笑他的破襪子了。儘管覺得他噁心，只要不靠近他就沒事。

每當有新來的轉學生，看到陳國侖這種骯髒的行為，開始出言抱怨之時，鄰近的善心同學就會稍微使眼色暗示、勸阻轉學生的魯莽行為，並且馬上將對方拉到一邊去，偷偷告訴他們這件往事，然後一起沉默地回座。

——但是，陳國侖的老爸，真的有那麼可怕嗎？

——無論如何，那已是小學一年級的事了。

曾亮和認為，那時候大家都還小，很容易被大人欺負。更何況，早年的記憶往往被時間誇大扭曲。如今，他已經是六年級即將畢業的學生，上個月才狠狠揍過校外某個幫派的國二學生。他絕對不怕陳國侖，更不怕陳國侖他老爸。

——假使，我可以讓陳國侖的老爸來學校，然後在老師面前揍他老爸的話……

他開始認真地思考這件事端的『效益』。

對曾亮和來說，陳國侖之所以是最佳目標，並非毫無原因。

市議員老爸在選民的心目中，是個為民喉舌、主持正義的民意代表。就算是出於虛情假意，對於弱勢選民的意見，就算聽不進去，也懂得耐心安撫。

雖然曾亮和經常在校外鬧事，但他的對象也全是為非作歹之徒。一些奉承老爸的人，還會誇說兒子是個行俠仗義、敢作敢當的大丈夫，頗有什麼乃父之風。

要是曾亮和動手去揍像陳國侖這樣的人，就會被認定是『欺凌弱勢者』，而這正是總是在挑戰高層權威、形象正義的老爸最不樂見的。

——如果他連陳國侖的老爸都敢揍的話……

此時，就在曾亮和的眼前，陳國侖又把襪子從書包裡拿出來了。那隻破襪，看起來像是張枯朽、風乾的蛇皮。可能剛剛才被風紀股長訓過，他的心情顯然非常不好。

——沒錯，我現在就可以搶走他的襪子！

『怎麼回事？』

『那個該不是……袁牧正嗎？』

當曾亮和準備起身行動之際，突然發現全班同學鼓譟、騷動了起來。有幾個同學跑出教室，從走廊上往操場的方向看。走廊上已經擠滿了人，頓時一片喧譁。

於是，曾亮和也跟著其他人的目光看過去。

一見到鐘塔的頂端，他立刻驚訝地說不出話來！

──那是袁牧正！

不知為何，袁牧正爬到了學校鐘塔的屋頂，身軀蜷縮坐在屋簷邊，一隻腳垂在半空中。那姿勢像是隨時都會從十公尺高的空中墜落。

地上圍著一群朝上仰望的老師，聲嘶力竭地要袁牧正冷靜一點。

『袁同學，校長知道你現在壓力很大。』校長的襯衫因為燥熱的天氣而汗濕不斷，他卻顧不得擦拭。『但是請你珍惜自己，千萬不要讓遺憾的事情發生。你的爸爸媽媽很愛你。我跟所有的老師們，也會好好地聽你說的。』

『是啊，袁同學，你的在校表現已經夠傑出了，不用再給自己那麼大的壓力。』

『袁同學，你乖乖坐在原處不要動，鐘樓已經是很舊的建築了……』

『老師知道你很早熟，也知道你有足夠的理智……』

其他老師站在校長身旁，同時間一起七嘴八舌，像是在安撫袁牧正的情緒。

他們的說話語氣，曾亮和是從未聽過的。彷彿在惡寒的深山裡遇難，害怕聲音太小而錯過搜救隊，卻又害怕聲音太大導致雪崩。

現在是炎熱的夏季，這些話聽來，根本毫無說服力。

然而，曾亮和並不關心那些老師在幹什麼，他在意的是袁牧正。

——這傢伙，到底在搞什麼鬼？

在一陣嘈雜混亂、互相交疊反而聽不清楚的安撫聲中，袁牧正突然從屋簷上站了起來，引起眾人驚呼，還有一個女老師受不了而尖叫。

垂著頭的袁牧正，姿態好像正準備往下跳。

『校長、各位老師，』袁牧正的開場白彷彿在參加演講比賽，但這時卻無人敢笑。『謝謝你們這麼關心我。這幾年以來，我在學校裡的生活，真的很快樂。不過，現在的我，卻一個人站到鐘塔上來了。

『原來，從鐘塔上看下去的學校，風景是那麼漂亮。在學校上了六年課，我還是頭一次注意到呢。老師、同學們的臉一下子變得很小，比課本上的字還小，非得要瞇著眼睛，才能看清楚誰是誰。這樣的角度，真有新鮮感。』

曾亮和聽了，不由得不屑地哼了一聲。然而，現在根本沒人會去注意他的反應。

——現在是打算跳樓自殺，是嗎？

——雖然演技很逼真，但演講倒是流暢地像是背好稿子似的。

『站在這裡，有一種遠離了學校、遠離了世界的感覺。也讓我開始有了勇氣，說出我心裡的真話。我心裡常常想，人生在世，好像並不會因為自己的處境變好，煩惱就變得比較少。在老師的面前，我是個成績優秀的好學生，所以，大家對我的期望也特別高。

『我曾經以滿足大家對我的期望為榮，努力準備每一次考試、認真練習鋼琴……連睡覺的時候，夢中都會出現比賽指定曲的樂譜。

『就在最近，終於要畢業典禮了。老師還特別告訴我，我獲得師長們的一致贊成，成為畢業生代表，要在全校師生面前，代表六年級生發表畢業感言。我感覺很光榮。真的！

『但是，當我開始想著演講稿的內容……不知不覺，我想起這六年來在學校裡的往事。我想了很久很久，我發現……我居然一點都沒辦法感覺到……這六年來的我，是非常快樂的……無論考了幾次第一名、拿到多少張獎狀，我也不會感覺快樂……不管怎樣努力回想，我卻想不起在學校的回憶裡，有什麼快樂的事情。

『不。這絕對不是老師們的錯。老師都對我很好，總是不厭其煩地教導我。我這才發現，我之所以不快樂，並不是沒有發生過快樂的事，而是……原來我是一個永遠無法滿足的人……

『當我發覺這件事後，我感到很……很罪惡……我竟然是一個貪婪、慾望永無止境的人……為什麼我會變成這樣呢……我好像辜負了所有人的期許……我真可惡、真可惡，根本不該得到老師們的教導……』

袁牧正說著莫名其妙、沒完沒了的告白，差點讓曾亮和開始打起呵欠。

——原來如此。

——『把自己置身在危險之中』，就是爬上學校鐘塔啊！

——說什麼第一次站上去……大家都上去過好嗎？六年來沒爬過的人，沒有資格說是這所學校畢業的吧？

——反正，冗長、生硬的演講結束之後，就會哭著被老師帶下來了吧。

然而，正當曾亮和不想再繼續關心這齣早已知道結局的連續劇之際，袁牧正突然從口袋裡抽出一把超級小刀。

『別這樣！』校長的喝阻聲顯得十分軟弱。

『我好想死……好想死……我根本不該存在這個世界上……』袁牧正將刀刃抽出來，開始在左腕內側用力割，力氣大得逼大家紛紛別過頭去不忍觀看。

曾亮和的雙眼圓睜，牙根不自覺咬緊。他努力遏止狂躍的心跳，不讓自己移開視線。

——為什麼會……這傢伙真的割腕了？

袁牧正的鮮血從劃開的刀痕濺出，血滴灑在地面上的老師們身上。

有幾個女老師見到鮮血直流的畫面，表情驚慌倉皇起來，臉上也開始冒淚，但她們卻因為不敢刺激袁牧正，而壓低了害怕的哭聲。

他又劃了第二刀！

然後是第三刀、第四刀……

——媽的！這到底是遊戲的一部分，還是這傢伙是真的想自殺？

然而，在袁牧正劃完第五刀後，卻忽然意外地往曾亮和的方向看過來，露出陰森的笑容。曾亮和身旁的風紀股長突然尖叫起來，不停地呼喊著『不要這樣、不要這樣』。其他幾個女同學見狀趕緊壓制著她，抱著她不讓她繼續看。

曾亮和的頭皮開始發麻。

——剛剛，這傢伙是不是瞪了我？

——但風紀股長卻以為袁牧正在瞪她，所以情緒才會崩潰。

——這一定是在演戲！

——剛剛的眼神，根本是在向我示威！

他想要立刻喊出聲音來，告訴大家這一切都是假的，但整個場面已經失控了。在他回到學校的頭一天，也許同學們一開始是裝作沒看見他，但現在卻是真的不在乎他了。

此時，校門口突然傳來警笛聲。

袁牧正停止了演講、停止了割腕，與全校師生一起望向警笛聲的音源。

很快地，班上級任老師陪同袁牧正的父親，帶著幾名員警趕到操場來。他父親的神情極為慌張，像是個搭錯飛機、繞一大圈好不容易才回到出發點的乘客。

他父親站在鐘塔的正前方，抬頭仰望。

『牧正！』他父親的喊聲十分響亮，幾欲刺穿眾人的胸膛。

『爸，你終於來了……』

袁牧正露出了安心的表情，隨即身體鬆懈地頹坐在屋頂上，一動也不動了。他手腕的鮮血依然不停地湧出，沿著屋簷繼續往下滴落。

跟到現場來的幾個員警，立刻衝上鐘樓裡的階梯。

原本隱忍啜泣的女老師們，也陡然跪在地上放聲大哭起來。

但，曾亮和的雙眼非常銳利，他捕捉到了袁牧正表情的最後一瞬間——在袁牧正安心的表情裡，好像正小心翼翼地藏著勝利者的驕傲。

4

因為袁牧正引發的騷動，使得整個學校的氣氛十分凝重。

一直以來，因為學生間的成績競爭激烈，校方為了避免頻繁的衝突，教育理念採取了要求學生壓抑個人情緒、符合社會期待的保守方針，將負面影響轉移到台面下，再以個別輔導的方式來處理。

由於這畢竟並不符合學齡兒童的本性，有一些學生因為一直得不到師長的肯定及關心，言行愈來愈叛逆，最後走入歧途，成了不上學、整天在外鬧事的不良少年。例如曾亮和。

然而，大部分的學生都還是選擇了默默忍受，接受校規的箝制。

所以，像袁牧正這麼傑出的好學生，居然會在公開場合發表悲觀、尋死的灰暗言論，可以說是建校以來從未發生過的大事。

也因此，面對這突如其來的事故，校方反而變得手足無措。在袁牧正被救護車火速送往鄰近醫院之後，所有的老師立刻被叫進會議室，展開漫長的應變會議。

級任老師則負責安撫各自班級的學生。低年級的學生班級，則馬上通知學生家長，必要的話可以將學生帶回家休息，以減少事故的衝擊度。

有些老師的情緒也失控了，因此其他狀況比較穩定的老師也得協助照應。

原本喧鬧、充滿活力的校園，事故發生後並沒有出現激烈、失控的騷動，反而出現異常的沉默，既像深不可測的暗潮伏流，也彷彿正在為這樁悲劇進行哀戚、寂靜的告別儀式，更使老師們感到憂心忡忡。

頭一天來到學校，曾亮和竟然連一堂正常的課都上不了。

已經暫停了三節課。

曾亮和觀察著，全班同學好像連竊竊私語的興致也失去了，他們發呆的神情，彷彿在咀嚼袁牧正方才在鐘塔上的演講中、那些激昂萬分又痛苦至極的字句。

——在這個遊戲中所製造的事端，必須發生在學校，也必須嚴重到校方壓不下來，被許多同學知道才行！

——『在鐘塔上割腕演講』的事端，的確完全符合這項原則。

曾亮和的外表，看似與其他同學一樣眉頭深鎖，但他內心卻是在思考如何反擊。

一直到級任老師尤老師終於走進教室，班上同學們才稍微振作了精神。

無論是好奇也好、關心也好，大家都想立刻知道袁牧正後來的情況。

『老師剛從醫院回來。』尤老師有氣無力地說，『袁同學的傷勢並不嚴重，他的情緒也終於恢復穩定了。各位同學請別擔心。』

話雖如此，但尤老師的臉色依然非常蒼白，就算是小學生也知道這只是場面話。

有個同學突然舉手，不識好歹，問了不該問的問題。

『老師，袁牧正為什麼要割腕？』

教學經驗豐富的尤老師，已經是個兩個女兒已經就讀大學的媽媽。以老師應盡的職責而言，她應該留在講台上控制班級的狀況、解決同學們的疑惑，但此時聽了這個問題，反而像是想要立刻逃出教室，找人代課。

曾亮和知道尤老師的個性——她只是個神經質、容易歇斯底里的婦人。

全班同學先是望著那個天真的同學，然後再轉頭一起看著尤老師。每個同學的表情，似乎帶有一點幸災樂禍的狡獪。

尤老師彷彿感受到了同學們的惡意，但她已經騎虎難下。

也許，她根本不該在這種敏感時刻踏入教室。

『唔……是這樣的。』好不容易，尤老師困難地清清喉嚨，開始解釋。『各位同學都知道，袁同學是個成績很優秀的好學生，學校也對他期望很深，所以……所以……他的自我要求也特別嚴格。也就是說……譬如我們考試，只要能考到九十分，我們應該會很開心，因為九十分是很高的分數。但是袁同學比較特別。對他來說，考試考九十分，那是很正常的事。他希望能夠考更高的分數，就像是九十五分、一百分。如果他的期望落空，那麼他就會不快樂……』

『可是，上次段考他每科都考了一百分。』

說這句話的是班上的第二名。他雖然是個認真的學生，但是腦袋非常死板。他唯一的樂趣，是每天計算他跟袁牧正的分數差距。

『是。袁同學是每科都考了滿分沒錯……但是……但是……對他來說，他對成績的要求，卻是連滿分都不夠的。』

『還有比滿分更高的分數嗎？』另外一個同學發問。

『沒有。當然沒有。』說到這裡，尤老師的雙肩忍不住震顫起來：『可是，袁同學並沒有因為這樣而感覺滿足……』

『是不是袁牧正太貪心啊？』又有人插嘴。

『他有精神病嗎？』

『說不定他讀書讀過頭，腦袋秀逗。』

『對對對，最近看他天天在看一些莫名其妙的書，什麼生死學、存在主義的……』

『不是不是，你們有聽過一個名詞嗎？這個叫A型人格。』

『完美主義嗎？』

『應該是憂鬱症、憂鬱症啦……』

『袁牧正以前不是坐我旁邊嗎？我有看過他拿著那支超級小刀在發呆哦。』

『感覺好噁心……』

小學生的集體力量在此刻表露無遺。因為知道自己擁有犯錯的權利，所以，只要露出純真的表情，就可以隨便對討厭的人展開無情的攻擊。

『大家不要再說了，可以嗎？』尤老師感覺自己說錯了話，立刻制止班上的嘈雜聲浪。『不是這樣的。每個人對自己的成績，當然要精益求精，好還要再更好。袁同學只是因為對自己的要求過高，造成壓力太大，所以才做出傷害自己的行為。』

尤老師的聲明只是暫時壓低了這些雜音。同學們還是彼此竊竊私語著。

平常被袁牧正刻意忽視、彼此有競爭關係的那些人，這時候都變得非常嗜血，想乘亂藉機破壞袁牧正的形象。

這正是尤老師所不樂見的。因為，袁牧正是證明她教學能力卓越的重要招牌。

——其實，袁牧正割腕的原因什麼都不是……

曾亮和很想立刻站起身來，告訴全班同學這個事實。

——他只是在玩『讓爸爸操心』的遊戲。

但，曾亮和卻發現他根本說不出口。

因為，看到剛剛袁牧正準備自殺、割腕的舉動，就連曾亮和也漸漸無法確定，他是在演戲還是真的想死。袁牧正甚至可以否認，他從來沒跟曾亮和做過這種協議。畢竟，以袁牧正的資優生形象，沒有人會相信他會在深夜跑到學校垃圾場來見曾亮和這個不良少年。

更何況，一旦他真的說出口，等於將這個遊戲提早結束。

無論如何，曾亮和都不想輸掉這個遊戲。

他有他的自尊心。

——讓自己置身危險、引起全校注意的方法，原來是這個……

——這傢伙，果然是有備而來。

曾亮和腦海裡的聲音，開始說服自己。

——袁牧正根本就沒有尋死的念頭，他只是怕輸，所以在一開始就採取這麼極端的手段。

——那些鮮血可能都是假的。

——為了預防真的不小心墜樓，袁牧正其實用釣魚線綁住自己，並固定在鐘塔上。

——等到造成學校的騷動、他的警察老爸也趕來了，再偷偷處理掉那些東西。

『呵……呵……』

突然在吵鬧的教室裡，出現了突兀的笑聲。

那是陳國侖置身事外的傻笑聲。

他滴著口水，正愉悅地看著手上的襪子。

雖然全班同學們開始忘我地討論著袁牧正的事情，還是被陳國侖不合時宜的笑聲打斷了。大家不自覺露出了嫌惡的表情，想要忽略那些刺耳、格格不入的笑聲。

陳國侖彷彿與世無爭，自顧自地沉溺在那隻臭襪子的妄想世界中。

尤老師也不想在這個時間制止陳國侖，以免給自己惹來更多無法處理的麻煩。她低下頭，彷彿講桌上的點名簿裡，刊登了一篇發人深省的文章。

然而，陳國侖卻愈笑愈大聲，宛如是在恣意嘲諷著這樁悲劇的荒謬。

『媽的！』曾亮和忽然大叫，『你不要再笑了！』

尤老師及所有同學都被他突如其來的喊聲嚇得安靜下來。

『陳國侖，這時候你不要裝作不關你的事！』

在眾人的注視下，曾亮和態度兇狠地站起身來，衝到陳國侖的面前，雙手用力抓起他的衣領，將他整個人拉起來。他臉上的笑意依然沒有消失，右手仍然抓著那隻臭襪子。

尤老師見此情景，立刻花容失色，『曾亮和，你在做什麼？』

『我要好好教訓他！』

『別這樣……』

『我聽見他在笑!』

『曾亮和,你才剛回學校來,不要這樣……』

『你們都不在乎嗎?』曾亮和並未放手,語氣也更憤慨,『袁牧正發生這種事,這傢伙居然還笑得出來!』

其實,曾亮和根本沒有被激怒。雖然在表面上,他對陳國侖事不關己的行為反應激烈,事實上這全是內心冷靜盤算後的決定。要揍陳國侖,現在就是不可錯失的良機——既然袁牧正都已經做到這種程度,他也必須採取更極端的行動,才能在這場遊戲中勝出!

——等到下課時間,才搶走陳國侖的臭襪子,那就太晚了。

——這個遊戲的本質,就是必須漠視所有的常規!

果然,看熱鬧的同學們沒人出來勸止。

儘管大家討厭陳國侖,但他的腦袋有問題眾所皆知,沒有人會跟他計較,更不會希望哪天他老爸又來找碴。在小時候所留下的恐懼感,印象太深刻了。

不過,幾年下來,天天都必須忍受他的笑聲,已經夠了。所以,若是看到有人欺負他,也只會當成好戲來欣賞吧。

更重要的是,因為曾亮和混幫派,所有人都不願意得罪他。

然而,曾亮和還是注意到,在眾人事不關己的表情裡,還是帶有些許詫異的神色——曾亮和給人的形象,儘管並不正面,但他只找不良少年打架,程度不夠的,他根本看不上眼。過去,他也從來不在學校裡鬧事。

沒想到，現在卻為了袁牧正的事情——兩人根本不是什麼朋友、連同班同學的關係都非常淡薄——居然會對一個沒有傷害性的笨蛋出手！

『曾亮和，你也知道陳國侖他……』

『知道又怎麼樣？』曾亮和破口大罵，毫不留情。『老師，妳說過，袁牧正承擔了學校的期望，沒錯吧？所以我不能接受老師妳保護陳國侖。就是因為有陳國侖這種人，成天瘋瘋癲癲的，還不把別人放在眼裡，才會讓袁牧正壓力大到精神出問題。』

『老師相信，陳國侖絕對沒有惡意……』

『妳信，我可不信！』

『快把陳國侖放開，好不好……』

尤老師舉步維艱地走向前來，卻在十餘公尺以外的走道上停下腳步。

曾亮和才注意到，在不知不覺中，他的身高已經超過尤老師了。

——尤老師在怕我！

『我不要。』

『你再不放手，我要去找訓導主任了……』

『去叫啊！』曾亮和的聲音非常冷酷，『這就是你們大人所教的正義感嗎？』

『不是這樣、不是……』

『如果不是這樣，那你們大人所教的正義感又是什麼？』

『這……』尤老師沒有料到他會徹底追問。

『根本答不出來！真夠可笑！』曾亮和轉頭面對陳國侖，這時，就算是笨蛋，似乎終於感覺到對方眼中真實的怒意了。『陳國侖，你知道嗎？你這個人就是整天抓著你祖母的襪子不放，行為才會一直那麼幼稚。現在讓我來告訴你，怎樣才會長大！』

曾亮和一隻手伸過去抓住陳國侖手上的襪子，用力拉扯。

這隻臭襪子比他想像中更脆弱，稍一使勁立刻變成破碎的布片。陳國侖也因為衣領被人放開，整個人跌到走道上。

『嗚喔……喔哦……啊喔喔喔……』

陳國侖見到象徵情感歸屬的襪子頓時化為烏有，趴在地上開始抽抽搭搭地嗚咽著。

『還哭！』

曾亮和一邊罵他，一邊用腳踩踏他的手，要迫使他鬆開那些破布。不過，曾亮和隨時都可以擺出戰鬥姿勢。因為他知道，陳國侖隨時都有可能站起來反抗，他必須做好在教室裡打架的心理準備。

『曾亮和，不要再踩他了……』

『你給我放手！這隻襪子只是垃圾！』曾亮和不理會尤老師的勸阻。

陳國侖終於鬆了手，放棄了曾亮和腳下的破布。

他勉強地拖著笨重的身體，淚流不止地爬了起來。

此時，他的唾沫流得整臉都是，還黏滿地板上的灰塵，令他顏面失調的臉孔更顯可怖。

『你想打架嗎？』

曾亮和終於讓這項精密壁畫的行動，移轉到自己的專長來了。

然而，面對曾亮和的欺凌，陳國侖卻不像小時候的記憶中那樣，在教室裡哭天搶地，也沒有瘋狂地破壞教室。他反而膽怯地慢慢向後倒退。

就在曾亮和感到疑惑之際，陳國侖從教室後門哇的一聲，哭著逃了出去。

——反應不一樣了。

——為什麼？

——因為人都會變，是這樣嗎？

雖然陳國侖已經逃逸，曾亮和卻無法立即收手。他不可能在這時候停止。他突然想到，也許袁牧正也是一樣。也許，他只想輕輕地在手腕上割一小刀，但是面對這麼多人，在警察老爸趕來以前，他只能硬著頭皮繼續割……

『哼，又想回家找爸爸了嗎？』

『曾亮和！夠了！』

『爸爸很快就來了喔！』曾亮和不理會尤老師的阻止，繼續叫喊。『快叫他來學校替你報仇啊！』

『你……你做得太過分了！』尤老師眼眶泛紅地顫聲著，『即使他真的有意嘲笑袁同學，你也不需要這樣啊！』

『哼，膽小鬼，居然就這樣逃了！』

『不要再說了……』

『我只是在教他，要做個敢作敢當的男子漢。』

『你真的太過分了……你知道嗎？』尤老師的情緒已然歇斯底里到極點。『陳國侖的爸爸，已經在上學期出車禍過世了……』

——什麼？已經死了？

——不是我的錯！又沒有人告訴過我這件事……

——因為，我太久沒有回學校了……

『那……那又怎樣？我……』曾亮和的後腦不自覺出現一陣冰涼。『他爸爸死了，也不關我的事……反正，又不是我開車撞死他的……』

——我真的做了。

——欺負弱小。仗著自己拳頭硬。

——已經無法回頭了。

曾亮和的內心，好像有什麼東西破裂了。他的腦海裡，還不斷出現嫌惡的批判噪音。看著尤老師哭成淚人兒的臉孔，他突然渴望辯解，可是，就在還來不及說話之前，教室外突然傳來一聲沉重的撞擊聲。

走廊上立刻發出好幾聲驚恐的尖叫。

頓時，教室陷入一片死寂。

陳國侖從三樓跳樓自殺——這是班上同學們跑出教室以後，就立刻得知的結果。

5

『……不，我心裡不只是傷心而已——你知道爸爸背後的壓力很大，有太多人對我的位置虎視眈眈了。我每天上班，就算總是過得戰戰兢兢，也必須裝得平心靜氣，為的是什麼？為的就是你啊，牧正。爸爸知道你是個很聰明的人，也知道你可以把成績處理得很好。但是，在社會上只有成績是不夠的。這個社會的競爭，是殘酷到你無法想像的，謊言、背叛、笑裡藏刀……這樣的事情太多太多了。牧正，你要記住，最重要的事情是堅強，絕對不能在人前表現出脆弱的模樣！你在學校老師面前這樣做，一點好處都沒有！他們只會在表面上對你關心，然後在背後議論你。無論如何，你心裡的想法，絕對不能洩漏給別人知道，就算是你的好朋友也不行！總有一天，你會被出賣的。小正，你必須把爸爸的話聽進去……』

在空蕩蕩、陰暗的垃圾場裡，閃著微小的綠色燈光。

那是錄音筆尾端的小燈。

從錄音筆傳出來的單調人聲，像是溶化在闃黑的空間裡，卻又餘波蕩漾地激起帶有強迫意味的回音。

『讓爸爸操心』的遊戲，已經進行過第一回合了。在事件發生的十天後，曾亮和收到袁牧正的匿名信，依約來到了深夜的垃圾場。

匿名信依然是寄到曾亮和老爸的選民服務處。

老爸也沒有多問什麼。

兩人各自帶來了錄音筆，相互確認對方的錄音內容。這是第一次的成果驗收。

首先播放的是袁牧正的錄音內容。

第一次聽見其他父親對兒子訓話的過程，對曾亮和而言是非常新奇的體驗。他一直不知道別人的老爸是怎樣罵小孩的。然而，當他聽到錄音內容以後，卻感覺有些失望。

因為，他完全沒有聽到什麼訓話。

袁牧正的警察老爸，就算是兒子鬧了那麼大的事情，卻像是個輔佐少主的忠臣，進行苦口婆心的勸諫。他的父親，沒有嚴厲的斥責、更沒有打罵，完全以理智、分析的方式在協助袁牧正瞭解事情的輕重緩急。

——根本像是在上……類似『成功學』的課程。

——這算是『讓爸爸操心』了嗎？

錄音筆聲音突然中止。

『結束了。』

袁牧正把錄音筆的電源關掉，並且遞給曾亮和。

此時，曾亮和注意到，他包滿繃帶的手臂並沒有什麼行動不便之處。

——也許，他在割腕時只是做做樣子，並沒有真的用力。

——那些血說不定只是假血。

『全長是三小時五十二分。』袁牧正說：『為了節省時間，我只挑了罵得最嚴重、最精采的部分。其他內容，你可以帶回家仔細檢查一下。』

『嗯。』

『曾亮和，你都聽到了吧？我爸的訓話不管怎麼繞、怎麼繞，到最後，還是想要控制小孩。「小正，你必須把爸爸的話聽進去」——他每次只有這句話，真是笑死我了！』

老實說，曾亮和一點都不覺得好笑。

袁牧正的所作所為確實很令人意外，但更令人意外的卻是他父親私下對他說的那些話。

——他的父親，居然會這麼平心靜氣？

不過，他並沒有把內心真實的感受說出口。

雖然約好要互相檢查，結果聽到的卻全是這種無聊的對話——若非他真的想贏這個遊戲，曾亮和根本沒有興趣回家檢查其他內容。

袁牧正似乎還沒有從興奮的情緒中離開，他不斷地模仿他爸的語氣說話，『小正，你必須把爸爸的話聽進去』、『小正，你必須把爸爸的話聽進去』……令人感覺非常厭煩。

『來聽我的吧！』

曾亮和不想浪費時間，他希望可以早點要袁牧正認輸。

不過，袁牧正好像沒那麼急。

『對了，你爸爸有沒有說過類似的話？』袁牧正邊笑邊問。

『那當然。』

『「小和，你必須把爸爸的話聽進去」——像這樣嗎？』

『他講話可兇得很。』

『是嗎？』

『該聽聽我的了吧？』

『喔，好吧。』袁牧正好像終於感覺到曾亮和對自己錄到的內容興趣並不大，只好放棄繼續討論他爸爸的訓話。

原本，曾亮和以為，這會是一場劍拔弩張的會面，沒想到，當袁牧正打開錄音筆以後，每聽到一句他老爸訓他的話，他就開始大笑，還不斷地說著『你不覺得這很好笑嗎？』並且，還要曾亮和一起笑。

一開始，他笑得有些勉強，但漸漸地，儘管仍然不好笑，再怎麼勉強他也笑得出來了。

冷靜地聆聽袁牧正老爸的談話，就可以非常清楚地確認，這些大人果然只想控制小孩。無論他們說了什麼，最後只有這麼一個目的。

他突然感覺到，這並不是他跟袁牧正之間的遊戲，而是小孩與大人之間的競爭。

至少，他那忙碌的警察老爸，為了他的事情，得暫停手邊所有的工作，花費許多時間跟他談論人生的大道理。這正是小孩反過頭來控制大人，所踏出的第一步。

他們可以在這座沒有大人願意靠近的垃圾場內，放聲大笑，慶賀著小孩的勝利。

所以，再怎麼勉強，他都願意笑。他要嘲笑這些失敗的大人！

但，跟著袁牧正一起笑，並未讓他忘記兩人之間的協議。

——我必須贏得這場比賽！

——還要把袁牧正的臉，踩在腳下！

『對了，陳國倫現在怎樣了？』袁牧正忽然問。

『……他啊，』曾亮和一下子呆住了，但他仍然想裝得若無其事，『死不了的，聽老爸說只是輕微的腦出血，還沒清醒。』

『你必須為這件事情負責嗎？』

『老爸說不用。』他的語氣盡可能表現得斬釘截鐵，『陳國倫他爸死後，他是託給一個親戚照顧。這個親戚也覺得陳國倫很麻煩，應該不至於提出任何告訴。』

『也不會變成刑事案件？』

『絕對不會。老爸已經跟學校校長、老師開過會了，他跟我拍胸膛保證過。他們的結論很明確，這件事只是個單純的意外，是陳國倫自己情緒失控才造成的。他衝出走廊的力道過猛，直接撞到欄杆，結果一個重心不穩，才會整個人掉出去。』

『這樣啊。』

『老爸說，學校已經照顧陳國倫好多年了，在場的老師都覺得很辛苦。大家都可以接受這個結論。更重要的是，當陳國倫衝出去的時候，還是上課時間，沒有其他同學親眼看到陳國倫的墜樓過程，所以怎麼解釋應該都可以吧！

『我想，班上的其他同學也都不喜歡陳國倫，你說對吧？大家都不會想要惹麻煩，也一定不會亂說什麼話才對。還有還有，我爸還出錢負擔他的住院費用呢！總之，大家也鬆了一口氣，反而應該要心存謝意，哈。』

——陳國倫這麼胖，就算撞上欄杆，也不可能重心不穩的。

——那段時間根本沒有什麼班級有老師在上課，一定有很多人看到。

曾亮和一面努力說明，腦中卻一面盤旋著這些無聲的告發。

『呵呵，竟然變成這種結果。有個家長會會長的爸爸果然管用。』

袁牧正倒是很爽快地點點頭，沒有提出任何質疑。是的，這是他們的遊戲，他沒有必要刻意去破壞遊戲的樂趣。

『因為他沒有人替他解釋，不像我有老爸撐腰啊。』

『曾亮和，你還真厲害。』袁牧正豎起大拇指，說：『我以為我割腕這招一定會讓你招架不住。想不到你居然立刻向陳國倫下手……看來，要贏你並沒有那麼容易啊。』

『那當然。』

『我果然沒有選錯對手。看來我得好好思考下一步棋啦。』

『我絕不會輸你的。』曾亮和不甘示弱地回答。

袁牧正沒再回答，微笑地看著曾亮和。

他的表情顯得非常驕傲，好像隨時都可以把對方摞倒。

『爸爸要告訴你。』袁牧正開始播放曾亮和的錄音筆。老爸熟悉的聲音遽然出現，將他拉回幾天前的記憶。

『做人處世，絕對要沉得住氣。沒錯，我知道你很好勝，什麼都想出頭。因為你是爸爸的兒子，當然跟我是一樣的個性。爸爸瞭解你嘛。你盡情地去做你喜歡做的事，沒關係。你媽現在搬出去了，剛好不會知道這件事。你也不必聽到她嘮叨。她唸你之前，還不是先唸我？總之，兒子你不用擔心，有爸爸挺你。我說過，你的問題爸爸一定都會解決。人生啊，什麼都可以妥協，就是不能輸。更何況，你是我兒子，不保護你我保護誰呢？你不喜歡上學，沒關係，爸爸替你去跟校長談；你在學校被同學欺負，沒關係，爸爸替你主持公道。爸爸是學校的家長會會長，開個會就沒事了……』

聽著這些陳腔濫調，曾亮和突然爆笑出聲——儘管其實沒什麼好笑的。

袁牧正見狀，也立刻跟著他一起笑。

儘管他聽到老爸熟悉的聲音，回想起那天刺激的感覺，然而，他卻從袁牧正眼中，看到了枯燥無趣的神情。

——為什麼會這樣？

——這可是我精心挑選出來的片段耶！

——難道，他一點都不覺得這些責罵很嚴厲嗎？

終於，曾亮和恍然大悟了。打從一開始，他們根本不關心對方老爸是怎麼責罵對方的。他們只關心自己被責罵的內容。他們只希望對方認同自己的老爸真的『操心』了。

除了取得最後的勝利以外，在這場遊戲的過程中，他們連『炫耀』也不能落後對方。

6

因為陳國侖的墜樓事件，聽說學校有一個多禮拜沒有辦法恢復平靜。

這段時間，曾亮和的老爸帶著他在醫院、警局、教育局等地到處跑，拜會了許多陌生人，談著無法揣測絃外之音的對話。

老爸只跟他說，這一切都是為了脫罪。他只要求一件事——把頭髮梳得整齊一點，在長輩面前不要說話。

的確，在這樣的緊要關頭，曾亮和不能不聽老爸的。實際上，他並不知道擔任市議員的老爸到底有多大的通天本領，他只知道他必須盡快脫罪，才能回到學校裡跟袁牧正再次對決。

兩人祕密會面之時，袁牧正曾對他說，他被他爸拉著跑了各大醫院接受心理諮商，刀傷也需要進一步檢查，一時之間也沒辦法回學校上課。不過，袁牧正在兩人達成協議的隔天早上，就立即採取行動了。他的動作總是很快。

曾亮和相信，恐怕在醫院檢查期間，袁牧正就已經開始計畫第二次的行動。他絕對不能掉以輕心。

——沒錯，他的動作的確很快。

雖然曾亮和希望早點回學校，這是他入學的六年來，第一次這麼希望可以立刻上學——但，為了避開風頭，曾亮和還是足足等了十天。

十天以後，曾亮和由尤老師來家裡接他，然後直接帶往學校。會這樣做，也是老爸交代。老爸希望在他踏進校門以前，尤老師可以幫忙做點心理輔導。

老爸說，他已經把學校搞定了——曾亮和倒是很有興趣，看看他是怎麼搞定的。

『曾同學，』尤老師說：『回到學校以後，不要太在意其他同學的態度。』

『什麼意思啊？』

尤老師一瞬間臉紅了。她故作鎮定地清清喉嚨，『老師已經在班上澄清過陳國侖同學受傷的不實謠言。但是……還是有許多家長打電話到學校來關切。』
『那又怎樣？』
『我們學校非常注重校譽……』尤老師開始語無倫次，『但家長要胡思亂想，學校也沒辦法控制。但是，這種錯誤的想法萬一傳播給學生，對大家都不是好事……』
她似乎不曉得該如何講出一個圓滿的說辭。
『老師，事情發生的當時，妳也在場啊！』曾亮和不懷好意地問，『妳覺得呢？』
『我覺得……我……』
『老師，妳覺得我真的有錯嗎？』
尤老師呆住了。她的臉孔扭曲著，彷彿有人正用力扯著她的臉皮。
對。這個表情——就是操心！
想不到，在老爸面前未曾見過的表情，居然在尤老師的臉上看到了。
——總有一天，我也可以讓老爸出現這種表情。
曾亮和好像真的喜歡上這種感覺了。
既然老爸已經把學校搞定，那麼從校長開始的全校教職員工，口徑就得一致。這當然包括尤老師在內，她必須扮演好自己在學校裡的角色。
——所謂的大人，就是這麼一回事吧。
——大人們，就是這樣控制來、控制去的。受控制的人，處處充滿顧忌，連真話都不敢說。
原來，這就是大人的弱點啊……

『我想這不是你的錯。』尤老師像是咬著牙般回答，『這完全是陳國侖的心理問題。他把祖母留給他的襪子看得太重要，而這並不是一個成熟的人該有的行為。』

『老師，妳真的這麼想？』

『我真的……』他注意到，尤老師的嘴唇顫抖著，彷彿正在被絲線操縱的傀儡。『我真的是這麼想啊。』

『老師，這可是妳說的喔！』他刻意以開朗的語氣這麼說。

『……對。』

『其他老師呢？』

『學校的其他老師……也跟我的想法一樣。』

『太好了！』

——真是好玩！

但是，全身氣得發抖的尤老師，終於不再說話了。她顯然也很清楚，曾亮和在故意刺激她。她畢竟是久處現實社會的成人，不會讓小孩子過度得寸進尺的。

她顯露出一種不想再委曲求全、在妥協中保持抗拒的姿態，以背影面對這個不受管教的學生，加速了前往教室的腳步。

然而，臉色蒼白的風紀股長卻在這時從轉角衝出，撞進尤老師的懷中。

『老師！老師！』

『怎麼了？』

『袁牧正他……袁牧正他……』

風紀股長沒有抓好尤老師的手臂，整個人跌跪到地上。

『不要這麼慌張！』

『老師！袁牧正他真的瘋了！』

風紀股長的話立刻令曾亮和心頭一緊——袁牧正這麼快就回學校了？

『到底怎麼回事？』

『他在……他在殺愛麗絲……』風紀股長終於哭了出來。

愛麗絲是全班一起飼養的兔子。曾亮和記得，在陳國侖跳樓自殺的那一天，班上同學還討論過愛麗絲健康狀況不佳的事情。

尤老師瞪大雙眼望著淚流滿面的風紀股長，馬上拔腿奔向教室。

——袁牧正的下一步棋，就是殺愛麗絲嗎？

曾亮和斜眼瞧了一下風紀股長，發現她也在凝視著自己。

『妳看什麼看？』

『我知道……你跟袁牧正是說好的……』風紀股長紅腫的淚眼透露著某種堅定。

『妳說什麼？』

『我……什麼都知道。你們……都是神經病！都是瘋子！』

『妳再說！』曾亮和出言威嚇她，『找死啊！』

『嗚嗚嗚……』

『再說一句我就揍死妳！』

『不要打我……我不敢了……我不敢了……』風紀股長哇哇大哭，狼狽地從地上爬起來，有如逃命般向走廊另一邊竄去。而，走廊上其他學生只是冷眼旁觀，沒人敢招惹他——也許，他們都在背後傳聞，陳國侖的墜樓跟自己有關。

——都是膽小鬼！

然而，聽到風紀股長這麼說，曾亮和的胸口卻是一陣發寒。難道說，他跟袁牧正的祕密協議，真的被風紀股長知道了？

這很有可能。袁牧正在鐘樓上割腕時，曾經朝自己瞪過來，結果嚇到身旁的風紀股長。現在一想，也許他瞪的就是風紀股長，讓知道這個協議的風紀股長，不敢跟別人講。

——媽的。總有一天必須處理掉這個女的。

然而，曾亮和認為現在最重要的，是得趕緊去確認袁牧正到底在做什麼！

『不要過來！不要過來！』

他還沒有回到教室，就聽到袁牧正瘋狂的叫喊聲。

教室外已經圍滿了學生。有幾個女生已經泣不成聲了。

尤老師與其他幾個老師則站在門口處，但沒有進門。幾個同學見到曾亮和回到學校來，識趣地默默讓出一條路來，讓他可以看清楚教室裡的情況。

目光淒厲的袁牧正，身上的白色制服滿是鮮血。加上他的手臂還纏著繃帶，很容易讓人誤以為他再度自殘。他的右手仍然持著一把超級小刀——曾亮和並不確定，不知道那跟十天前的刀子是不是同一支，但這次他的左手還多了一樣物件。
那樣滴著鮮血的絨毛物件，是愛麗絲。
看起來毫無氣息、像毛巾一般吊掛在袁牧正手上的愛麗絲，已被開腸剖肚！
──是同一招。
與人高馬大的曾亮和完全不同，體育分數敬陪末座的袁牧正，唯一能夠憑恃、保護自身安全的力量，來自他的警察老爸，以及需要他優秀的成績與才藝，才能換取他人尊敬的老師們。太過瘦弱的他，根本沒有欺負得起的對象。
但是，他可以欺負自己，或是尋找人類以外的被害者。
實際上，曾亮和製造事端的方式，是在同學裡尋找弱勢者下手，並且發明一個正當理由，對這個弱勢者進行嚴厲的懲罰。換句話說，無論行為是否過當，他最在乎的還是自己的行為是不是站得住腳──終究，他還是無法徹底破壞自己的俠義形象，來交換遊戲的勝利。
但是，袁牧正則完全不同。他製造事端的方式，完全是瘋狂、自溺的非理性行為！
曾亮和竟然開始感覺冒出冷汗來了。
──袁牧正真的只是因為這個遊戲，才這麼做嗎？
──他真的沒有瘋嗎？
『袁同學，你……為什麼要這樣對待愛麗絲？』尤老師支支吾吾地問。
不知道兩人祕密協議的尤老師，她的問題在曾亮和耳裡聽起來格外愚蠢。
但是，袁牧正聽了，卻突然激動起來，舉起愛麗絲的屍體往全班同學聚集的門口處用力甩，愛麗絲身上的鮮血濺在眾人身上，引起一片恐懼與嫌惡混雜的尖叫。連愛麗絲的內臟都被狠狠地甩了出來。

『愛麗絲已經不行了啊。』袁牧正此刻的笑容非常可怖，『愛麗絲真的很可愛，對吧？一看到外表可愛的生物，大家的心情就會變得很快樂。但是，這樣的快樂，卻沒有人願意與別人共享，每個人都想佔為己有。接下來，大家就開始爭奪愛麗絲的注意力。有人拚命餵牠草、有人拚命要牠喝水、有人嚷著：「愛麗絲！愛麗絲！愛麗絲！」每天發出這種刺耳的噪音，只為了表示自己很關心愛麗絲，有權決定愛麗絲是誰的。

『一旦，愛麗絲生病了，照顧牠變得很麻煩，大家就開始推卸責任了。「啊，我記得昨天的值日生準備的草不知道從哪裡拔的？」、「我今天晚上要補習啦。」、「你去替牠清理大便！」、「我上個月每天都在照顧牠耶。」這些廢話到底是怎麼回事呢？』

『袁同學，我想同學說這些話都是不經意的……』

『我跟愛麗絲是一樣的吧？』袁牧正一邊說，一邊來回擰扭著愛麗絲柔軟欲斷的頸子。『回到學校的第一天，我發現已經沒有人要了。老師、同學都遠遠地避開我。難道這只是因為我曾經想要自殺嗎？』

『沒有人這樣說……』

『不用說，你們根本不需要說！我都感覺到了。我知道你們在想什麼。反正快畢業了，早點把愛麗絲處理掉吧。早點把我也處理掉吧。這些傢伙真是礙眼。把愛麗絲處理掉了，就不用再餵牠了。把我處理掉，第一名的位置就可以換人了。這些傢伙真是礙眼。處理掉就沒事了。這些話我替你們說，你們根本不需要說！』

『夠了！不要這樣……』

『給我聽好，你們全都要負責！愛麗絲就是這樣死的。我替大家把愛麗絲處理掉。是你們殺死愛麗絲的。我只是幫你們一個忙而已。你們不希望把愛麗絲留到畢業以後，對不對？表面上大家都不願意愛麗絲死，其實內心一定全都鬆了一口氣吧。我知道大家都是這樣想。呵呵。』

『袁牧正！』

然而，就在大家瞠目結舌的視線下，袁牧正突然開始動口咬囓、撕扯著愛麗絲的屍體，將牠咬成一塊一塊爛肉，並且吐在地上。在曾亮和的身旁，好像有幾個女同學馬上昏厥了。

他頭髮散亂，嘴巴滿是白毛，制服染滿鮮血，有如復活於白晝的吸血鬼。

——不曉得啃食了愛麗絲的袁牧正，接下來又會發表什麼大道理。

『好吃！好吃！』

袁牧正爽朗地放聲大笑了。

但是，曾亮和心裡非常清楚，這些狀似恐怖的笑聲，只不過有如迷路的野生幼獸與父母失散後，在黑暗的森林裡不斷發出、讓父母可以盡快尋找到自己的悲鳴。

曾亮和知道，他老爸必然很快就會趕到。

7

依照約定，曾亮和在晚上九點前來到學校後方的垃圾場。

與往常一樣，垃圾場依然充滿著腐敗的味道。也許是因為明天就要舉辦畢業典禮，這幾天在學校裡進行了許多佈置，也增加許多廢棄物，今晚的垃圾場，也變得特別擁擠。

鐘塔的陰影仍然予人沉重的壓迫感，但卻無法鎮住他內心繃張的情緒。

九點整，袁牧正終於來了。

在手電筒的餘光中，他的神情顯得特別開朗。

因為明天就是畢業典禮——亦即，今天晚上將是這個遊戲的總決算日。

今天晚上，這對敵手的其中一人，將獲准踩爛另一人的臉！

『曾亮和，最近過得怎麼樣啊？』

他的語氣中帶著毫不掩飾的輕蔑。曾亮和當然知道，他為何如此有自信。

兩週以前，他在自殺事件發生後，頭一天回到學校，就當著全班同學的面前殺了愛麗絲，還企圖生吃愛麗絲的屍體，宛如一場超現實的夢魘。結果，當然是被他老爸強力制止了。

他果然很瞭解自己的老爸。

袁牧正立刻被送往附近的市立醫院急救，將他吞下的肉塊催吐出來。經過休養，情況穩定以後，再繼續進行精神方面的治療。這段時間，他都留在醫院裡，直到畢業典禮以前，都沒辦法再繼續上學了。

只不過，發生這樣的事件，不要說是學校壓不下來，還引來電視媒體，做了大篇幅的報導。幸好，由於袁牧正還只是未成年的小學六年級生，相關報導都必須隱姓埋名，否則，事情還可能鬧得更大。

今晚能夠出現，完全是他母親非常希望他可以參加畢業典禮的緣故，懇求醫生放人。所以，他才能獲准出院回家。畢竟，他的成績那麼傑出，雖然因為精神問題導致無法代表畢業生致詞，但上台風光領獎總有他一份。

這是決定勝負的最後一夜，無論如何，袁牧正都會逃出家來赴約的。

相反的，這段時間曾亮和卻陷入極為焦慮的狀態，幾乎天天失眠。袁牧正做得太狠，使他根本想不出有其他辦法急起直追。甚至，他被袁牧正殘酷至極的行徑所影響，只要一把眼睛閉上，黑暗的視野中就會立刻浮現愛麗絲破碎不堪的屍體。

——雖然，好不容易在剛剛抵達學校之前，終於想出新的辦法，但是……

『怎麼不說話啊？』袁牧正用一種類似嘲笑的方式高聲叫著曾亮和。

曾亮和連忙回神，『啊，對了……陳國倫前天死了。』

『呵呵，是你做的嗎？』

『我才沒有。』他回答，『聽說腦壓突然降低，也不知道什麼原因就死了。』

『我看一定是笨死的吧。』袁牧正接口，『所以你一定又被你爸爸狠狠訓一頓囉。』

『他……』

事實上，曾亮和的老爸並沒有再罵過人了。老爸甚至認為這樣的結果反而更省事，唯一要擔心的竟是這件小事是否可能變成下次選舉會被對手用來攻擊自己的把柄。

老爸最近很忙，聽到陳國倫死亡的消息後，只是微微笑拍了拍他的肩膀，說了一句話而已。

『沒事了。』

所以，他沒有再取得新的錄音。

『曾亮和，這段時間你好像什麼都沒做？』

『當然有！』曾亮和立刻解釋，『我昨天弄到一桶汽油，準備今天晚上放火把學校燒了，讓學校的畢業典禮整個毀掉。』

『哈哈哈，你還真是勇敢啊。』袁牧正並未因而改變輕浮的語氣，『對了，你知不知道，愛麗絲的身體狀況為什麼會變差？』

『這……』曾亮和從來沒想過這件事，不由得張大眼睛。

『其實啊，我很早就開始偷偷餵愛麗絲吃釘書針。』袁牧正笑著說，『本來是想餵牠吃圖釘的。但是我怕效果太強烈，讓牠在你答應玩這個遊戲之前就死了。』

『你這傢伙！』

『小孩子都一樣。小動物身體健康、活潑的時候，就會很愛很愛牠，整天黏著也不煩。但是，只要小動物一生病，照顧起來很麻煩，就會立刻被小孩子討厭了呢……果然沒錯。學會了大人的想法，不管大人、小孩都可以輕易控制。』

『可惡……』

曾亮和還記得，當他第一天回到學校時，周遭同學們的談話。

愛麗絲的身體開始有異狀，似乎是他們約定這個遊戲以前的一、兩週左右。

——想不到那個時候……袁牧正已經開始佈局了！

——那麼，他之所以設計這個遊戲，到底是從什麼時候開始的……

『好了，讓我們言歸正傳吧。曾亮和，我想要提醒你的是，比賽是有規則的。根據我們的約定，這個遊戲是結束在今天晚上。既然有本事，就應該在時間結束前完成你的計畫。你接下來要不要放火燒了學校，這種事情我管不著，因為這跟遊戲無關！』

霎時，曾亮和終於想通了。

『袁牧正，你從頭到尾都在說謊！』

『你說什麼？』

『在第一次約定的那天晚上，你曾經告訴我，你在兩天前的晚上偷聽到你爸媽的對話，發現你也能控制你老爸，所以才來找我玩這個遊戲。但，你講的話根本就是假的。事實上，你是在我被警察抓到以後，就已經知道我要揍你的事了。』

『呵，是嗎？』

『你並不是從你爸那裡聽來的！』曾亮和憤怒異常，『一定是風紀股長告訴你的，對吧？她太會散佈小道消息了。否則，她不可能會知道我們之間的祕密協議！我回學校的第一天，就跟你一起各自製造了大麻煩，她就是這樣才察覺到的。

『無論如何，當你一知道我想揍你時，你就立刻想出報復的方法了，所以才開始餵愛麗絲釘書針。你非常想報復，但你知道自己的身體太瘦弱了，根本打不過我——但，你知道我老爸幫我解決了不少麻煩，所以你才故意激我，利用「讓爸爸操心」的遊戲，要我跪在你面前，讓你踩我的臉。因為你知道我不喜歡認輸，而且你對自己的老爸很有信心，所以你只能用這種方法，才能揍我。』

『不用再說了。這場遊戲的結果，已經非常清楚了，』袁牧正臉色陰沉，『快把你的錄音筆交出來！』

『你只有這個方法才能揍我……這一切都是你的詭計。』

『快交出錄音筆！我要檢查你最近到底錄了什麼！我現在就要分出勝負！』

『媽的！』

見到袁牧正要來搶自己的書包，曾亮和怒不可遏，用力揮拳揍了他的臉。

袁牧正摔倒在地，但他卻像是早知如此般默默承受這些打擊，執拗地爬起來繼續拉扯曾亮和的書包。於是，曾亮和繼續揍他，但袁牧正仍舊毫不死心，彷彿對方的錄音筆就是最終的救贖，於是曾亮和繼續揍、繼續揍、繼續揍……

當曾亮和終於冷靜下來，他發現自己的雙手濺滿鮮血。

同時，他的手上也多了一根球棒。

至於袁牧正，則動也不動地趴在地上。

曾亮和等了一段不知究竟有多久的時間，但袁牧正並沒有再爬起來。曾亮和走過去，彎腰摸摸他的頸間。

——沒有脈搏了。

——我已經殺了他。

——最後，還是變成這樣的結局了！

曾亮和呼一口氣，不禁苦笑了。

當初，他好不容易偷到一部摩托車，還帶了球棒，真正的原因到底是什麼？不，絕對不是因為他想揍袁牧正。如果他真的單純想揍人，根本不需要如此大費周章。

——真正的原因是，我想殺他。

如果，曾亮和沒有殺袁牧正，他將會在畢業典禮時上台領獎，享受全校師生的掌聲。雖然，曾亮和已經說過了——學校對他而言，根本沒有什麼意義。

可是，曾亮和絕不會讓袁牧正上台的。

因為在那一天，他的市議員老爸也會來參加畢業典禮。

老爸既然掛名家長會會長，不可能不來。

無論曾亮和再怎麼懇求，老爸也不會同意缺席的。選舉就快到了，只要有人群、有應酬的場合，就有機會爭取更多選票。市議員的身分，老爸已經如同空氣般地習慣了，是他生命的全部，是絕對不可能捨棄的光環。

這就是所謂的大人。

所以，只要老爸參加了畢業典禮——當袁牧正上台領獎時，老爸就會為他鼓掌、喝采。老爸會稱讚他、祝賀他，說他是本屆畢業生中最優秀的。老爸這些話，卻是永遠不會對自己說的。

曾亮和絕對不能容忍這件事。他認為袁牧正根本不配跟老爸站在一起。

就算只是應酬，他也不能容忍！

老爸的寵愛，只屬於他一個人的……不，也不能這樣說。如果老爸鼓掌、喝采的對象是其他同學，他也不是那麼在乎。但，絕不能是袁牧正！那個『跟自己一樣』的人……

他之所以答應遊戲的協議，也只是希望能夠製造獨處的機會，讓他更方便下手。

——然而，我卻沒想到他會給我這麼可怕的壓力。

繞了這麼一大圈，最後還是拿出這支用砂紙磨過的鋁棒……

不過，袁牧正說得倒沒有錯。

——在這個世界上，競爭才是最有趣的事情。

——不過，最有趣的部分則一直都是，在競爭中獲勝！

8

在空蕩蕩的垃圾場裡，曾亮和獨自笑了一陣。接下來，他開始處理袁牧正的屍體。

他從袁牧正的書包裡，找到了那枝錄音筆。

——這枝錄音筆可以證明我跟袁牧正之間的祕密約定。

——我必須帶走這個證據，毀掉它。

此外，曾亮和還發現了袁牧正的超級小刀——這把專門用來自殘、殺死愛麗絲的刀子。

——我不能原諒他殺死愛麗絲。

但，並非因為他喜歡愛麗絲。他很少去學校，跟愛麗絲並沒有什麼感情。而是，愛麗絲殘破不堪的屍首，會令他不斷回想起自己在遊戲中居於劣勢的屈辱感。就算現在他已經殺了袁牧正，也無法改變袁牧正在遊戲過程中棋高一著的事實。

袁牧正確實是個資優生。區區幾根釘書針、一支超級小刀，竟可以把他整得心神不寧。

最後，曾亮和在袁牧正的書包裡，發現了一本筆記本。裡頭寫得密密麻麻的，全都是他擬定這整個計畫的詳細過程。為此，袁牧正不但在他父親的書房裡偷偷地讀完很多艱澀難懂、與犯罪學及心理學有關的書籍，還上網查了許多資料。

曾亮和雖然知道袁牧正很聰明，但卻也想不到他會用功到如此極端的地步。

不像他，那時候為了殺袁牧正，不惜代價弄來一部機車，結果沒料到失主會這麼快報案，臨檢的警員立刻將自己逮個正著。不僅驚動了少年隊，還被風紀股長發現，傳到袁牧正的耳裡。

真是大費周章極了！

為了殺袁牧正，他跟某幫派的國二學生決鬥，只是想確定他可以把人揍得動彈不得；他還學會確認頸動脈的位置，是因為他必須確認袁牧正真的被他打死了。

曾亮和知道，自己確實也相當努力。但他的這些作案手法，其實都是曾經加入幫派的期間，聽一位對自己很好、前科累累的大哥說的。自己根本沒有像袁牧正這麼好的腦袋，可以憑空設計出藏有這種陷阱的遊戲。

其實，在這個遊戲的過程中，曾亮和也曾經一度想要留他活命。

他們兩人是那麼相似——甚而，袁牧正的想法總能超前自己，令人不得不佩服。

最後，曾亮和終究無法容忍！

他暗暗地思考著，袁牧正的生路，其實只有一個。

袁牧正必須輸了這場比賽，跪下來讓曾亮和踩他的臉。

——平息了我的怒氣，我也許不會殺他。

——他太聰明了，還非得贏得這場比賽不可，才會導致喪命。

——畢竟，我比他強壯太多了，而且還一直認真地計畫要殺死他！

如果袁牧正答應他，願意把比賽延到明天；而且，他得答應不去畢業典禮——那麼他就能幸運地逃過一劫。但他沒有。所以曾亮和才會拿出早就準備好的球棒來。

——為了這一刻，我不知等了多久！

接著，曾亮和花了一些時間，將預藏的汽油灑滿整個垃圾場。

垃圾場的腐敗臭味，頓時被嗆鼻的汽油味掩蓋。

在點火讓汽油燃燒的最後一刻，他用力地踩踏袁牧正的臉。

火勢很快地一發不可收拾，他將筆記本丟入火焰之中，並趁著火光引起別人注意之前離開了現場。

當然，袁牧正的屍體也將一併葬身火海！

當袁牧正燒得面目全非的屍體被消防隊發現以後，警方會發現袁牧正早就有自殺、破壞的心理異常傾向——這可是連他的警察老爸也否認不了的——所以，可以合理推測，袁牧正再次因為壓力過大，才決定在學校引火自焚！

警方終究會做出這樣的結論！

只要銷毀他的錄音筆，兩人之間的祕密協議內容將石沉大海，成為永遠不得而知的祕密。

當然，曾亮和並沒有忘記風紀股長知道內幕。但，她是個膽小鬼。那天在走廊上，他已經出言恫嚇過她了，以她怕死的個性，未來必然會把嘴巴閉緊，一句話都不敢說的。

在快步奔跑回家的途中，曾亮和的心情逐漸輕鬆起來。

——我老爸現在已經在家裡等我了！

曾亮和知道，無論他做了什麼事，老爸都會給予支持的。就算老爸發現他殺了袁牧正，即便老爸會生氣，最後也一定會設法替他做偽證，給他一個安全的不在場證明的。這就是老爸。

——因為有這樣的老爸，才有我這樣的兒子。

——我恨他，但是我也愛他！

還沒有到家以前，曾亮和先去了一趟附近的公園。裡頭的公共廁所，有他事先放置的衣物。他一面讓心跳慢慢平穩下來，一面換上乾淨的衣服，把臉洗乾淨，使自己看起來像是一個不曾殺過人的小學生。

最後，曾亮和用公園的石塊將袁牧正的錄音筆，以及自己的錄音筆，兩個一起敲爛。

這麼一來，整個犯罪計畫就大功告成了！

——沒有人想得到，十二歲的小學生會犯下這麼嚴重的罪行！

曾亮和想起，幫派裡的那位大哥曾經說過，他很羨慕自己。理由很單純，只因為他是未成年人——而且，是距離成年還非常遙遠的未成年人。

未成年人——尤其是兒童，根本不須為自己的犯罪負責。幫派也很重視未成年人，因為可以幫忙處理許多麻煩。像曾亮和這樣的小六生，更是不可多得。畢竟，反應遲緩的法律條文，現在根本就拿未成年人沒轍。

『這個世界太複雜了，總是會出現一些不把人殺掉就無法解決的問題。如果，你心裡有個想殺的人，倒是可以這麼做……』

曾亮和此刻的所作所為，就是幫派大哥與他最後一次見面時，偷偷傳授他的。

袁牧正終於無法參加畢業典禮了。不，明天恐怕連畢業典禮都辦不成，因為整個學校已經化為灰燼。根本就不需要什麼畢業典禮！

9

曾亮和不想讓老爸等太久。確認過換下來的衣物處理妥當，他才鎮定地進了家門。

『老爸，』他出聲叫喚，『我回來了。』

然而，屋子裡安安靜靜的，卻沒有聽見老爸溫吞而熟悉的回話。

『老爸……』

在曾亮和打開玄關的燈光之際，他的背後突然發出喀的一聲。

『只要你一叫，我就開槍。』

同時，他的後頸也立即抵上一根冰涼的金屬物。

玄關的燈光亮了，曾亮和看到自己的身後有個高大的身影，沉重地投到眼前的走廊上——有如深夜的學校鐘塔，投落在操場上的鳥影。

『……你是誰？』

『袁牧正的父親。』

『伯父，你想做什麼？』

『我想跟你談談。』

曾亮和的心頭不由得一緊——為什麼此時此刻，袁牧正的爸爸會出現在我家？

『曾亮和，』他的聲音非常冷酷，與曾亮和過去印象中溫文從容的態度截然不同。『我在牧正的個人電腦裡，發現了一些錄音檔。』

——沒想到，袁牧正居然把錄音筆的資料存在電腦裡！

『從這些錄音檔，我發現了幾個可怕的事實——真讓人想不到，這種事居然會發生在自己的兒子身上。第一、你脅迫牧正自我傷害，在全校師生面前用小刀割腕自殺；第二、你脅迫牧正錄下我責備他的話，要求他必須反覆聆聽；第三、你脅迫他殺害全班共同飼養的小動物，逼得他精神崩潰；第四、他寫了一封遺書給我，告訴我他決定自殺。』

袁牧正的爸爸說話言簡意賅，卻充滿深沉的憤怒。

『什麼脅迫……我沒有……我……』

『牧正現在人不在家，他確實已經失蹤了，我找不到他。至於他是不是真的已經自殺了，光看遺書也無法確定。我還沒有讓我太太知道這些事情，因為她很愛牧正。我也是。我不知道為什麼你會做出這麼邪惡的事。我想這可能是因為你父親的縱容。真的很巧，最近我經常在工作場合碰到你父親，他對警察的職權也有一些意見。

『我記得那是上個月的事情吧？聽說你差點用球棒打傷我們局裡一個同仁。但是，你父親把這件事情壓下來了。你沒事。不過，你雖然沒事，但是你的恨意並沒有因此平息下來。你對執行臨檢工務的警察心懷不滿，於是你轉而向父親是警察的牧正報復……』

『相信我，我絕對沒有……』

『給我閉嘴！』

——我們的錄音檔根本不是這樣！從頭到尾，都是袁牧正提議的！

——是他提議的。一切都是他說的。根本不關我的事。

啊啊。曾亮和突然張開嘴巴，無意識地叫出聲來。

——我想通了。

——終於全部想通了。

正如同袁牧正留給他父親的遺書所說，他確實想自殺。他在鐘塔上自殺未遂時、在虐殺愛麗絲時，都說過很多厭世的話。

他認為背負眾人期望的壓力太重，再也感受不到任何快樂。還有——當原本喜愛的對象變得不再討人喜愛，只要消失，大家就會鬆一口氣——那不是演戲，而是他真心這樣認為。

曾經有班上同學指出，他最近開始沉迷於生死學一類的艱澀書籍。

於是，袁牧正用這個遊戲設計了騙局，藉以掩飾他的真實動機！

——他曾經告訴我，他知道我想揍他。

不，這不完全是事實。袁牧正不只知道曾亮和想揍他，甚至老早就知道自己會被殺。袁牧正很清楚，曾亮和會去做偷車、用砂紙磨球棒這種事情，絕不可能是為了打架這麼單純的目的。但是，袁牧正依然寫了匿名信，約了曾亮和去垃圾場單獨會面。

這個遊戲就是袁牧正的激將法。

——他想死，所以要我動手殺他！

但在另一方面，袁牧正還有更深一層的用心。

袁牧正——這個絕對不可能認輸的人，希望對自己懷有殺機的曾亮和，最後也同歸於盡。很顯然，袁牧正也有他的自尊心。

——我們是一樣的。

——他說過這句話很多次。

表面上說是要確認彼此的錄音內容，事實上袁牧正將全部的錄音內容，都拷貝到家裡的電腦了——兩人所使用的，是相同機種的錄音筆，錄音的音質幾乎一樣——並且進行竄改。曾亮和甚至認為，袁牧正擁有兩枝錄音筆，另一枝用來偷偷錄下兩人祕密會面時的對話，讓他可以偽造更多故事。之所以偽造這些假錄音檔，都是為了給他的警察老爸聽的。

原來……在這個計畫裡，袁牧正還有另外一本筆記本……

袁牧正曾經說過，他老爸在乎他的程度，遠遠超過任何人的想像。只要袁牧正一發生事故，他老爸就會立刻趕到。

因此，只要他老爸一聽完這些錄音，一定會立刻來報仇。

——袁牧正已經死了，他老爸根本不可能接受我的解釋！

『進客廳裡去。』這個愛子心切得無以復加的市警局副局長說：『你的父親已經死了。他身上的水果刀，刀柄上還沒有任何指紋。你必須留下你的指紋。』

——老爸死了。

——再也沒有人保護我了……

曾亮和的雙腿突然感覺發軟，舉步維艱。

『聽說，你前陣子在課堂上當眾欺負一個有智力障礙的同學，結果害他跳樓自殺。我想你這樣的行為，應該可以解釋你殺害你父親的動機。』

『你在說什麼……』

『簡單來說，因為你一直無法控制自己的暴力傾向，才會變成不良少年，並在學校裡傷害了弱小的同學，甚至，最後與訓斥你的父親發生爭執，一時衝動就拿刀殺死了他。當你清醒之後，受不了罪惡感的苛責，也終於決定自殺。』

——不行。我必須冷靜。

——老爸死了。

——再也沒有人保護我了……

——不。我絕不能留下指紋。

——我得設法拖延時間，乘機逃走……

『伯父，』曾亮和全身顫抖，『你不是警察嗎？怎麼可以犯罪？』

『警察只是職業的一種。我現在是一個愛子心切的父親——現在的法律，還沒有辦法制裁像你這種人。你的所作所為，只是將同學逼往自殺的絕境而已；而且，你還是未成年人。法律動不了你的……我只能選擇這種方式了。』

『你殺了我們，』曾亮和不死心地繼續問，『難道就不會被抓？』

『呵，我可是副局長。警察的事我還不清楚嗎？』背後的聲音，冷酷得毫無起伏，『你的父親既然有辦法讓你沒事。我當然也有辦法沒事。警方辦案，重視的是明顯交惡、有利害衝突的人際關係。但是，我跟你，我們的人際關係毫無交集。就算是跟你父親之間，也只有單純的公事往來，大家的職責不同，有一點對立也是很正常的。』

『我不相信……』

『不由得你不信。此外，我已經銷毀了牧正電腦裡的錄音檔，殺人動機根本不存在。只要殺了你，我還有很多時間可以搜查你家，把所有的證據都清除乾淨。對了，新聞報導說你父親去年離婚了，我想你母親應該很久沒有回家了吧？我有很多時間可以慢慢清除證據。另外，就算清不乾淨，憑著副局長的身分，進證物室動個手腳也不會引起懷疑。』

——可惡……可惡……

——我居然把袁牧正的錄音筆、筆記本，可以證明自己說的是實話的證據，全都銷毀了……

——我絕不能認輸。我得設法拖延時間，乘機逃走……

『伯父，你不能殺我！袁牧正還活著，只有我知道他的下落！』

『哦？你綁架了牧正？』

『沒錯。如果你殺了我，你就永遠不知道他人在哪裡了。』

『不要小看警察的能耐。』背後的聲音根本不為所動，『就算你說的是實話——牧正並沒有自殺、你真的把他藏起來了……我也不需要你告訴我什麼，你別以為自己很聰明。殺了你以後，只要我動用大批警力，也能找得到他。』

——可惡……可惡……

——真的沒辦法了嗎？

——對了，風紀股長！

——還有一個人，知道我跟袁牧正的祕密協議！

——我還是有機會可以拖延時間……

——但是，風紀股長被我出言恫嚇過，未來她恐怕什麼都不會說了……

——風紀股長，巴不得我死！

——可惡……可惡……我到底該怎麼辦？

在金屬圓管的強硬逼使下，曾亮和再也想不出新的藉口，只得被迫一步步走向老爸已經死在裡頭、象徵刑場的客廳。

『對了……』

對方的聲音，讓曾亮和的心底湧起一線生機，『怎麼了，伯父？』

『在進客廳以前，你先跪下來。』

『……為什麼？』

『這是牧正的遺願。他希望可以叫你跪著，讓他踩爛你的臉。』

『可是……』

『我必須替他完成心願。』

『伯父，你不能這樣做啊……會留下破案的證據……你會在我的臉上留下鞋印的……』

『你不需要擔心。我現在穿的，是你父親的鞋子。』

曾亮和的背後，傳來了像是袁牧正本人發出的爽朗笑聲。

肆 替身與跟拍魔

STAND-IN AND STALKERAZZI

請再一次仔細地回想——
你曾經被自己的眼睛欺騙過多少次？

1

『來了！來了！』

電梯的自動門一打開，立刻響起了不絕於耳的掌聲及歡呼聲。電梯的出口由於擠滿了人略顯狹窄，他們的臉上全都掛滿笑容，手上不是捧著鮮花，就是捧著相機不斷按著快門。見到電梯裡的怡茵走出來，人群便簇擁得更近了。

但，怡茵卻察覺，鎂光燈的照耀角度，並不是朝著自己而來的。

在怡茵身後走出電梯的，是兩位身穿深色西裝、表情沉靜的工作人員，他們似乎早就對這種混亂的場面習以為常，立刻熟練地站到她的前頭，狀似禮貌實則強硬地擋住被後方推擠過來的人潮，設法開出一條路。

一時之間，從人群中閃閃發光、猶如地上星辰的鎂光燈，也因為工作人員的阻擋，暫時黯淡下來。然而，怡茵的胸口竟迸生出一種渴望繼續享受閃光沐浴、承受人群衝撞的莫名渴望。

她不由得緊張地望了身旁——

與自己身高相近、服飾裝扮更是完全一樣的棠棠，表情卻帶著一貫燦爛的笑容，親切而平靜地朝著人群招手。人群也激動地高聲歡呼，一直叫著『我愛妳、我愛妳』。

棠棠這樣的優雅姿態，與下午在攝影棚拍攝雜誌封面時並無二致，彷彿她眼前所面對的並非擁擠吵雜的追星人群，而是下一場拍攝通告的攝影師。

『感覺怎麼樣？』

一個溫柔的女聲，在怡茵的耳邊出現。

『我……感覺滿好的啊。』

『棠棠出現的場合，人都是這麼多，對吧？』

『嗯。』

『妳以前也是擠在人群裡的，是不是？』

『……是啊。』

『但是，妳現在卻跟棠棠站在一起了呢。』怡茵感覺自己的肩膀被輕輕拍著，『好好享受一下大家注視的目光吧！』

隨即，女聲像是消失在空氣般隱沒。

說話的人，是棠棠的經紀人琪姐。怡茵知道，今晚的一切，均出自於她的手筆。她側頭想要看琪姐一眼，但琪姐卻退到一旁，穿過人群去打點別的事情去了。

怡茵上午聽替她化妝的造型師說，琪姐多年以前也曾經當過模特兒。但是，她的外形還不夠出色——事實上，再美的女人，一進到模特兒圈子裡都會倍感壓力——所以便轉到模特兒經紀業了。轉為經紀人以後，目光精準的她陸續捧紅了好幾位名模，這些名模除了既有的本業以外，還將觸角伸向唱片、電影、綜藝節目主持人等副業，不一而足，經營手腕非常高明，這也讓她成為名模經紀圈的一姐。

其中，又以棠棠為琪姐的代表作。

關於棠棠的來歷，至今仍然是一個謎團。根據經紀公司的官方說法，棠棠生於北非，擁有四分之一的義大利血統，三歲時由於父母親離異，被送回台灣的老家。十七歲進入模特兒圈，其間曾經中斷過幾年，是為了赴美留學修習服裝設計。

這樣的說法，可信度並不高。先前根據狗仔隊的爆料，至少有四、五種不同的說法。但是，棠棠的五官輪廓極深，眼睛大且深邃，加上琪姐的包裝，確實給人一種地中海氣息的浪漫風情。舉手投足猶如海洋般千變萬化，笑容有著既陽光又性感的特質，都使棠棠在模特兒圈裡鶴立雞群、獨樹一格。

然而，光是外型出眾，並不足以讓棠棠成為媒體競逐的焦點。相較於其他明星對狗仔隊的敬而遠之，棠棠明確地表示她對狗仔隊的友善。

『狗仔隊就像是我的好朋友，無時無刻地關心著我。』

『跟好朋友也有吵架的時候啊。』

『在我的心底，跟好朋友也有不能說的祕密。』

『好朋友之間也都會彼此關心對方的身材，以及今天穿什麼貼身衣物嘛。』

『有些時候，好朋友跟情人會讓我混淆。』

面對媒體的棠棠，總是能大膽不諱地說出這些惹人遐想的言論。

無論何時何地，一見到閃爍的鎂光燈，她從來毫不迴避，甚至可以迅速擺出明星的架式。掌聲、呼喊、目光、鼓譟愈多，她愈是怡然自得。她獨具明星風采，簡直渾然天成。

棠棠，是一個會令身旁的女人消失的明星！

——即便今晚我就站在她的身後，距離她這麼近，我所獲得的也只有她的陰影。

站在棠棠的身旁，怡茵有很深刻的感覺——自己竟是消失得這麼徹底！然而，如此強烈、幾乎燒灼全身的鎂光燈，卻是怡茵這輩子的第一次。

第一次！

國中時期的怡茵，跟所有愛漂亮、愛作夢的少女一樣，一直夢想進入模特兒界或演藝圈。天生麗質的外貌，讓她從小就引人注目，『班花』、『校花』、『大美女』一類的稱呼也一直如影隨形地與自己畫上等號。

升上高職的怡茵，在死黨同學們的鼓勵下，終於也開始認為自己真的有成為明星的條件，有朝一日登上輝煌耀眼的舞台，成為萬眾矚目的巨星。

然而，參加過許多歌唱、才藝競賽、演員訓練班、電視選秀節目，怡茵才發現這個行業的競爭，實在是激烈得不可思議。在經歷了數次欺騙、遺棄、背叛、玩弄一類的折磨後，她終於好不容易進了一家規模很小的經紀公司。

然而，若依照現在公司的安排，怡茵也只有一些大賣場服裝型錄的通告可接，收入根本連多買兩雙高跟鞋的錢都不夠。

就這樣經過了兩、三年，經紀公司的規模逐漸擴大，也進來了更多新人，但怡茵的工作量並未有所改善。相反的，那些更年輕、更嬌嫩的新人開始分擔了她的工作、取代了她在鏡頭正中央的位置，沉默地進行著一場世代交替的新陳代謝。

經紀公司必須不斷地加入新人，才能維持競爭力。至於登上賣場服裝型錄的是不是她，並不一定是公司的重點。

怡茵的心裡漸漸地開始清楚了——這樣繼續下去，我會老、會死，並且永遠被世人遺忘。她可以想像得到，自己寶貴的青春到了窮途末路的那一刻，會有多麼悲慘。她的腦中開始出現許多畫面——自己長滿皺紋、老斑的臉；那些高職死黨們避而不見的輕蔑表情；父母親不願諒解的憤怒；曾經告白被她拒絕的國中同學，已經有了比自己更年輕的可愛女友……

不知不覺，怡茵養成了酗酒的習慣。演出機會一點一滴地流失著，她不願意再正視這個殘酷的事實，遂將自己投身到酒精的醺迷幻境之中。

然而，棠棠卻在此時出現了。

當報紙的影劇版、電視的娛樂新聞裡，棠棠的身影有如流星雨般的密集曝光，旋即引起全國觀眾們的熱切關注以後，怡茵在那一瞬間，深深地被她吸引了。

怡茵根本無法想像自己，縱使已經在模特兒圈打滾了好幾年，也不知遇見過、共事過多少模特兒，但此刻竟然會有一位模特兒，可以這麼令她怦然心動、這麼徹底將她的注意力狠狠攫取。從她內心深處不斷迸發而出的共鳴，使她著魔、使她痴狂，彷彿她之所以來到這個世界，就是為了遇見棠棠。怡茵清晰、真切地感受到，是棠棠將她從酒醉中喚醒，是棠棠替她找回了生命的意義，是棠棠讓她瞭解，什麼是一見鍾情。

都是因為棠棠。怡茵知道，自己真的好愛好愛她。

怡茵瘋狂地蒐集著棠棠的照片、聲音、錄影資料，還有媒體上的談話……她好想擁有所有關於棠棠的一切。棠棠是她的偶像、她的夢想、她的渴望。

同時，怡茵也開始模仿棠棠。她想要掌握棠棠的眉目傳情、棠棠的搖曳生姿，以及其他魅惑人心的祕密。她幻想著，棠棠的所作所為，都象徵著明星的神髓，只要她能學會，一定也可以變成第二位棠棠。於是，她反覆揣摩棠棠不經意的語助詞、無意識的小動作……這很有可能就是棠棠的魔力來源。

若是斷然捨棄了成為超級巨星的企圖，演藝圈是有容身之處的——後來，怡茵發現了這樣的事實。

在這個過度消費的世界裡，需要很多被消費的丑角。人們藉著過度消費來換取虛妄的快感、獲得殘廢的尊嚴。沒有人可以取代棠棠，但既然人們需要消費棠棠，而棠棠卻只有一個，那麼人們就會尋找消費棠棠的替代方案，以便進行更冷酷的踐踏。

這就是模仿。

這幾年來，台灣的綜藝節目舉辦了許多模仿比賽。比賽內容全都一樣，模仿有人氣的明星即可；參賽條件不限，但一定必須有誇張、荒誕的演出，才能博得掌聲。

唯妙唯肖當然重要，但沒有笑點就出局。這是定律。

更黑暗的定律則是，再怎麼相似也只是消費品，無法成為明星。

終於，怡茵開始模仿棠棠、開始參加比賽了。一開始，她確實獲得了掌聲。怡茵愛極了棠棠的一切，加上又受過經紀公司的表演訓練，自然可以模仿得非常神似。

怡茵以為，她的星運開始順遂了。

但是，光是發現這些掌聲給她的是終點、而非起點，也讓她花了許多時間。

只會模仿棠棠是沒有用的。觀眾既然喜歡過度消費，以模仿為方向的人，就必須設法全部滿足——換句話說，要靠模仿進入演藝圈，絕不能只會模仿一位明星。儘管怡茵模仿棠棠的表演，確實比任何人都出色，但製作人最後並不會邀請她上節目。他們要找的人是有笑點、多樣化的，如果模仿的對象是女明星，由男人反串更棒！

事實上，怡茵的模仿過分精確、過度逼真了。嚴格來說，那並不是一種娛樂表演，而是類似生物界裡的擬態行為。她對棠棠的那份愛，令她不願意配合節目去進行任何失真的演出。她的演出會讓觀眾有一股仿真的壓迫感，無法開懷地給予喝采。

最後，怡茵終於知道，即便她會模仿棠棠，她也無法靠模仿進入演藝圈。她出局了。

不。她一度以為已經出局了……

上月初，也許是想要強化棠棠的親和形象，她的贊助廠商——國際彩妝品牌、名牌服飾、美容塑身公司，共同策劃了『體驗棠棠的一天』的噱頭，招來渴望親近棠棠、夢想追星的女孩們，競逐與棠棠一日共處的珍貴機會。

比賽分三階段。第一階段是機智問答，參賽者必須對棠棠的一切瞭若指掌；第二階段是模仿比賽——只需要模仿棠棠，不需要模仿別人；第三階段，是談談自己對棠棠的著迷有多深，棠棠對自己的影響有多大……

儘管參賽者並不少，甚至還有男性，但除了怡茵以外，其他的參賽者都不是圈內人，只是想法天真的粉絲，能跟棠棠聊上兩句便心滿意足。無庸置疑，怡茵的模仿能力最為傑出，而她因為遇見了棠棠而戒掉酗酒惡習的故事，更獲得了感動的熱烈掌聲。

特別是在外形上，怡茵最是討好。對主辦單位來說，若能找到一個上得了鏡頭的優勝者，當然是最好。她沒有理由不拿下冠軍。

比賽之後，順利獲得第一名的怡茵，當然可以參與『體驗棠棠的一天』。

今天一整天，棠棠與怡茵一起出席了新專輯的發表會、時尚雜誌攝影、錄音室、與贊助廠商一起共進晚餐，對怡茵而言，這一切就像夢境一般。

最後，兩人吃完了晚餐，一同離開位於八十六樓的空中餐廳，並在刻意安排的媒體、熱情粉絲的夾道迎接下，讓體驗的一日畫下美好的句點。

原本怡茵以為，她會被好奇的記者問起一日體驗的感想。但，前兩天棠棠才被週刊登載她與新專輯製作人共進早餐的照片。所有的記者都在追問她這件事。粉絲的一日體驗，終究不及棠棠本人緋聞的萬分之一。

在紅地毯的末端，停放著兩輛車。一輛是棠棠的跑車，都是琪姐擔任司機。另一輛是工作人員幫怡茵叫的計程車。

——出局了……

一走完紅地毯，她將變回王怡茵，那個拍攝大賣場服裝型錄的模特兒，而不再是棠棠。未來，也不會再有第二次『體驗棠棠的一天』。

她跟棠棠的未來，將不再有交叉點。

沒有人理她了。她可以帶回身上穿著、手上拿的東西。全都是由贊助廠商致贈的禮物。她這麼努力，這是她應得的——但她應得的也只有這些了。她朝向計程車，獨自從人群中割開一條道路。有幾個人瞥了她一眼，但隨即回頭朝棠棠那兒去了。

怡茵也想要回頭再看一眼她所愛的棠棠。但她怕一回頭，兩人的落差就會更清晰。

——好希望，站在那裡的人是我……

2

怡茵突然接到琪姐的來電，已經是活動結束兩個月後的事了。

在這兩個月間，怡茵曾經享盡大家羨慕的眼神。大家都圍到她身邊來，欣賞她拍的合照，問她跟棠棠說了什麼話、棠棠有沒有送什麼禮物、有沒有給手機電話。

她的答案一律是『祕密』。

之所以一律回答『祕密』，事實上是因為，棠棠根本沒有跟她說過太多話，也沒有送什麼禮物給她，更別說手機號碼。

棠棠在她這個最狂熱的第一號粉絲面前，仍然全心全意地保持明星姿態。是啊。當了明星後，有很多應酬。這個活動只是其中一樁。

既然無法跟棠棠說話，怡茵心想，至少能跟琪姐多說幾句話。讓琪姐多瞭解她一點，也許能讓棠棠發現到她不只是個粉絲，也是個有潛力的模特兒。

但，活動一整天，琪姐雖然待她非常親切，卻根本沒有聊到對她有興趣、跟她簽約的事情。

畢竟，琪姐旗下的模特兒，對小經紀公司的模特兒來說，全是遙不可及的等級！

琪姐的電話，正好來在怡茵徹底死心，不再把一日體驗當成美好回憶、決定遺忘的隔天。

『琪姐，我是怡茵！』她的聲音非常緊張。

『我知道。』琪姐的回答總是一貫低沉緩慢，令人感覺安心。『怡茵，妳現在人在哪？』

『在公司裡。』

『妳的附近有別人嗎？』

『沒有。大家都去吃午飯了。』

『說話的時候，可以輕聲細語一點嗎？』

琪姐的語氣十分溫柔，但怡茵並不知道她為何這麼在乎講電話的音量。

『好。琪姐……』

『怡茵，妳靜下來，聽我說。』琪姐的聲音壓得更低，『妳下午可以請假嗎？』

『下午有個棚拍。』

『用什麼理由都好——改時間、找別人代替，或是……取消。』

『可是……』

『我馬上去接妳。』

『等一下……趙哥他……』

『怡茵，我有非常重要的事需要妳的幫忙。』琪姐似乎將臉頰貼手機貼得更近，『妳想不想見棠棠一面？』

『想。』

『很好，我帶妳去見她。』

『可是……』怡茵的心跳開始加快了。『到底是什麼事？』

『我不方便在電話裡說。我現在就去接妳，妳到敦化北路跟長春路交叉口等我，大約十分鐘以後到。』

『可是，那裡離公司有段距離。』

『我不想讓妳公司的任何人看到我。』她聽見琪姐似乎是開了車門，發動引擎的聲音。『妳也不要跟公司裡的任何人說我跟妳聯絡。還有，等一下掛上電話，妳就把手機電源關掉，別讓別人找到妳，離開公司時也不要讓人看到。知道嗎？』

『好。可是……』

『另外，以後講電話的時候，不要叫我「琪姐」，只要簡單說「妳」就好。才不會被別人聽見。』

琪姐拋下了令人迷惑的結論，隨即掛上電話。

怡茵對這突如其來的邀約莫可奈何，經紀人趙哥已經先到攝影棚去了，其他同事還在外頭吃飯，都不在座位上。不過，她並沒有遲疑太久，立刻寫了一張紙條，說自己突然身體不舒服，必須去看醫生，貼在趙哥的桌上。

然後，怡茵關掉手機，趁大家都還沒有回來前，搭貨梯從後門離開大樓。

公司距離琪姐約定的地方有十幾個紅綠燈，所以，怡茵必須用跑的才能盡快抵達——然而，怡茵只要一想到棠棠，心跳便不由自主地加速了，這絕不是快速奔跑導致的。當她一趕到敦化北路與長春路交叉口，棠棠的跑車立刻開到她的身邊，車門也隨即打開。

『上車。』琪姐戴了一副墨鏡，表情無法辨別。

然而，怡茵卻無意間發現她開啟車門的手指有些顫抖。

怡茵很快地上了車，才剛關上車門，還沒有繫好安全帶，琪姐已經催促油門。

『琪姐……』怡茵感覺琪姐藏著一股不單純的焦慮，『棠棠呢？』

棠棠並不在跑車後座。

怡茵看了後座一眼，只見到五彩繽紛、胡亂堆積的追星活動文宣。不只是棠棠的活動傳單，還有琪姐旗下其他藝人的。這塊地方，像是從來沒有整理過。

另外，她還注意到，琪姐似乎還辦過其他藝人的模仿比賽。怡茵心想，即便像是琪姐這麼知名的經紀公司，恐怕也得配合潮流舉辦這類活動。不過，由於她只關心棠棠一人，所以對這些模仿比賽的消息並不知情。

『她人在家裡。』琪姐的語氣依然保持平靜，『妳還沒有去過她住的地方吧？』

『沒有。』

難道說，現在就要去棠棠住的地方？——一想到這點，怡茵的呼吸幾欲停止。

『二十幾分鐘就到了。』

『……棠棠今天沒有通告嗎？』

『本來有。』

『她生病了嗎？』

『不。』琪姐轉動方向盤，讓車子上了快速道路。『她只是心情不太好。』

『……怎麼了嗎？』

琪姐咬著嘴唇，沒有立即回答怡茵。她心想，琪姐似乎陷入沉思了。

『妳聽過周祥毅這個人嗎？』

『周祥毅？』

這個名字聽起來似曾相識，確實在怡茵的記憶中出現過。她在心中默唸幾次，腦海很快地出現一個身材瘦長、大約三十歲左右的男子輪廓。

『是那個電影導演？』怡茵遲疑、語氣不確定地說，『是不是曾經跟棠棠交往……』

『怡茵，妳的記憶力很好。』

『我是從報紙知道的。』

『但是，他並沒有跟棠棠交往過。』琪姐立刻糾正她的說法，『他完全是一廂情願，只想利用棠棠爭取曝光機會。曾經交往的事，是他叫報紙亂寫的。』

『……報紙上已經很久沒有他的消息了。』

『那當然，周祥毅根本沒有才華。他整天只會靠他留美回國的學歷跟製作人要錢，拍出來的東西也沒紅過。』

琪姐會這麼嚴厲地批評周祥毅，並不是沒有原因。

一般而言，明星最好別涉及任何緋聞，好不容易建立起來的形象，才能妥善控管——縱然是洽商能力不怎麼樣的趙哥，也曾經像個大牌經紀人般，耳提面命地告誡過怡茵。他常說，就算現在只是沒沒無聞的模特兒，也得當心未來紅了以後，會被人翻出來炒作。

但是，一般人都喜歡看明星鬧緋聞，最好再搭配落淚、咒罵、語無倫次等失控的一面。緋聞最容易上影劇版頭條了。然而，即便必須搞緋聞搶版面來維持知名度，也得確定緋聞對象可以提升明星的價值，帶來加分效益，才不會弄巧成拙，反而拉低自己的水準。

事實上，電影導演周祥毅的知名度，遠遠低於棠棠。他既不是家族企業或政治望族第二代，在圈內毫無人脈，外型也不出眾，連電視廣告都沒有令人記得住的作品，更別說MV或電視劇了。大家唯一會感興趣的，就只有棠棠在美國進修時，他們是同校同學這件事。

那是一年前發生的。當棠棠出版第一本寫真書時，某週刊突然爆出棠棠在美國讀書時曾與某人論及婚嫁，卻因為拿到學位後必須立刻回台灣發展演藝事業，導致分手毀棄婚約的祕辛。

這個某人，當然就是周祥毅。

剛從美國回來不久的周祥毅，在週刊裡談了很多他跟棠棠在美讀書的互動私事，包括週末開車出遊旅行，以及極為曖昧的親密互動。他們在認識半年以後，就決定私訂終生。

然而，這段戀情無疾而終的主要原因，則是棠棠的經紀人——也就是琪姐——從中阻撓。報導裡將琪姐描述成唯利是圖、將人當作商品的惡魔。

然而，周祥毅的言論雖是引起軒然大波，但輿論並未一面倒地支持他。一方面是琪姐在演藝圈的實力雄厚，旗下的幾位重要藝人也出面大力聲援；再者，周祥毅搶佔版面後，隨即大剌剌地發表個人的藝術創作理念、向電影圈人士喊話爭取拍片機會，使得他的爆料被認為居心叵測，想利用棠棠發表寫真書的時間點藉機炒作自己。

此外，琪姐也非常嚴格限制棠棠的發言，不讓周祥毅得以跟棠棠隔空喊話。無論媒體詢問什麼，琪姐都以『不予置評』答覆。

這件事鬧了一個多月後旋即落幕。周祥毅上了幾次談話性節目，但因為提供不了更勁爆的內幕逐漸乏人問津，從此消聲匿跡。

據說周祥毅後來依然留在台灣，沒有再回美國，開了一間影像工作室，接一些小案子度日。

『這個周祥毅，現在跟棠棠仍然有聯繫。』

什麼？這麼一來，就表示他們的緋聞是真的？──怡茵差點脫口而出。

『今天下午棠棠有個新戲的記者會要去，但到了中午她還在睡覺。』琪姐的說話速度變快，『她忘了關電腦。我發現周祥毅寫了E-mail給她，而且已經維持一段時間了。

『每封E-mail都夾帶了一些照片，拍攝的對象全都是棠棠。大部分都是走路、等待、跟工作人員交談的照片。照片拍得很清晰。但是，從拍攝的角度來看，都是偷拍的。也就是說，不知從何時開始，周祥毅開始跟蹤棠棠，躲在隱密處偷拍，然後把照片寄給棠棠。但是，他為什麼這麼做，令人感到非常不解。因為這些照片，都不曾出現在報章雜誌的影劇版裡，顯然周祥毅拍這些照片的目的並不是為了賣錢。』

『……那到底是為什麼？』

『不知道。』

怡茵感覺到，車子彷彿跟著琪姐的情緒在劇烈搖晃著。

『真難想像……』

『不只是難以想像，實在是非常可怕。周祥毅這種偷拍行徑，讓我很不安。他的所作所為，和跟蹤狂太類似了。棠棠的重要場合我一定在，不過我不可能每一場通告都跟著棠棠，我還有其他藝人要照顧。無論如何，我好擔心——周祥毅未來會不會做出什麼傷害棠棠的事，根本沒人知道。』

『那麼……』

『棠棠就在我瀏覽那些信件時醒了。我當然得問她那些信是怎麼回事。但是，棠棠卻一直哭泣，也不願意告訴我事情的真相。我告訴棠棠，我必須報警，棠棠竟然求我，要我當做這件事從來沒有發生過。

『我終於感覺到，事態比我想像中的更嚴重。那些E-mail裡的照片很可能只佔總數的一小部分。周祥毅一定拍攝了許多更危險、很可能讓棠棠受到傷害的照片。』

怡茵聽了，不禁倒抽一口涼氣。

『棠棠一直在隱瞞這件事。我知道她不願意讓我擔心。一聽到我打算報警，棠棠的情緒終於崩潰了，根本沒有辦法出席下午的記者會。她還躲到房間裡去，把門鎖上，我在門外怎麼勸都勸不聽。她一定受了許多折磨。我真的……非常擔心她會想不開……』

『琪姐，妳說的這些話很讓我害怕。』怡茵激動地說，『棠棠是我這輩子最重要的人。只要我能幫什麼忙，我都願意幫。』

『怡茵，下午的記者會非常重要。』琪姐克制了顫抖的聲調，『妳應該知道棠棠下一季的偶像劇準備開拍了，這齣偶像劇對棠棠非常重要，大陸、日本方面也投資了不少錢，要說對棠棠未來兩年在海外的發展影響重大，也絲毫不為過。妳也一定聽說過她跟導演不合的傳聞。那絕不是真的。可是，一旦她缺席，勢必會出現更多的謠言。我們不能讓這種事發生，妳說對吧？』

『對。但是……』

『棠棠現在的狀況非常不好。她根本無法出席。讓她的心情平復下來，也需要很多時間。我必須找人代替她去。妳明白嗎？怡茵，妳所扮演的棠棠實在太像了。只有妳能代替棠棠出席這場記者會。妳不用擔心長相的問題，妳可以戴著墨鏡，棠棠也常有這類的打扮，絕對不會被發現。我可以幫妳化妝，棠棠的公寓裡還有許多配件可用。到時候，妳不需要發言，我會替妳說，妳只要坐在台上就可以了，我相信妳做得到……』

3

偶像劇的記者會，安排在下午三點。

琪姐與怡茵一起抵達棠棠位於內湖的住處，已經將近一點了。

怡茵心想，這樣的準備時間根本不夠。

車子直接進入地下停車場。一熄好火，琪姐似乎再也無法壓抑內心的倉皇，拉著怡茵快步奔向電梯。

『怡茵，』她在電梯裡告誡著，『一進棠棠的家裡，妳就開始化妝、換衣服。衣櫃裡的衣服很多，妳可以自己搭配。外套跟配件我來挑。』

『好……』

『等一下不要管棠棠。沒時間再磨蹭了。』

棠棠的住處位於這棟大樓的十八樓，搭乘電梯一下子就到了。

一出電梯，一種前所未有的感覺衝擊怡茵的胸口！

怡茵遽然回想起『體驗棠棠的一天』那個晚上，離開空中餐廳的最後一刻。她確實曾經偷偷祈禱著，有一天站在台上的人會是自己……

如今，這個惡魔般的願望居然實現了。

沒錯——現在出現在眼前的，就是怡茵衷心嚮往的世界！

她放棄了繼續在小經紀公司不斷拍攝平面照片、服飾型錄的工作——這次棚拍，不僅趙哥已經安排很久，她更是滿心期待。趙哥說，拍完這一次，就可以平步青雲了，某某名模也是登上那個暢銷男性雜誌《Man's Fashion》的〈本月最星賞〉以後才紅的。趙哥絕不會原諒她的。他的口頭禪是『不要以為只有妳行』——而選擇了只有一面之緣的琪姐，緊急交給她的挑戰。

怡茵若不是為了這個她衷心嚮往的新世界，她大可以在琪姐提出這個請求後，立即婉轉地予以拒絕，然後，打手機告訴趙哥，她馬上就去攝影棚。

是她自己真的想這麼做！

怡茵踏出電梯的步伐，落在鋪著地毯的廊道上，腳底的感覺似乎不再虛浮了。

兩人來到最靠近電梯的一戶。琪姐鬆開了她的手臂，從皮包裡掏出鑰匙，很快地開了鎖。

『快進來！』琪姐的動作沒有緩慢下來。怡茵一進門，她立刻把門關妥。

然而，房裡的景象卻令怡茵非常訝異！

怡茵以為她能看到金碧輝煌、奢侈瑰麗的前廳，但眼前卻是一片狼籍。原木材質的鞋櫃就倒在腳下，十幾雙鑲滿墜飾、華貴耀眼的高跟鞋扭曲地散落在地。一個似乎購自歐洲的瓷娃娃已經碎成三塊，看起來原本是擺在鞋櫃上的擺飾品。

『棠棠有時候會鬧脾氣。』琪姐簡短地解釋，語氣極為平和。

『嗯。』

『不用脫鞋了。』她又補充一句。

她們小心地跨過鞋櫃與高跟鞋，穿著鞋子就踏進廳內的地毯上。

屋裡的窗簾全都拉上，沒有燈光的房間裡一片漆黑。琪姐將客廳的燈光點亮，怡茵看到房內的沙發、抱枕都被割破，猶如開膛破肚的人體跑出棉絮，電視櫃上的液晶螢幕也佈滿裂痕，彷彿有人在這裡進行過一場惡鬥。

地上撒滿鏡子與玻璃碎片，在溫煦的燈光下閃閃發亮。

『怡茵，妳等我一下。』琪姐拍拍怡茵的肩膀，『我找棠棠出來。』

琪姐走進客廳的走廊內，把她一人留在現場。電視櫃旁有一個非常漂亮、與她身高相仿的玻璃櫃，櫃門也已經碎裂了。裡面擺放了許多相框，都是棠棠出國工作、旅遊所拍攝的。

客廳的另一邊的矮桌上，擺設了一台小巧玲瓏的筆記型電腦。

周祥毅寄給棠棠的E-mail，就是琪姐在這台電腦裡發現的。

怡茵不由得心生好奇，出現一股想要窺探這些E-mail的衝動。然而，就在此刻，琪姐帶著棠棠出現了。

『妳好。』

棠棠用睡夢般的口氣打完招呼，隨即傾倒在割裂的沙發上。她的頭髮散亂，沒有化妝的臉蛋顯得十分素淨，卻依然無損得天獨厚的絕美面貌。

『棠棠，妳沒事吧？』

一聽到怡茵透露憂慮的詢問，棠棠突然笑了起來。

『有什麼好說的呢？這下子，我的祕密都被人知道了。』慘然失笑的棠棠，語氣變得抑鬱。

『接下來妳愛怎麼樣就怎麼樣吧！反正這一切都跟我無關了！不過我可要提醒妳，妳最好不要太天真——妳的處境非常危險，可要想清楚啊！』

怡茵的目光一怔，不由得看著抱持著嘲笑姿態的棠棠。

『棠棠，妳夠了沒？』琪姐打斷棠棠的話，『怡茵是來幫妳的！』

『是這樣嗎？詹鳳琪女士，妳真的這麼確定嗎？我看她幫的人只有妳吧？』棠棠突然歇斯底里了起來，與她在公開場合的說話方式大相逕庭。『我看起來像是需要別人幫忙嗎？只不過是一個記者會啊，妳要不要乾脆把祥毅的E-mail全部列印出來？到時候我會更紅！』

『我不能選擇這種方式。棠棠，妳是很紅沒錯，但妳要知道，在這個圈子裡，只要一個不小心，被人抓到把柄，妳的一切就會毀於一旦。周祥毅是個什麼樣的人，我會不清楚嗎？他到底對妳做了什麼，妳為何不願意告訴我？』

『他什麼都沒做！』棠棠的眼眶血紅，『難道我連E-mail都不能收？』

『當然不行！妳的行為必須由我全權管制，這是我們的協議。』

『詹鳳琪！妳以為妳是誰？』

『棠棠，妳不要再鬧了！』

『為什麼？妳為什麼要干涉我？』

棠棠一邊悲淒地叫喊，一邊埋頭在身旁的抱枕中哭泣。雖然看不見棠棠的臉孔，但怡茵聽著她令人心碎的哭聲，心中也不由得產生一股酸楚。

怡茵還發現，從棠棠T恤長袖邊緣的肌膚，露出了像是輕微瘀青的深色印記。

琪姐垂下肩膀，似乎已經放棄繼續跟棠棠溝通。很顯然，棠棠的家裡會變成現在這副模樣，她們八成在上午就已經狠狠爭吵過，甚至大打出手。

『怡茵，妳進臥室吧。』琪姐告訴怡茵，『我們快沒時間了。』

琪姐將她推進棠棠的臥室裡，把門關上。

這是怡茵第一次進入棠棠的臥室，而且還是獨自一人。完全沒有受邀參觀的喜悅，反而充斥著一股暗自偷窺的複雜矛盾感。

棠棠的臥室比她想像中要大得多，衣櫃更佔了房間的一整面牆。然而，正類似客廳的狀況，臥室的情況也慘不忍睹。原本美輪美奐、等身大的落地鏡，以及梳妝台前的鏡子，全都是四分五裂。怡茵小心翼翼地掃去散落在梳妝台上的鏡片碎屑，但指頭還是被割傷了。

在梳妝台上，擺著好幾台數位相機，看起來全都是用來自拍的。棠棠的部落格上，曾經說過她這輩子最大的興趣就是自拍。在家拍，工作的空檔也拍。她的相簿也放了大量的自拍照片，供粉絲們欣賞。

即便只是用來自拍的數位相機，也全是價格不菲的頂級品。

相機旁排放著棠棠平常使用的化妝品、保養品，都比怡茵使用過的名貴許多。連在『體驗棠棠的一天』當天都不曾使用過。然而，此時此刻，對怡茵而言，真正的體驗才正要開始。

她顫抖地從梳妝台上找到卸妝棉，開始卸除上午為了棚拍而化的妝，並且開始回憶起兩個月以前，她為了參加模仿比賽而特地設計的妝。怡茵非常意外的是，這些她原本已經打算遺忘的往事，才一輕輕回想，就立即全然湧現，彷彿與生俱來的本能。

棠棠的床頭櫃上有一個非常可愛的小鬧鐘，提醒她所剩時間真的不多了。

卸過妝後，怡茵隨即打開衣櫃，開始選擇適合的衣服。怡茵的身高與棠棠相同，但她的臀圍稍微更豐滿了些，所以上半身必須選擇比較搶眼的設計，以轉移他人的目光。此外，怡茵的腰際有一塊淺色的小胎記，也必須特別注意不能露出。

衣櫃裡的服裝非常多，而且棠棠平日慣穿的衣服全是高價品，還有許多在國外購買的不知名品牌，令人目不暇給。面對眼前這麼多琳瑯滿目的陌生服裝，使怡茵不僅必須逐一檢查是否合適自己，還令她深切地感受到，明星與一般小模特兒之間的巨大落差。

是的，她也好想擁有這麼棒的衣櫃！

換好衣服以後，她接著開始化上新妝。事實上，怡茵跟棠棠的外貌有好幾處並不像，其中最明顯的是兩頰與鼻翼。為了在比賽中勝出，不相似的地方必須以妝型掩飾。這樣的妝型，怡茵太常練習了，化妝步驟在她心中已經形成極為自然的反射動作，甚至不需要停下動作來確認細節。

在她化妝的同時，從門外不斷傳來客廳爆出的爭執。棠棠口無遮攔地罵了許多髒話，而琪姐也毫不客氣地回擊。這真是從來沒有在她腦海中出現的難堪情境。

在她整理頭髮，即將打扮完成之際，客廳變得非常安靜。看來她們都吵累了。

接著，棠棠再度出現了令人心碎的哭泣聲。

就在棠棠哭聲的陪伴下，怡茵看到碎鏡前的自己，變成了棠棠！

怡茵在落地鏡前擺了幾個她自認為最像棠棠的姿勢，確認這些姿勢與記憶中的棠棠完全一致。這段過程，對她來說格外重要，她會一面注視著鏡中的自己，一面在心中默唸著我是棠棠，彷彿一種無聲的催眠儀式。

但是，看到方才棠棠歇斯底里、無理取鬧的模樣，在怡茵的心底，棠棠的完美形象彷彿卻跟眼前的碎鏡一樣出現裂痕了。

『我好了。』趙哥對模特兒們的要求非常嚴格，連化妝的時間都不能出現誤差，也讓怡茵順利在自己的預定時間內完成打扮。怡茵開了房門叫喚琪姐，琪姐的表情顯得相當訝異。

『真快。』

『……棠棠呢？』

『她沒事，』琪姐也進了臥房。『只是壓力太大。』

怡茵想要探頭看看客廳裡棠棠的狀況，但琪姐反手將房門關上了，彷彿不讓她見到棠棠現在的模樣。

琪姐拉著怡茵回到梳妝台前，要她坐下。

透過鏡子，怡茵看著琪姐，以及已經化身為棠棠的自己。

『怡茵，』琪姐的臉頰，靠在她的耳邊低聲呢喃，『妳好漂亮。妳的眼睛、鼻子……尤其是妳的嘴唇，特別美麗，還有妳的耳垂……只要是正常的男人，看了都會心動的。妳每天在照著鏡子時，是不是也會常常這樣想？』

怡茵看到鏡中的自己，顫抖地點了點頭。

『而且，現在的妳化了這樣的妝，外表真是像極了棠棠，只要再戴上圍巾跟墨鏡，簡直分不出來了。我甚至沒有辦法給妳更多建議。』

『謝謝妳，琪姐。』

『可是，只有打扮像，那是不夠的。妳跟棠棠還有一個地方不同，妳知道是什麼地方嗎？』

『……我不知道。』

『我在第一次見到妳時，有一瞬間曾經想跟妳簽約。但是我立刻就放棄這個念頭了。』琪姐的雙手搭在她的兩肩上，『怡茵，妳知道是為什麼嗎？』

『……我不夠漂亮？』

『錯了。』琪姐微笑著，『妳夠漂亮了。我剛剛還讚美過妳呢。』

『謝謝琪姐。』

『嗯。』

『那……到底是為什麼？』

『妳缺乏明星的特質。』

琪姐的話令怡茵的胸口一陣刺痛——這個答案，更勝於死刑的宣讀。

『怡茵，我這麼說讓妳難過了嗎？』

她沉默地點點頭。

『不需要難過。』

『我……可是……』

『明星的特質，演藝圈裡很多人也沒有，但他們照樣能在圈裡混口飯吃。演藝圈裡需要各種人，甚至包括乞丐或白痴。只不過我跟別的經紀人不同，我要的是明星，不是混飯吃的人。妳懂嗎？』

『懂。』

『怡茵，妳不需要那麼難過，真的。要是掉眼淚的話，畫得漂漂亮亮的妝就花了哦。』

『可是我……』

『妳真的那麼想當明星嗎？』

怡茵用力點了點頭。

『不要用點頭的，』琪姐搖搖頭，『用說的。』

『……我真的……真的想當明星。』

『很好。怡茵，就算現在沒有，』琪姐從怡茵的身後抱著她，使她感受到一股溫熱。『明星的特質，後天也是可以培養的。妳明白嗎？』

『真的嗎？』

『當然是真的。』

『那……我到底該怎麼做？』

『怡茵，妳別急。只要妳好好幫琪姐這次，琪姐可以教妳如何獲得明星特質。』

『嗯！』怡茵感覺心臟就要從胸口飛出來。

『沒有錯，棠棠是很出色的明星，大家都喜歡她。她的存在，讓很多人得到快樂。但是，大家都不知道，她患有嚴重的躁鬱症。為了保護她在大家心目中的完美形象，躁鬱症的事情，是不能被發現的。妳也同意吧？』

『我同意……』

『周祥毅之所以是個危險人物，絕不是因為他躲在暗處跟拍棠棠。跟拍棠棠的人太多了。但他是棠棠唯一喜歡的男人，也是我所見過最自私的男人。因為棠棠喜歡他，所以她會為了他跟我吵架。棠棠的躁鬱症就是這麼來的。這個男人很懂得如何操縱棠棠的情緒。無論如何，我不能讓他毀了棠棠。』

『……琪姐，為什麼妳不報警？』

話才一說出口，怡茵便感覺這樣的問題太過冒昧。

『我不能讓棠棠崩潰，所以我不能叫警察去抓周祥毅。我只能把他趕遠一點，讓他跟棠棠保持距離。他剛回台灣那次，把我跟棠棠害得很慘。這種事不能再發生了。』

『我明白了。』

『這是棠棠唯一的弱點。』琪姐在怡茵的臉頰上輕輕地親了一下，『讓我們一起來守護棠棠這唯一的弱點，好嗎？怡茵，妳是不是也很想成為像棠棠一樣的明星？只要我們能安然度過下午的記者會，再一起來好好計畫吧……』

兩人出了臥房以後，琪姐即刻告誡棠棠，下午絕對不能外出，否則一切的努力就白費了。但棠棠只是冷笑。

『詹鳳琪，妳覺得妳很聰明？』棠棠一邊撕扯著沙發的棉絮，一邊恨恨地瞪著琪姐：『這麼做一定會穿幫的——到時候，這會是妳詹鳳琪這輩子最大的醜聞，永遠都洗不掉的汙點！』

『如果妳聽我的話，我根本不需要傷這麼多腦筋。』

『她根本就不像我……她只是個普通的粉絲！』

棠棠這句氣話，深深地刺傷怡茵的心。但怡茵設法不讓傷害表現在臉上。

『棠棠，這場記者會真的非常重要。如果妳不願意參加，那就安靜下來，乖乖讓我們完成妳原來的工作，可不可以？怡茵才剛來，她也需要時間來醞釀情緒，妳不要干擾她！』

『干擾？』棠棠提高了音量，『妳要讓她取代我、替我去工作？我可是獨一無二的！』

『妳用不著那麼自戀！』

『我自戀？那我請問妳詹鳳琪，我的自戀，她模仿得來嗎？』

『我信任怡茵，才會找她來幫忙。妳應該謝謝她的。』

『哼。』此刻的棠棠，表情變得非常惡毒，『怡茵，我希望妳不要被毀了。妳別被詹鳳琪搞成瘋子……現在回頭還來得及。取消記者會沒什麼了不起的。』

『來不及了，怡茵已經放棄了她的工作。』

琪姐說這句話時，看了怡茵一眼。她沒有反駁，點了點頭。

『是嗎？』棠棠刻意地笑了兩聲，『怡茵，這可是妳的選擇，希望妳不要後悔。我不會阻擋妳們的，祝妳們記者會成功！』

『……我會好好加油的。』怡茵低聲地說。

『我不會這樣說話！』棠棠立刻嚴厲地打斷她的話，『妳為什麼不更自戀一點？』

『我……』

『沒救了！詹鳳琪，妳沒救了！看妳找來這什麼人？』

驟然，棠棠的態度由盛氣淩人一下子轉為大失所望，她復又將頭埋回抱枕，放聲哭泣起來。

『求求妳，琪姐……妳取消記者會好嗎？我不要這樣……』

面對棠棠反覆無常的情緒，怡茵驚訝得說不出話來，但琪姐彷彿早已視為理所當然。

『我已經說過了，用不著管棠棠。我們沒時間再磨蹭。』

琪姐拉著怡茵的手，準備丟下棠棠離開公寓，但怡茵仍然無法釋懷。

『可是……』

『她沒事，只是壓力太大。』

琪姐絲毫不理會棠棠的哭泣，一出了走廊，就立刻將門鎖好，沒讓棠棠的哭聲洩漏太多。

就在琪姐看著手錶的同時，電梯很快地就到了。

『怡茵，自戀確實是明星的第一項重要特質。』琪姐在電梯裡，突然說：『自己就是自己的第一位觀眾。沒有讓第一位觀眾崇拜，誰會有興趣跟上來？』

『……我懂了。』

『妳仔細回想一下棠棠曾經說過的話。怡茵，妳對棠棠這麼瞭解，妳一定很清楚，在棠棠面對挑戰的時候，她都是怎麼回答的。剛剛妳的說話方式不對，所以棠棠才會那麼難過。我現在再給妳一次機會——剛剛的場合，妳應該怎麼回答？』

『我……』

『請妳仔細地回想，想清楚以後再回答我。剛剛妳也聽到棠棠說的了——她在質疑我。她認為妳不適合扮演她。而且，她說得也沒錯，現在想回頭還來得及。只要我一通電話，就算以後有很多麻煩得處理，記者會還是可以取消。』

此時，琪姐的態度變得非常冷酷。『如果妳的回答不對，我就立刻打電話去記者會現場取消活動，然後送妳回去。畢竟，這件事絕不能穿幫。我們就當作今天沒發生任何事。棚拍的損失，我也會補償妳的。』

怡茵的嘴唇劇烈地顫抖著，但她的喉頭卻沒有辦法發出任何聲音。

『電梯的門一開啟，只要妳回答不了這個問題，我就會立刻送妳回去了。』

——好想擁有這麼棒的衣櫃！

——在她眼前，已經出現了她所衷心嚮往的世界！

『……這不難啊。』

琪姐的雙眉挑起，『怡茵，妳說什麼？』

『「這不難啊。」當棠棠面臨困難的挑戰時，她會抬起臉來，微笑地說：「這不難啊。」』

電梯的門開啟了。

『很好，』琪姐點點頭，『我們去記者會吧！』

4

直到上了琪姐的車，怡茵終於瞭解到，這是一次無法回頭、無法後悔的行程。

然而，當天下午的偶像劇記者會，卻在令人意外的情況下『順利』結束了──在鎂光燈的閃耀下，琪姐帶著怡茵走進位於飯店的記者會會場時，才聽見導演在五分鐘前匆匆離席的消息。

兩組人馬一前一後分開進場，而記者會卻根本還沒有正式開始，理所當然地成為媒體猜測、追問的焦點，現場早已亂成一團。

一進會場，怡茵立刻就被記者圍住。琪姐非常有技巧地阻止麥克風伸到怡茵面前，代替她回答許多問題。怡茵則盡可能不讓墨鏡的角度偏斜，導致穿幫意外。

未久，電視台當場決定暫緩新戲發表，製作人還擠過人群，極為客氣地前來道歉致意。

『製作單位對鄭雅棠小姐感到非常抱歉。』

『我們衷心期待新戲上檔。』在眾多麥克風面前，琪姐也客套地予以回應。

琪姐想必是希望主動發言，來阻止媒體向『棠棠』詢問，但記者們並沒有如她的願，不斷地追逼：『棠棠，妳對導演這樣的行為有什麼看法？』、『據說妳曾經拒絕他邀妳共進晚餐？』、『他會私底下打電話給妳嗎？』

琪姐最後終於擋不住了，只好在底下拉拉怡茵的手，要她說幾句話。

這是怡茵首次面對這麼多雙懇切的目光。

在這一瞬間，鎂光燈、麥克風全都對著她來，使她真的感覺到自己成了棠棠、成了巨星！

『……我們只是工作上的好朋友。』

在心中反覆默練過十幾次這句話以後，怡茵深吸一口氣才緩緩說出口。

剎那間，她好像看到了琪姐瞪大的眼神一閃而逝。更令她意外的是，自己接下來居然又繼續講了一段話，表示與劇組合作愉快，這次的偶像劇認識了很多人、收穫非常豐富，以及男主角是個很有野性、很容易令人心跳加速、隨時散發出危險魅力的男人。

『記者朋友們辛苦了，』琪姐在怡茵說完以後，隨即接口。『棠棠也該回去休息了。』

兩人在記者們議論紛紛的包圍下，快步離開了飯店。

一上了車，琪姐的雙肩像是鬆了一口氣般迅速下垂。

『怡茵，妳真的很令我意外！』

『真的嗎？』

『表現得太好了。如果不是因為我找了妳，我恐怕也沒辦法立即分辨出妳不是棠棠本人！妳走路的方式、妳講話的語調、妳的用字遣辭……一切都跟棠棠本人非常神似！』

連怡茵自己也想不到，記者會居然會如此順利——那個瞬間，彷彿棠棠的靈魂真的進入了她的內心深處！

『琪姐，謝謝妳的讚美。』她回答，『我很高興我能幫得上忙。』

『不，妳應該說，「這不難啊。」』

『嘻嘻。』

『總算鬆一口氣了呢。』琪姐展露久違了的笑容，與最初來找怡茵的焦慮神情大相逕庭。

但，怡茵卻無法像琪姐那麼輕鬆。

『可是……我擔心棠棠……』

『她沒事的。』

『可是……』

琪姐微笑地打斷怡茵。

『怡茵，告訴我。在公寓裡看到最真實的棠棠，妳是不是嚇了一跳？』

她有點猶豫，但還是點了頭。

『我再問妳一個問題，』琪姐旋轉方向盤，讓車子轉彎。從前進的方向來看，她似乎並不打算立刻回棠棠的住處，『妳在棠棠的臥房裡跟我說過，妳真的想當明星，對不對？』

『嗯。』

『那麼，我來告訴妳事實的真相。』

『……什麼真相？』

『明星的真相。』綠燈亮起，琪姐開始加速，『妳知道，要怎麼培養一個明星嗎？如果妳的答案是，找到一些外貌條件好、資質佳、有天分的年輕人，讓他們進行各種表演、歌唱、口才、儀態訓練，激發他們的潛能……我可以告訴妳，這可以培養許多在演藝圈混飯吃的人。但不能變成什麼明星的。

『當然，在這群人裡面，還是有可能出現幾個人，後來能夠成為明星。但是，對經紀公司來說，整體的投資報酬率太低了，導致他們得不停挖掘新人，找一大票人進來，看能不能矇到幾個人變明星的。像妳家趙哥就是這樣做，妳當然不會有前途。亂槍打鳥嘛。

『妳已經去過棠棠的公寓了，也看到她最真實的一面。事實上，妳會發現，她只是個漂亮的普通女人——雖然是夠漂亮了，但是，跟妳沒什麼不同。』

怡茵確實有夢想幻滅的感覺。說真的，在她的心目中，原本的棠棠是那麼完美無缺，但那時在公寓裡，棠棠驕傲自滿、反覆無常的模樣，卻在她的腦海裡揮之不去。

『棠棠既然跟妳沒什麼不同，為什麼她可以住在那麼大的公寓裡、買那麼多衣服？很簡單，因為琪姐從不亂槍打鳥，我說過，我只要明星，不要混飯吃的人。

『百貨公司裡的衣服那麼多，價格最高的都是名牌、名家設計的。剪裁、質地、美學素養，可以決定衣服的價格。布料的差別很大嗎？同一種布做出來的衣服，價格可能差十倍。

『明星也一樣，資質差別能有多少？大家都是普通人。然而，經過「設計」以後，身價恐怕距離千倍不止。我做的事情，其實就是明星的設計。』

『設計？』

『先設計出理想的明星典型，類似一種劇本，然後再找來一個人，到螢光幕前把這個角色演好。所以，這個人不需要盲目地上那麼多浪費時間、無法加分的課程，只要專心把手上的劇本演好就可以了。當然了，最好這個演員是可以捨棄原來的自己，徹底變成劇本上的人。

『換句話說，世界上並沒有棠棠這個人，完全是我虛構的。我經紀公司裡的所有藝人，也全都是我一個一個精心設計出來的。總之，觀眾們在媒體上所看到的一切，無論是多麼逼真，終究全部都是表演。』

『原來如此……』怡茵終於恍然大悟。

雖然怡茵經常耳聞，有很多明星的形象跟私生活頗有落差，但還是第一次聽到區隔得如此徹底、決絕的說法。

『記者們經常提到，棠棠是我的代表作。意思是棠棠是我公司最有身價的明星。不過，這句話對我來說，卻有另外一層祕密的意義——棠棠是我寫過最好的劇本。這才是事實。當然，鄭雅棠的確是一名出色的演員，但，她終究不能把我的劇本當成普通的戲來演，她得徹底跟這個角色合而為一才行。

『我所謂的明星特質，說的就是這個意思。具備明星特質的人，不僅是完美的演員，還必須徹底捨棄原來的自我。這場戲是要演一輩子的，是一個永遠都不能揭穿的謊言。相反的，拙劣的模仿者，只要一得到觀眾的掌聲，就會得意忘形，露出原本平庸的自我。這種半調子的人，我稱之為混飯吃的，根本沒有成為明星的資格。』

『永遠演一個虛構的角色……真的做得到嗎？』

『確實，任何人都無法跟虛構的角色徹底融合為一，就跟器官移植時的排斥反應一樣。雅棠的躁鬱症就是這麼來的。不過，這就是成為明星的代價。在以往，只要讓雅棠休個假就沒事了，但自從周祥毅出現以後，雅棠的精神狀態愈來愈不穩定，再怎麼安撫都沒有用。

『我從事這一行這麼多年，雅棠是我最重視、最不可或缺的工作夥伴。我們是那麼親密、那麼友好……我簡直無法想像沒有她在身邊的狀況……而且，她曾經告訴我，她絕對可以演好這個角色的。但現在的她卻讓我擔心得不得了。』

『我也是——棠棠是我繼續對演藝圈抱著夢想的原因。我也希望她可以快點好起來。』

『等候藝人的狀況好起來，成本是很高的。』琪姐的眉間緊皺，『流行趨勢一直在變，機會根本不等人的。所以有很多經紀公司，一旦藝人不行，立刻就被丟棄了。』

『琪姐，難道說……』

『設計一個虛構的明星，也必須耗費極大的心力。我不可能輕易地換掉雅棠的。但是，她目前的狀況非常糟，怡茵，妳知道嗎？所以我才會這麼需要妳。』

琪姐的語氣突然變得有些怪異。她的話中似乎別有含意。

『妳要我繼續當雅棠的替身？』怡茵聽見自己的聲音顫抖起來，『直到她好起來？』

『不，這樣對妳不公平。』

『那麼……』

『妳這麼努力，我不能讓妳犧牲到這種程度。』

『謝謝妳，琪姐……』

『在劇本寫好之後，只要條件大致符合，誰來演都可以好好商量。但是，一旦戲開拍了，要換角可就非常困難了。怡茵，妳知道為什麼我要做「體驗棠棠的一天」嗎？』

怡茵腦袋一片空白地搖搖頭。

『棠棠這個角色寫得太好了，我絕不能放棄她。但是，既然雅棠已經無法勝任這個角色——我想要找一個可以演好棠棠的人，把雅棠換掉。』

『琪姐！』怡茵大感訝異。

──原來如此……那天模仿比賽、機智問答，背後全是有目的的。

──隔了兩個月以後才來電，是為了讓大家淡忘這件事，避免引起聯想，導致祕密走漏。

──不要讓人知道我們曾經聯絡過。

──關掉手機，別讓別人找到妳！

『妳剛才在記者會上的表現，真是令我刮目相看。妳太棒了。我相信妳有潛力，可以把棠棠演好的。是的，妳的確還缺乏明星特質，但妳所模仿的棠棠實在是無懈可擊。總有一天，當妳鍛鍊出明星特質以後，妳就能徹底化身為棠棠。我願意給妳棠棠的劇本，讓妳飾演棠棠。』

『……真的嗎？』

『怡茵，現在只剩下一個問題──妳願意接受我的這份禮物嗎？』

5

『王怡茵』這個人，必須消失在世界上。

在琪姐的安排下，怡茵搬進了棠棠在內湖的豪華公寓，與鄭雅棠同住一室。怡茵沒有攜帶任何行李，為了保守這個祕密，她必須捨棄過去的自我，以及她曾經擁有的所有東西。

另一方面，怡茵以返回老家、聽從父母之命相親結婚為由，決定放棄演藝生涯，向趙哥提出了辭呈，經紀約也跟著解除。趙哥在怡茵蹺了那個協商很久才獲得的重要棚拍之後，對她徹底失望，也不打算再替她爭取任何成名的機會了，既然她也辭意已決，剛好可以順水推舟，提早送走這個前景堪慮的小模特兒。

高職畢業後，怡茵與父母親吵了一架，才賭氣到台北來闖蕩的。她與家人的關係並不融洽，北上以後，逢年過節也從不回家。既然她在趙哥旗下一直沒有紅過，參加過的明星模仿賽也只通過初選，連上電視的機會也沒有，家人是更不可能從媒體上得知她的近況了。

因此，怡茵確實可以割離原有的身分，開始了取代鄭雅棠的準備事宜。

諷刺的是，這項準備事宜，是在雅棠的協助下所進行的。雅棠並不知道自己即將被取代。琪姐告訴她，既然她現在精神不穩定、無法工作，那麼在這段期間，就由怡茵擔任她的替身，直到她情緒恢復正常為止。

事實上，雅棠一開始非常反對，她絕不能容忍別人扮演她的角色。但是，琪姐說服她，讓她像經紀人一樣也可以抽成，即使完全不工作，也能有相當豐厚的收入，她才說可以考慮。

『無論如何，怡茵終究只是個模仿者。』

當琪姐說了這句話，才讓雅棠自認為獨一無二、不可取代的自尊心獲得滿足，而答應幫助怡茵扮演自己。

——這一切，都是暫時的權宜之計！

儘管是早已寫好的角色劇本，怡茵在訓練過程當中依然吃了不少苦頭。一方面來自於雅棠的強勢作風，另一方面則是，她過去費盡心思所模仿的棠棠，其實也不過是劇本的一小部分。

棠棠出道已經兩年，這段期間以來，一開始設定相當單純的劇本，也跟著流行趨勢而不斷增加，而以往所發生過的事件，怡茵也得一一牢記，尤其棠棠的曝光率高，參與過的活動也比琪姐其他的藝人更多。要彌補兩年的差距，並不是一件簡單的事。

比起那次發言不到三分鐘的記者會，扎實而嚴謹的訓練實在非常辛苦。怡茵知道，在取代雅棠的緩步過程中，她必須咬牙忍受。忍受雅棠傲慢自大的性格、忍受著自己是個隱姓埋名的替身之事實。

『兩人一役』的生活，坦白說非常辛苦。為了避免穿幫，怡茵失去了所有的自由。因為，在毫無化妝的情況下，可以輕易地分辨她跟雅棠是兩個完全不同的人。縱使雅棠在家睡覺，她也無法素顏出門，連到附近的便利商店買點零食也不行。

另一方面，即便是因為工作的關係出門，她也無法代替雅棠出席時間太長的活動。儘管到哪裡棠棠都是鎂光燈的焦點，她也只能參與不太重要的場合，發揮空間十分有限。她們絕不能冒任何風險。此外，儘管怡茵已經受過嚴格的訓練，只要在公寓裡的預演出現一點瑕疵，而雅棠的精神狀況也不理想，奉行完美主義的琪姐就會二話不說地立即推掉活動。

縱使是在公寓裡，怡茵所受到的待遇更是卑微。一切都得聽雅棠的。她不但只能住在清空過後的儲藏室裡，使用客廳、浴室裡的東西，也得經過雅棠的同意。自從第一次獨自進入過雅棠的臥室以後，她再也不能進入第二次了。要穿什麼樣的衣服，全都由雅棠決定。

然而，心思細膩的琪姐，卻為怡茵設想得非常周全。趁著雅棠出國拍攝偶像劇外景的同時，琪姐也祕密安排她到韓國進行整形手術。第一次是修正鼻翼的外型；第二次是兩頰；第三次則是臀部抽脂。

在雅棠完全不知情的狀況下，怡茵在琪姐的陪同下往返韓國、台灣，並驚喜地見到自己的外貌，正一點一滴地慢慢變成雅棠。

不必再參加新秀徵選活動、不必再接受像趙哥那種小經紀人的層層剝削、不必再經過娛樂市場的人氣考驗——直接變成一個早已存在的明星，就是她成為明星的唯一方法。

這也是她不能讓任何人知道的祕密，就連通過海關時也一樣。

海關人員一見到她，總會張大眼睛、微笑地稱讚她。

『小姐……妳跟電視上的棠棠長得真像！』

『大家都說我有明星臉呢。』

然而，看到怡茵護照上的韓國簽證後，海關人員則又心領神會地點點頭——這大概又是個受到社會浮華風氣影響、不辭千里的美貌追尋者了。

事實上，怡茵的妝型刻意強調了她跟棠棠在眼睛上的相似度，但同時卻也偽造了兩人在唇形上的差異。因此，大家都會說她有明星臉，但絕不會將她誤認為棠棠本人。這樣的偽裝才是最高明的。

一次又一次地拆下繃帶，怡茵知道，她徹底取代雅棠的日子愈來愈接近了。

但是，怡茵卻始終保持著沉默，從來沒有問過一個最關鍵的問題。

她發現她不敢問。

——琪姐，妳打算用什麼方法讓我取代雅棠？

6

棠棠所主演的偶像劇，拍攝工作已經接近尾聲了。最後一場壓軸的殺青戲，拍攝地點在澎湖七美島，因此雅棠必須離開台北出外景十天。

她的狀況顯得比以往更糟。在拍戲期間，棠棠被報紙披露的負面傳聞——遲到、精神恍惚、耍大牌——也開始增加了，引起了圈內議論紛紛。這樣的情況若是發生在以往，琪姐絕對會站到媒體前喊話、力挺旗下藝人的。但，琪姐這一回卻顯得相當低調。

雅棠甚至為了這件事，跟琪姐吵了一架。琪姐只是道了歉，說是等戲拍完後，就會盡快安排公開的澄清聲明。

怡茵不太明白，琪姐為什麼不替雅棠辯護。萬一，情緒不穩定的雅棠受到過大的刺激，不小心聯想到琪姐找來替身的所作所為，其實就是想要換掉她，她必然會予以阻撓破壞，讓怡茵的努力前功盡棄。

一想到這點，怡茵就感覺頭皮發麻。

因為，現在的每一步，都必須走得非常謹慎！

怡茵已經在內湖的豪華公寓裡住了三個月。她每天的工作，就是不斷地觀看棠棠上電視接受訪問、參與戲劇演出、廠商活動代言的錄影帶，反覆揣摩她的神態。現在，她已經能夠將螢光幕上的棠棠跟同住一室的雅棠區分得非常清楚了。

雅棠是雅棠，不是棠棠。

她仍然深愛著棠棠，甚至比發現事實之前更深愛棠棠了。

那個有朝一日會變成自己的棠棠。

琪姐說過，這就是自戀——明星的第一特質。

當怡茵上了棠棠的妝，琪姐總會跟她一起照著鏡子，在她的耳邊呢喃，告訴她她是全世界最美麗、最動人的名模，猶如《白雪公主》中皇后天天注視的魔鏡。

是的，每個女人都需要一面魔鏡，刺激女人，讓女人變得更美。

而，琪姐正是演藝圈裡最好的一面魔鏡。

『妳想不想成為明星？』

『想。』

『不要只回答想。』

『我想成為明星。』

『再說一遍。』

『我想成為明星。』

『再說一遍。』

『我想成為明星。』

諸如此類的對話，一遍又一遍在怡茵的耳際中迴蕩。

琪姐這樣呢喃，在鏡中望著自己的表情，彷彿也透露出與日俱增的傾慕。想必，她一定是也發現了自己即將破繭而出的明星氣質。

於是，怡茵拿著琪姐借給她的數位相機，獨自在儲藏室裡拍著總有一天可以放在部落格相簿的自拍照。

——總有一天。

在雅棠離開台北的第一天晚上，琪姐從機場回來，怡茵從琪姐的眼神中，立刻看到這一天終於來臨了。

『怡茵，給妳看樣東西。』

『嗯。』

兩人彷彿早已建立了心照不宣的默契般，沒有問東西是什麼、沒有解釋怎麼回事，只有簡短得難以判斷前因後果的對話。

琪姐從自己的提包裡拿出隨身攜帶的筆記型電腦，開了機。

『還記得第一次進這間公寓時的事嗎？』

『記得。』

『我跟妳說過，棠棠跟她的前男友周祥毅，兩人還保持著聯繫。』

『嗯。』

『我還說過，周祥毅是個危險人物。』

『妳說過。』

『對，怡茵，我現在就讓妳看看他有多危險。』

筆記型電腦已經完成開機，進入視窗畫面。琪姐從皮包中輕輕地抽出一支隨身碟，插入筆記型電腦，以滑鼠點選，開啟裡頭的檔案。

怡茵一看到檔案內容，不由得驚訝得瞪大眼睛了。

——這到底是什麼照片？

檔案夾裡的檔案非常多，總共有超過兩千張的照片，全是數位相機所拍攝的。照片上的場景就是在這間公寓裡，從拍攝角度來看，相機是固定在腳架上的。

畫面中有兩個人，一男一女。女人就是雅棠，而男人——

周祥毅。

怡茵是棠棠的頭號粉絲，當然絕對不會忘記這個男人的長相。

然而，看他那副猥瑣的模樣，實在很難想像他居然會跟棠棠如此親暱，甚至傳言在美國私訂了終身。或許是長期過著委靡不振的生活，照片中的周祥毅，外型比過去更枯黃瘦弱，眼眶也深陷發黑，披頭散髮得像是窮愁潦倒的流浪漢。

沒想到……原來……周祥毅竟然已經來過這間公寓！

琪姐默默地開啟了照片的自動播放程式，讓這些照片一張一張依序播放。那架拍攝這些照片的相機，似乎是開啟了連續拍攝模式，使得照片中兩個人的動作，有如無聲電影般地一格一格放映著。

周祥毅揮舞著一把水果刀，在公寓客廳裡追著逃跑的雅棠。雅棠的臉孔恐懼地扭曲，在逃跑間不斷撞倒桌椅、並朝著周祥毅砸去布偶、抱枕等各種物品，周祥毅則狠狠地以水果刀劃破，朝著雅棠逼近，並且將她壓倒在沙發上。

周祥毅將水果刀插在雅棠臉頰旁的沙發上，並且出拳毆打雅棠的肚子。雅棠痛苦地咳嗽，好像連眼淚都冒出來了，卻無法掙脫周祥毅的壓制。

接著，周祥毅離開了沙發，但他卻拉著雅棠的頭髮，讓雅棠像狗一樣在地上爬著。周祥毅還一邊拉一邊踹她的肩膀，讓她撲倒在地。

雅棠好不容易爬完一圈，再度回到了沙發。

直到最後，周祥毅緊握著水果刀，將身體壓在深陷於破碎沙發中的雅棠上，以刀背摩挲著她的臉頰，並露出令人心寒的笑容。

然而，令怡茵大為意外的是——

雅棠竟熱情擁抱著周祥毅，忘情地在鏡頭前親吻著他！

『這……到底是怎麼回事？』

『他們在玩。』

『玩？』怡茵的後頸竄起一股寒意。『……玩什麼？』

『玩虐待的遊戲。』還沒有等到照片全部播放完畢，琪姐立刻將程式關閉。

『為什麼？』

『他們有病。』

就算怡茵知道周祥毅並不是什麼正派的男人，她也沒預料到琪姐竟會說出這樣的結論。

所以……那一天公寓之所以被破壞得面目全非，並不是雅棠跟琪姐吵架後的結果。

一切都是雅棠讓周祥毅進屋，一起玩了虐待的遊戲，才造成的。

可是，如果是周祥毅那種不入流的人也就算了……為什麼雅棠也會接受那種變態的遊戲？

——因為，他們有病。

『怡茵，我跟妳說過很多次了。』琪姐嘆一口氣，『雅棠是非常出色的演員。』

彷彿是不想再多看如此變態的照片一眼了，琪姐迅速將筆記型電腦的螢幕闔上，慢慢地站起身來。

『所以，她才能扮演好棠棠這個角色。她可以為了成為明星，而徹底捨棄原來的自我。她有無可取代的明星特質。』

怡茵點點頭，但她還不知道琪姐想說什麼。

『從一般人的角度來看，都會認為棠棠跟周祥毅一點都不配。就算周祥毅回國，我真的允許他跟棠棠在一起好了，媒體一定會唱衰。粉絲也絕不會諒解的。演藝圈就是這樣的地方。

『然而，一般人並不知道，棠棠只是虛構的角色，是用來滿足觀眾對女性理想典型的刻板想像而設計出來的明星，所以他們無法理解，為什麼棠棠在美國唸書的時候，竟然會跟周祥毅這種垃圾扯在一起。

『女神與大便。』琪姐諷刺地笑了笑，『如果媒體知道他們在一起，標題一定會這樣下吧。但是，如果要我說實話，他們卻真的是我所見過最相配的情侶！』

『琪姐，妳究竟在說什麼……』

『事實上，我瞭解他們兩個。太瞭解了。我說過，雅棠是個天生的演員，她能夠扮演最困難的角色，所以她能演好棠棠。但是，同樣的，她也需要鏡頭——並不是那種沙龍照、宣傳照的鏡頭，而是能拍進她靈魂深處的鏡頭。』

『拍進……靈魂深處？』怡茵的腦中一片空白。

『雅棠的自戀程度，遠遠超出一般人的理解範圍。』琪姐的語氣宛如正在法庭上陳述一件決定性的鐵證，『她不像一般演藝圈裡的女孩子，只想把自己打扮得漂漂亮亮，在鏡頭前展現最美的一面。她認為，自己無論何時何地、從任何角度拍攝，都是最美的。』

『這到底是什麼意思？』

『就像妳在照片裡看到的。雅棠一邊被虐待一邊拍照。然而，這卻是她自願的。我偷看過她跟周祥毅通的E-mail，她認為拍這種照片的自己，是在呈現一種恐懼的美感。事實上，周祥毅還曾經拍過她嘔吐、排泄、甚至月經來潮……的照片。但，這全是她自願的。』

怡茵感覺到強烈的暈眩。

她回想起琪姐說過的事情——當琪姐頭一次看到雅棠的E-mail時，曾經說過E-mail裡都夾帶著許多偷拍照片。

『難道說……周祥毅從來沒有偷拍過雅棠？』

『對。全都是在雅棠允許的情況下拍的。』

怡茵完全說不出話來了。

『所以，我才說周祥毅是個危險人物。以電影導演而言，他的確毫無才能。但是，他卻是最適合當鏡頭的人。他的作品爛，是因為他毫無藝術品味，不管什麼東西他都可以納入鏡頭裡。他的鏡頭不懂構圖、毫無美感可言，反而最適合擔任雅棠的鏡頭。

『周祥毅什麼都願意拍。不管是什麼畫面，他都能開心地接受。我看過他在學校的作品，沒有一個教授會同意讓他畢業的。他只是將看到的東西——尤其是醜惡的部分，全都妥善地收集下來而已。所以，他回到台灣以後，就回不了美國了，學校根本不想留他。然而，周祥毅這種特質，卻深深吸引了雅棠。事實上，也只有周祥毅，才能容忍雅棠這種超乎常理的自戀性格……』

一個自戀到極點、連醜惡面都自戀的演員。

一個什麼都願意拍、連醜惡面也欣然接受的攝影師。

聽著琪姐猶如連珠炮般的揭露，怡茵全身發抖，差點就要尖叫。她從來沒有察覺，自己是跟如此噁心的女人住在一起這麼久。

『為什麼……為什麼要告訴我這些？』

『怡茵，我是為了妳。我希望妳可以取代雅棠。』

『我……我不懂！』

『雅棠已經無法再好好扮演棠棠的角色了。』琪姐的聲音洋溢著後悔的憤恨。『我不該讓她出國進修的。周祥毅的出現，令她完全失去了自制力。雅棠再也不想繼續當光鮮亮麗的明星，她已經暴露出過度自戀的本性，只需要周祥毅的鏡頭。

『怡茵，妳知道嗎？我必須放棄她。我無法忍受她毀掉我苦心構思的角色。所以我才辦了模仿比賽，找到妳來。妳告訴我妳想當明星，對吧？我可以幫妳的。妳可以成為棠棠。』

琪姐的眼眶濕潤，幾乎要落淚了，令怡茵十分不忍。

『我知道、我知道……但是，我該怎麼做？』

『怡茵，雅棠最近被記者修理，寫了不少負面消息——但我卻悶不吭聲，完全不提出任何公開說明，妳知道為什麼嗎？』

怡茵搖搖頭。

『一旦雅棠的壓力過大，』琪姐哽咽地解釋，『她就會玩得更極端。她已經受不了繼續當個捨棄自我的明星了。她總是在E-mail裡說活著好累。所以，只要我不在媒體前挺她，她壓力太大，就很可能會再逃避到那些變態的拍攝裡去……當然，我希望這是最後一次了。』

『最後一次？』

『事實上，增加她的壓力，就是我的目的。』

『琪姐，妳是指……？』

『這次，我必須刻意讓棠棠自願逃入那個變態的遊戲。我們必須利用這一點。』

怡茵心跳飛快地聆聽琪姐的說明。

『經過了三個月的密集訓練，妳已經成了名副其實的棠棠了。我們要利用雅棠在E-mail裡說的話。我需要妳偽裝成雅棠，寫一封E-mail給周祥毅，告訴他妳想要玩Snuff。』

『Snuff？』怡茵顫抖地問。『……那是什麼東西？』

『Snuff film，也就是殺人影片。』

『……殺人影片？』

『拍攝殺人過程的真實紀錄片。』

怡茵感覺胸口一陣窒悶。

『嗯。把殺人的真實過程，從頭到尾拍下來，就是所謂的殺人影片。』

殺人影片——好像真的有這種東西。據說，在外國曾經發生過極端殘酷的兇手，綁架無辜的女子加以虐殺，並將虐殺的過程拍攝成錄影帶，還寄給警力的恐怖案件。

『怡茵，我要妳跟周祥毅聯絡，告訴他說，妳不想活了，妳希望在死前能拍一部殺人影片，並且在最後跟他一起殉情。妳還要告訴他，妳希望被他分屍，而且讓妳的屍體從世界上徹底消失，例如使用王水溶解。』

『為什麼我……要這麼做？』

『這麼一來，雅棠會被周祥毅所殺。壓力太大的雅棠，若是見到周祥毅，只會認為他是為了解除自己的壓力才會出現。就算周祥毅真的拿出刀子、繩索，雅棠也不會起疑。當然，雅棠的屍體會被周祥毅處理得一乾二淨，也永遠都找不到了；最後，周祥毅也會自殺，我們可以在事後清除掉所有證據。』

怡茵的雙眼僵直，太陽穴嗡嗡作響。

『怡茵，妳說過，妳真的想當明星，對吧？』琪姐的聲音彷彿魔鏡，『這就是妳取代雅棠的方法。』

7

才剛踏進闃暗狹窄的室內，刺鼻的霉味令怡茵一度作嘔。

從沒有鎖上的門口聽不見任何聲響，但怡茵卻可以感覺到裡頭有人陰沉地存在著。

這裡就是無人聞問的周祥毅，一年來獨身窩居的個人工作室。

怡茵有如一頭迷途羔羊般走入房內。

昨日，怡茵在琪姐既強勢又殷切的目光注視下，手指顫抖地完成了雅棠寄給周祥毅的偽造

E-mail。在此之前，她還花了不少時間反覆閱讀雅棠跟周祥毅之間的通信，瞭解兩人過去的通信內容，以及遣辭用字的風格。她絕不能讓周祥毅發現她寫的E-mail有問題。

閱讀著這些信件，怡茵感覺自己的胃部不停地湧出酸液。他們兩人的通信內容，總是彌漫著耽溺於自虐逸樂的虛無氣氛。他們活在個人的世界裡，並且瞧不起自己。他們想出了各式各樣的方法來互相糟蹋，同時也獲取異常的快感。

怡茵終於知道，琪姐為什麼會提出這麼可怕的取代方法。怡茵雖然早有心理準備，知道琪姐很可能與她共謀殺人，但，利用周祥毅借刀殺人、並且製作『殺人影片』，卻完全是超乎她想像以外的可怕計畫。

然而，『殺人影片』這個名詞，其實早已在這對情侶的信裡出現過好多次——那似乎是他們在美國讀書時的共同回憶。

雅棠就是在那時候，與周祥毅第一次相遇。

當雅棠被琪姐安排赴美留學時，周祥毅已經在美國待了四年。與媒體的查證相符，他們同校了一年。

那年春天，周祥毅在學校裡辦了一個『虐樂影展』的小型活動，專門播放殘酷血腥、渲染暴力、只在偏激的狂熱者之間私下流傳的獨立製作電影。這些旁門左道的電影不僅成本低廉、品質粗糙，由於主題驚世駭俗、泯滅人性、反社會、反道德，一般人根本不願意走進會場。

——除了雅棠以外。

『虐樂影展』總共放映二十二部電影，全都是周祥毅滯美的幾年間，透過各種管道、費盡心思才蒐集到的。在這其中，一共有九部殺人影片。片中均有類似的場景——地下室、暗房或是倉庫；類似的人物——受害人被全身綑綁、嘴裡塞著厚實的布團；類似的情節——兇手一面不知所云地喃喃自語，一面以刀刃切割受害人的肉體，愉悅地欣賞受害人臨死前的恐懼。

這些『兇手』們在戲裡虐殺女人、虐殺兒童、虐殺父母、虐殺同班同學……儘管當中有幾部作品的特效技術非常拙劣，一眼即可看穿根本就是假的，但影片中演員們炙灼狂熱的視線，依然會令人產生信以為真的衝動。

周祥毅也播放了自己的作品。那是改編自發生於台灣的真實社會案件——十多年前，在高雄市虐殺多名老人、號稱『嗜骨餓魔』洪澤晨所犯下的連續謀殺案。周祥毅在作品中，也親自飾演了兇手洪澤晨一角，詮釋他作案過程的冷血態度。

怡茵記得這個案件。因為，其中一名被害者，就是她讀高職時級任老師的父親。

總之，這些離經叛道、難以卒睹的電影，連續播放了三個多月，在這段期間，漆黑的小型放映室裡永遠只有他們兩人。

於是，他們找到了一輩子的靈魂伴侶。

從小到大的戀愛經驗並不貧乏的怡茵，卻從未聽聞過如此恐怖的邂逅過程！

然而，怡茵只要冷靜一想，就會完全同意琪姐的說法。要促使雅棠與周祥毅兩人一起殉情，的確只有提議拍攝殺人影片了！

『我們快沒有時間了，』琪姐說：『雅棠後天就會回到台北。怡茵，妳必須明天就跟周祥毅見一面，跟他約好後天拍攝殺人影片，並且談妥影片的故事內容。』

『可是……』

『在雅棠回到家以後，我會讓她服下安眠藥。周祥毅一到，他就會按照劇本演出。他們以往都是這樣做的。劇本的重點，是兇手趁著被害人昏睡時將她綑綁，並且以膠布封住嘴巴，然後才將被害人喚醒。兇手一邊肢解清醒的被害者，一邊欣賞被害人死前的掙扎，並將全部過程拍攝到影片中。』

怡茵的心中充滿恐懼，簡直無法相信琪姐居然能冷靜地講出如此匪夷所思的話。

『這麼一來，周祥毅絕不會發現雅棠才剛拍完戲回到家，跟他前一天見面的人是妳。他也會認定雅棠的掙扎都是演戲，反而更會刺激他更猛烈地下手。周祥毅原本以為可以靠爆料在演藝圈竄紅，獲得電影公司老闆的青睞，但他的如意算盤打錯，這一年來，過的根本是行屍走肉般的生活。他一直仰賴著雅棠寄來的E-mail度日，雅棠想死的話，我想他也不會想活了。況且，要是能在死前拍出最精采的殺人影片作品，周祥毅一定更是躍躍欲試、死而無憾了吧……』

就這樣，怡茵來到了周祥毅的影像工作室。

工作室裡雖然堆置不少拍攝器材，但全都鋪上一層薄灰，顯然已經很久沒有使用。怡茵想要開燈，但按了幾次開關都沒有看見亮光，只能認為電燈已經損壞，周祥毅卻一直沒有更換。

室內有一張堆置著許多沒有標籤的錄影帶、放著個人電腦的桌子，主機的電源開著，從液晶螢幕透露出微弱的光線，才讓怡茵勉強辨認出房裡的概況。

錄影帶亂七八糟地堆在桌上，仔細一看才發現最下面是一台舊型的錄放影機，有電線連接到個人電腦上。看起來，周祥毅似乎正忙於將錄影帶內容轉為電腦檔案的工作。

不過，液晶螢幕上並沒有顯示任何程式視窗，因此無法知道錄影帶的內容是什麼。

桌子的後方地板上有一張破舊的睡袋，周圍堆滿凌亂的空酒瓶，一個瘦弱不堪的男人倒在上頭——他就是周祥毅。看他躺臥的姿勢，他似乎並未入睡，但也不是完全清醒。

對眼前的這種畫面，怡茵並不陌生。她也曾有過一段酗酒的日子，因此，對周祥毅的處境不由得湧出一絲同情的悲憫心。怡茵雖然曾經看過他痛毆雅棠的照片，但相較於雅棠平日在公寓裡的強勢逼人，她反而認為周祥毅是個心思非常單純的男人，只不過因為抱持著與眾不同的興趣，而被社會遺棄了。

『棠棠……妳……來了？』

周祥毅似乎聽見了怡茵的腳步聲，想要爬起身來迎接她。但他卻只是在睡袋上扭動著身體，發出空洞的乾咳。

她忽然感覺到一股對琪姐與自己的厭惡。

但，她渴望成為明星的心意已決，她知道，世界就是這樣運轉的。

『祥毅。』然而，怡茵語氣中的溫柔，並不完全是偽裝的。『我好不容易把戲拍完，才有時間過來看看你。你收到我的E-mail了嗎？』

『嗯，』周祥毅終於坐起身，但目光依然無神。『看到了。棠棠……妳……』

怡茵可以確定，周祥毅對自己毫無疑心。

『妳真的確定想這樣做？』周祥毅的聲音有著酒精中毒的瘖啞感。

『我再也沒有任何眷戀了。』怡茵小心翼翼地背誦著既定的台詞，『這個世界上，沒有人瞭解我的美。祥毅，我只想在你的手上得到解脫，並且徹底消失。』

『棠棠……』周祥毅突然顫抖地哭泣。『我好愛妳。』

『我也是，祥毅。』

周祥毅一邊哭泣，一邊趴倒在地，憐愛地撫摸著怡茵的高跟鞋。怡茵扶著桌上堆疊的錄影帶——錄影帶的表面予人一種黏膩感，循著薄弱的光線蹲下身，輕輕擁抱他的肩膀。她從他的身上聞到了更多的酒味，令她有一種遺世苟活的恍惚感。

『我真的沒想到，妳願意在最後一刻，將自己獻給我……我好高興……』

『只有我能理解你的才華。』怡茵從足部感受到一股濕濡的溫熱，『這是最後一次。我希望你可以徹底發揮，拍出留名影史的傑作。這樣，我即便化為碎肉，也將變成最美麗的星塵，讓世人永遠懷念。』

——必須捨棄自我，才能得到她所嚮往的新世界。

這是怡茵飾演『棠棠』的第一場戲。她曾經捨棄了『王怡茵』這個身分，接下來，她得捨棄自己對周祥毅的卑賤人格的厭惡，扮演好一心尋死的驕傲天鵝。

『明天，我會事先服下安眠藥，在公寓裡等著你。』

『嗯、嗯……』

『在我清醒以後，我甚至會忘記現在所發生的一切。我會說我一點都不想死。但是，祥毅，這絕不是我的本意。我的極力反抗，只是想激發你的獸性，激發你殺戮的原始本能。這一切都是為了你的影片。我相信你必然可以拍出你的畢生傑作。所以，請你一定要殺了我。』

『棠棠……我懂……我完全懂！』

『請你肢解我。』怡茵緊緊地抱住周祥毅的身體，撫摸他的背脊，『請你用最殘酷的方式虐殺我。祥毅，我愛你。請你割開我的胸口，讓我的體腔像花朵一樣盛開，將我最私密的一面呈現在鏡頭前。

『當你拍完片子以後，絕不能留下任何證據。對無知的世人而言，這是犯罪。他們會毀掉你的藝術結晶。你必須讓我的肉體，有如曇花一現般，只存在於轉瞬間……』

周祥毅濕滑的舌頭伸進了怡茵的嘴唇裡，宛如撥弦般熱切地彈弄她的齒列，令她無法將後續的台詞繼續說完。

儘管如此，怡茵並沒有反抗。她知道周祥毅徹底相信了她。她的親吻，是給決定拍攝殺人影片的周祥毅最好的禮物。

然而，在不知不覺中，怡茵發現自己也狼吞虎嚥地飲著周祥毅的唾液，甚至比對方更熱情地回吻，彷彿是想要沖洗掉心底的最後一絲罪惡感。

在親吻的途中，怡茵不自覺地張開了眼睛。她發現，距離自己極近的周祥毅，也正以灼熱的眼神凝視著自己。

8

嗚嗚……嗚嗚嗚……嗚嗚嗚嗚嗚……

——啊啊。啊啊啊啊。

——頭好沉重……

——這裡是什麼地方？

——現在是幾點？我到底睡了多久……

唔唔唔唔……哦哦哦。

怡茵從朦朧不明的意識中，無聲地醒來。

她頭痛欲裂，全身乏力，喉嚨亦十分乾渴，雙眼也痠麻得幾乎睜不開。與其說是經歷了輾轉反側的昏睡，毋寧說是才剛從夢魘的深淵中脫身。

她所記得的最後一件事，是她與周祥毅之間的深吻，以及他提議的最後一次邀杯。

周祥毅從工作室裡唯一的鐵櫃裡找出一瓶威士忌，取來兩個並不乾淨的玻璃杯，要與她在即將拍攝殺人影片的前一日舉杯慶賀，預祝影片可以製作成功，他倆也能就此從人世間解脫，並留下以生命完成的藝術傑作。

在工作最不順遂的時間，怡茵也曾經與酒杯長期共處，一碰觸到充滿晶瑩汁液的酒杯，她有一種久違重逢的熟悉感。她並未忘記自己是個演員，絕不能酒醉誤事，因此她在答應周祥毅的邀請時，態度其實是非常冷靜的。

然而，當鼻間彌漫著威士忌的馥郁香氣之際，怡茵卻有點意外周祥毅的酒竟是這麼濃烈。舌尖酒精突如其來的生猛衝擊，令她不由得聯想起戒毒已久的毒癮犯，總以為自己的耐受度夠，一旦再度接觸毒品，卻忘了原來以現在的身體，根本是無法承受那種劑量的。

於是，她眼前的周祥毅，臉孔逐漸扭曲……她徹底地醉了，就這樣失去了意識。

——這個地方，靜得會讓耳朵發痛。

怡茵的力氣逐漸恢復，她同時也明白了自己所在的位置。

現在的她，並不是躺在周祥毅的工作室裡。這個地方，她曾經來過一次。

——是雅棠的臥室。

但是，發現自己居然躺在雅棠臥室床上的事實，卻使怡茵更加迷惑。她想要起身確認更詳細的狀況，但她立刻發現自己痛楚難捱、動彈不得。

因為，在她的身上，重重地綑綁著粗糙的麻繩，有如多刺、堅韌的藤蔓般深陷她的肌膚。她想要發出聲音，卻感覺到被異物撐開的下顎無法活動，喉間只有嗚嗚的悶哼。

——這到底是……怎麼回事？

——為什麼我會被綁在這個地方？

聽到臥室裡出現了看不見的聲響，怡茵的背脊突然感覺一股異寒。她似乎終於開始明白自己的處境了。

『對不起，我騙了妳。』

是琪姐的聲音。

怡茵想要轉動頸部面對琪姐，但她的脖子纏繞著頑固的繩索，與綁在身後的兩腕緊緊連結在一起，迫使她只能見到琪姐在燈光下的側影。她的嘴裡深深地塞著厚實的布團，給予她一種欲噱未噱的不快，她甚至無法質問琪姐為什麼要道歉。

『周祥毅很快地就會帶著攝影器材進來，』琪姐的聲音十分溫柔，『時間並不多，但我還是希望可以盡可能將事實告訴妳。這是我最後唯一能做的事。』

像是不需要等待琪姐的解釋，怡茵開始使勁地在彈簧床上掙扎，有如鍋中跳蝦般無濟於事，眼眶也冒出滾滾熱淚。但，琪姐平心靜氣的語調並未改變，聲音依然猶如尖銳的長針刺入怡茵的耳內。

『我說過，他們有病。』

琪姐的開場白十分熟悉，但語氣中卻有一股懾人的凍意。

『不過，這句話並沒有騙妳，雅棠的自戀情結的確異於常人，她也的確需要周祥毅的鏡頭。事到如今，我還是不得不承認，撇開保守的世俗眼光不談，他們是絕無僅有的天作之合。我曾經跟妳一起閱讀過他們之間的E-mail，他們真的彼此相愛，這個部分也完全沒有造假，只不過……我藏匿了其中的幾封。

『周祥毅那封最早的來信，是在半年前寄到雅棠信箱的。他與雅棠之間無法見面，已經有半年的時間了。他過著醉生夢死的生活，而雅棠也無心工作，對自己的事業、人生愈來愈厭惡。身為她的經紀人，我很早就開始監控她的E-mail，不為別的，只為她的安全著想。那封E-mail令我非常震驚，導致我不得不立即採取行動。

『誠如報紙上寫的，雅棠與周祥毅在美國確實私訂終身了。事實上，在他們的婚約中，有一項不可思議的約定——直到雅棠對生命再也無所眷戀的那一刻，她希望能夠被周祥毅親手虐殺，並讓他把過程拍成殺人影片。身為萬眾矚目的明星，使雅棠無法回報周祥毅的愛，她自己也非常沮喪，她認為她只能為對方付出這麼多了。

『但是，我卻無法允許這種事。我得考慮到全國觀眾的心情。棠棠的存在帶給所有人喜悅、快樂，讓人逃離了對政治現況的挫折、忘卻了對社會治安敗壞的恐懼。棠棠對大家來說，是非常重要的人，大家需要棠棠。因此，我絕不能讓大家的夢想破滅。』

怡茵根本不想聽琪姐長篇大論，但她的死命掙扎，卻反而像是一種亢奮的回應。

『周祥毅的E-mail，坦白地陳述了他回台灣以後，無人聞問的悲慘生活。他滿腹才華，居然在台灣毫無立錐之地。讀過信的雅棠，很快地回覆了周祥毅，告訴他其實她也過得很痛苦，她渴望早日執行那項約定，讓兩人都可以解脫。

『我必須阻止他們。我跟雅棠吵過無數場架，也跟周祥毅見面談判好幾次。他們的愛牢不可破，我根本無法與他們達成新的協議。有一瞬間，我真的準備要放棄了。』

琪姐短暫地停頓了一下，就像是惡作劇般地在賣關子。然而，這短暫的靜默卻令怡茵想要放聲尖叫。

『真是想不到，天無絕人之路。有一次，我帶著雅棠上通告，在電視台裡巧遇了一個熟識的製作人，他那時像是剛好有空，跟我說他擔任了某個模仿比賽的評審，看到了一個很有趣的事情，一定要告訴我。

『我跟那個製作人一起看了比賽的側錄帶。製作人說，他從來沒看過有人把模仿搞得這麼嚴肅、這麼難笑的。他確實佩服那個模仿棠棠的參賽者很出色，但那種表演在節目上播出，只會造成錯愕的反效果。完全沒有娛樂性。不過，他對那個表演的印象非常深刻，因為剛好遇到我，所以才立刻告訴我。

『妳知道嗎？怡茵，那個模仿棠棠的參賽者，就是妳。是妳，在我經紀工作生涯中最艱難的這個時期，給了我莫大的啟發！沒錯，要解開雅棠與周祥毅之間的死結，就是妳——完全一模一樣的替身。

『我很快地將這個構想告訴他們兩人——我可以找到一個跟雅棠一模一樣的替身，讓周祥毅拍攝殺人影片，完成他這輩子的夢想。但是，他得答應我，作品完成以後就立刻回美國，永遠不能再跟雅棠見面。說服了許多次，周祥毅終於答應了。

『至於對雅棠而言，其實這也是最好的辦法。她只衷心期盼周祥毅的夢想實現，此外別無所求。對我來說，我認為縱使周祥毅答應離開雅棠，總有一天還是會回來的，但是，只要能避開棠棠最青春、最寶貴的這幾年就可以了。女明星再怎麼紅，終究抵擋不過時間的破壞，我真的沒辦法去想那麼多了。

『於是，我開始跟幾個棠棠代言產品的贊助廠商洽談，共同設計了「體驗棠棠的一天」的活動。怡茵，我調查過妳，妳只是個小模特兒，妳渴望成為明星——我知道妳一定會來。接下來的事情，妳都知道了，我就不再多做解釋。』

儘管怡茵在琪姐還沒有把話說完以前，就已經徹底明白他們的陰謀，但直到聽完琪姐的話，胸口仍然如同一顆巨石般墜擊其上。

『事實上，雅棠一直在觀察妳。』琪姐彷彿露出微笑，『她太自戀了，根本就不認為妳有資格擔任這部殺人影片的女主角。但是，妳卻表現得很好，令人刮目相看。雅棠對妳非常嚴苛，是因為她非常焦慮。說得更明白點，她的確害怕被妳取代——經歷過數次整形手術的妳，跟她變得愈來愈接近，她甚至擔憂周祥毅會愛上妳。

『雖然雅棠的嘴巴很硬，但她最後其實是對妳非常激賞的。短短的三個月內，妳克服一切的困難，遠遠超越了我們的預想，最初，雅棠根本看不起妳，但現在卻很希望盡早看到妳的作品。她非常期待見到自己被虐殺的演出——我說過，她的自戀很異常的。』

怡茵見到琪姐的側影開始移動了。

——琪姐準備要走了。

——周祥毅馬上就會進來。

——為什麼？你們為什麼要這樣對待我？

——渴望成名不對嗎？

——求求你們放過我好嗎……是我錯了，是我不該妄想……

『對了，』琪姐的聲音像是她將腳步停在門口、回頭說的：『剛剛說的那些，只是隱瞞，並非什麼欺騙。事實上……我還沒有說到我哪裡騙了妳。』

——惡魔！你們都是一群惡魔！

——我化成厲鬼，也要讓你們血債血還……

拜託。不要。不要這樣。我錯了。是我錯了——

——嗚嗚嗚……求求你們……

——我只想活下來……

——讓我活下來……

『怡茵，』琪姐如同一位慈母般包容地說：『妳還記不記得？我曾經說過，明星的特質後天也可以培養？那時候，我知道妳完全相信了我的話，所以，這個計畫才能順利進行下去。

『不過，這句話，根本就是錯的。事實上，明星的特質，在人一出生以後就已經決定了。妳知道嗎？我曾經跟妳一樣，年輕的時候也渴望成為萬眾矚目的名模，但我無論再怎樣努力，仍舊是失敗了。我浪費了太長的時間才證明這件事。相信我，妳也是一樣的——因為，妳終究只是個模仿者。』

琪姐沒有再說話了。

空氣中的沉默氣氛猶如鉛般壓制在怡茵的胸口。她甚至不知道琪姐還在不在房間裡。

但可以確定的是，琪姐並沒有將門關上。

因為，從門外傳來在地板上拖著沉重箱子的某種聲響，聽起來非常清晰。

9

『哇哇哇啊！』

怡茵的全身湧滿冰冷的汗水。她的身子整個彈跳起來。

徹底解放的鬆懈感突然向著全身襲來，令她原本緊繃至極的神經瞬間彈開，而像是手舞足蹈的斷線木偶墜落到地面般，整個人盲目、胡亂地散開。

她的手腳用力撞擊到某種堅硬的垂直平面，使觸覺頓時麻痺了。

怡茵感到既錯愕又意外。

——繩子消失了！

——堵塞在嘴裡的布團也不見了……

她原先置身的臥房，如同電影場景的驟然切換，倏地變化為嶄新的舞台。

——剛剛，甚至差點沒辦法呼吸了！

這裡不再是明亮的水泥空間，柔軟的彈簧床也無影無蹤；現在，這裡出現了狹窄的鋼鐵空間，還有令人感覺沁涼平硬的坐墊。

空間裡的空氣，帶著一絲潮濕。

她顫抖地舉起手，看看自己的手腕，上面甚至沒有殘留任何綑綁的繩痕！

怡茵這才發現，此時此刻的自己，正躺在車子的後座。

在她的身旁，還堆置著琪姐旗下藝人們過期的廣告文宣。壓得令人感覺背脊發痛。

『怡茵，妳終於醒了。』

是琪姐的聲音。

怡茵聽見琪姐的喚聲，不自覺地浮現一陣急欲逃避的恐懼感。她所揭露的戰慄真相，已經在怡茵的心中留下了醜陋的刻痕。同時，從駕駛席上回頭探看的琪姐，也被她突如其來的驚慌嚇了一跳。

原來，這裡是琪姐的跑車。

『做噩夢了？』

『嗯。』怡茵想要忘卻此刻唇間的蒼白顫抖。

——難道說……剛剛所發生的事情，全都是一場夢境嗎？

——一場極為逼真的夢境！

『現在是幾點？』

『半夜……超過三點了。』

『真的嗎？』

『怡茵，妳冒冷汗了。』

『我……』

『妳的壓力太大了——其實，我能體會妳的感覺。』琪姐無聲地嘆了一口氣，『沒有人願意這麼殘酷。但是，我們終究要往前走，為了變得更好，必須捨棄許多東西……』

『琪姐……我為什麼會在這裡？』

『妳在周祥毅的影像工作室裡待了太久。我非常擔心——周祥毅是不是等不及了，打算直接在他的工作室裡拍攝殺人影片……於是，我等了又等，還是決定衝進去看看。結果，只看到你們醉倒在地上。』

『我只是喝醉了?』怡茵才一發問，就感覺額頭脹痛。『那還好……』

——剛剛那一切，果然只是一場夢……

——那一瞬間，彷彿就要被虐殺了!

『什麼叫還好?怡茵，妳根本沒有意識到自己的處境有多危險。』琪姐咬著唇責備，『要不是我先闖了進去……萬一周祥毅比妳早一步醒來……』

『真的很謝謝妳，琪姐。』

『我說過，妳必須取代雅棠——這是我對妳的期望。我花了那麼多時間培養雅棠，但她現在實在太令我失望。我相信妳不會。』

『琪姐，我一切都聽妳的。』

怡茵很希望自己能由衷地說出這句話，但她發現她的顫抖依然沒有停止。

她無法忘記夢境的真實感。

『現在時候也不早了，我們得回公寓等雅棠回家。』琪姐發動跑車引擎，踩踏油門。『接下來，我們必須設法讓雅棠喝下安眠藥，還有得忙。』

『嗯。』

『怡茵，如果妳累了，就躺在後座好好休息吧。』

『好。』

跑車開始奔上馬路，從車窗外透射進來的路燈，靜悄悄地灑在怡茵的臉上。

儘管噩夢中恐懼的真實感仍舊揮之不去，但怡茵還是多少鬆了一口氣。是的。也許就像是琪姐說的，她的壓力太大，才會出現這種噩夢。

為了讓自己躺得舒服點，怡茵彎曲手臂探著，想移去身下壓得發硬的追星活動傳單。然而，就在窗外快速流轉的路燈照耀下，她無意間留意到追星活動傳單的文案內容。

在她手上的七、八張傳單，其中有兩個活動是模仿比賽。

兩個活動的模仿對象，恰好都是琪姐旗下的另一名女藝人。可是，兩個活動的時間相隔大約一年。

很快地，怡茵回想起來了——這名藝人剛出道的時候，曾經受過眾人的熱切期待，但後來因為錄製唱片與製作人發生激烈的爭執，一度被唱片公司冷凍。因為錯過了最佳時機，她再也沒有紅過。

……不，事實上，那名女藝人曾經離開歌壇，轉向演戲之路，力圖東山再起。但，接拍第一部戲期間，跟劇中一名已有妻小的二線配角鬧出緋聞，被冠上狐狸精等名號，對剛上檔的新戲形象打擊甚大。最後，她慘遭編劇提早賜死，從此也在演藝圈中消聲匿跡。

若說棠棠是琪姐的最高傑作，那麼這名女藝人，可說是最差勁的敗作了。

然而，這樣的敗作，琪姐卻曾經為她辦了兩次模仿比賽。

很顯然，琪姐非常重視這個藝人。

——為什麼？

——對了，那名女藝人發行唱片跟轉為演員的期間，相隔好像也是一年……

——難道說……這名女藝人曾經由兩名以上的『演員』飾演過？

怡茵必須咬緊下唇，才不致驚呼出聲，引來琪姐的注意。沒想到，才剛脫離噩夢的驚顫，她心中的另一個讓人恐懼的想像，竟然又開始迅速滋長了。

——跟自己的情況非常類似。琪姐舉辦模仿比賽，就是為了尋找接替演出的『演員』。

——同一套劇本，由不同的『演員』演出，成為觀眾理想中的明星。

常常可以看到，在螢光幕上許久不見的藝人，以嶄新的姿態重新出發。本來是歌手，後來轉為演員；本來是演員，後來變成談話性節目的固定來賓；為了準備新專輯，兩年間獨自在工作室裡進行創作音樂；一檔大戲殺青以後，一個人到國外去度了大半年的假……

無論如何，這些藝人都跟初次出道時的模樣截然不同。人們都以為這只是換了造型，因為減重、因為發福，或是偷偷做過細微的整形手術。

大家已經習以為常了。演藝圈就是這樣的地方。不停地變來變去。沒有人會發現的——這是使用了同一個名字的不同『演員』。

她所看到的這一切，恐怕全是謊言。

——那麼，扮演那名女藝人、最初以大型新星之姿踏入歌壇的『演員』，在交棒之後到哪裡去了？

怡茵忽然感到透骨的膽寒——那名『演員』的遭遇，也許正如同明天的雅棠一樣！

對了……還有錄影帶。

那些堆置在周祥毅工作室電腦桌上、表面充滿黏膩感的錄影帶。

如果是為了討生活而接受錄影帶轉電腦檔的零工，是不可能任由那些錄影帶隨便堆置的。更何況，錄影帶也沒有貼上任何標籤。

那些錄影帶裡，到底錄了什麼樣的內容？

——那個『演員』一定已經死了。

——而她臨死前的掙扎，恐怕都被周祥毅封存在錄影帶裡了。

——有那麼多的錄影帶！

——到底有多少人被拍成殺人影片？

——喜歡殺人影片的，到底是雅棠、周祥毅，還是……琪姐？

不知道是不是腦中的殘餘酒精仍然持續作祟，怡茵根本無法遏制她失控的想像力。她無法判斷事實的真相，究竟是如同噩夢的幻覺所呈現的、抑或是追星傳單中透露的徵兆。到了明天，她究竟會成為雅棠變態心理下的祭品，還是殺人連鎖中的一個棋子？

當然，琪姐也可能是誠實的。

或許她真的可以按照計畫，順利成為『棠棠』。

但，她實在無法這麼單純地認定。

愈是在演藝圈待得愈久，愈是無法輕易地相信任何事情。觀眾所能看到的畫面，都是藏匿在鏡頭後面的一群看得見臉孔、看不見臉孔的人們，基於某種理由故意製造出來的。為了呈現出畫面的戲劇效果，吸引觀眾的注意力，不得不製造許多虛假的幻象。

到最後，任何人都不能相信。

畢竟，這段時間以來，自己也為了取代雅棠的名模地位，製造過無數的謊言。

怡茵唯一確知的是——從現在開始，她絕對不能睡！

直到親眼看見雅棠在鏡頭前被周祥毅開膛剖肚的過程以前，她絕對不能睡著。無論琪姐勸她吃什麼點心、喝什麼飲料，她都必須拒絕。她絕不會走進黑暗的房間，或是僻暗的巷道。她甚至要小心空氣中的異味——那很可能是哥羅仿一類的麻醉劑。

而且，未來縱使她已經成為『棠棠』，也永遠無法鬆一口氣。

——必須小心謹慎，絕不能讓可能取代自己的人出現！

——因為，這就是她一心嚮往的世界。

『怡茵，怎麼了？』

琪姐一邊旋轉方向盤，一邊親切地輕問。

『沒什麼。』

『還想再睡一下嗎？』

『不，我現在精神很好。』

她小心翼翼地收妥那些傳單，裝得未曾讀過傳單內容般輕鬆。

她的戰爭才正要開始！

怡茵感覺到，在體內流竄的血液好似沸騰了起來。

不自覺的，她已經將自己曾經在夢境中差點被人虐殺的戰慄感，徹底地拋諸腦後了——宛如出於一種報復心理，她期待見到雅棠被肢解、像花朵一樣盛開的屍體。

【後記】

如果，我的體內有『恐怖小說』基因？

既晴

之所以動筆創作恐怖小說，一開始似乎只是出於偶然。

不過，說是偶然，其實也不能真的說是偶然。

推理小說之父艾德格．愛倫．坡在發明推理小說以前，早已是一位享有盛名的恐怖小說作家了——他的推理小說裡總是洋溢著鮮烈的恐怖色彩。時至一百六十餘年後的今日，許多推理小說依舊保有恐怖小說的特徵。

在我與〈莫爾格街兇殺案〉、〈失竊的信〉等推理名作相遇的同時，也接觸了〈黑貓〉、〈亞夏家的沒落〉、〈過早的埋葬〉等恐怖經典。我相信，這早有一種印痕作用。至於約翰．狄克森．卡爾、江戶川亂步、島田莊司這幾位我喜愛的作家，他們描寫恐怖場景時的筆力更常常令我大開眼界。

或許在潛意識裡，我終究有一天會創作恐怖小說。

那是剛畢業、剛入伍沒多久的事。當時，手上雖然已經完成一部推理長篇處女作《魔法妄想症》，但卻沒有出版機會。恰好，日本恐怖電影《七夜怪談》在全球掀起廣泛迴響，引起了我的注意；為了撰寫《魔法妄想症》而蒐集的資料中，還有一兩個雖然沒有派上用場、但我覺得很適合拿來創作的題目。因此，我的心底湧起了『不然寫本恐怖小說來試試看』的念頭。

還記得某個晚上，在睡夢之間突然出現了『如果在世界上有一種方法，可以讓你看見鬼……』的假設，讓我遽然驚醒。後來我沒有再睡著，我立刻起身開始構思整部作品的大綱——這就是後來的《請把門鎖好》。

原本努力想成為推理小說家的我，竟變成恐怖小說家！

後來，我還以『巫魔會』為主題寫了《別進地下道》，也創造了擁有第六感及超能力的偵探張鈞見，有別於其他徹底仰賴現實規則破案的偵探。不斷游移在理智與幻覺之間的寫作風格，更成了我的特色。

最近這幾年，我回到推理小說的道路上，但在這段期間，我同時也觀察到有愈來愈多人投身於恐怖小說的創作。在這樣的觀察過程中，結果，讓我反而是在寫完兩部恐怖小說以後，才開始思考『什麼是好的恐怖小說』。

在以往，恐怖小說往往被視為充斥著廉價的鮮血與空洞的慘叫的文類。也許多半可以滿足一時的刺激，卻不值得反覆咀嚼。不過，有一些作品還是能讓人們長久傳讀，則是因為它們深刻地書寫了人類根植心底的真實恐懼。

人類根植心底的真實恐懼，究竟是什麼？曾經有一段時間，我認為是『對未知的恐懼』。害怕黑暗、對未來的不安、憂慮即將面臨的改變、相信科學有其極限……『鬼』在恐怖小說裡能佔據一席之地，並非毫無原因。

然而，暫止恐怖小說創作的這幾年，其實我不斷地思考著的是，『對未知的恐懼』之外，還有沒有別的書寫角度？為此，我試著割捨所有靈異元素、所有科幻因子，完全聚焦在台灣現實社會，設法挖掘新的恐懼來源。

在本書《病態》中收錄的四個短篇，應是我對恐怖小說的最新詮釋。

〈異樣的皮膚〉寫『社交恐懼』，主角對他人的憎恨與逃避，與他自憐自愛的潔癖正成了極端的對比。原本是為了『手機小說』而寫的超短篇，後來大幅擴充，原來的超短篇倒成了故事大綱。綾辻行人先生曾讀過故事大綱，他說讓他聯想到《養鬼吃人》的情節。

〈食人狂〉寫『親子關係』，一種互依互存、緊密得甚至帶有愛戀滋味的牽繫。由於『食人』這個主題在恐怖小說中十分常見，這篇作品的構成也帶有多部經典的影子。因此，親子關係中誰人為主、誰人為從的模糊地帶，反而是最能發揮之處。

〈寵兒遊戲〉寫『同儕競爭』，以小學生為主角，或許有人認為過於荒誕，但根據個人由報章新聞中實際蒐集到的社會事件，兒童犯罪在台灣已經成為不容忽視的近年趨勢。

〈替身與跟拍魔〉寫『成名渴望』——這是因為媒體的影響力過度氾濫，個人所經常導致的心理焦慮。也許不一定非得一夕成名不可，但，人性中存在著『被重視』的渴望，卻也是無法否認的事實。

四個短篇的故事設定，雖然非比尋常，但以小說創作而言，我想是可以突顯在現代社會的劇烈變動下，人與人之間的信任已然瀕臨崩潰的實際處境。

其實，不需要鮮血狂濺、不需要震耳慘叫——

只要出現病態的念頭，就足以引發恐懼。

因為，由想像力所羅織的異常念頭，將會『主動』解釋人所身處的周遭環境，並且建立起牢不可破的偏執情結。

這是我完成《病態》後的結論。

同時，我也開始猜想，自己的體內或許真的有『恐怖小說』基因——儘管是出於偶然的突變。而，蟄伏這幾年以後，這個基因又演化出新的面貌來了；還有為了創作《病態》，我的腦袋裡也經常出現許多恐怖的念頭——但願，我可以在完稿後制伏這些念頭，別真的被吞噬了。

既晴作品

修羅火

一樁看似單純的綁架勒贖案，背後的推手卻是勢力無遠弗屆、中心思想強大的嚴密組織！怪奇偵探張鈞見這回深陷精密佈置的天羅地網，從綁架案涉入到一件又一件的恐怖炸彈攻擊事件……

超能殺人基因

台灣本格派推理翹楚既晴最新力作！

第一個死者俯臥在樹林裡，頭顱血肉模糊，周圍潮濕的泥土上只有死者一人的腳印！第二個死者雙臂高舉，被綑綁在十公尺高的窗台上，但遍尋不到可攀爬到高處的長梯！這兩樁命案的唯一可能是：兇手有讓屍體漂浮的超能力……

既晴作品

網路凶鄰

小心！網路凶鄰可能就在你的電腦裡！

一個是受歡迎的網路作家，一個是愛上聊天室、扮演多重角色的寂寞業務員，一個是嗜玩網路遊戲的少女，她們之間沒有任何關聯，只是都熱中上網，卻巧合的一個接一個慘死於火焚！陳屍的房間裡都垂掛著一條白繩子，而且死前她們都收到一個主旨是〈情人節想對妳說〉的電子郵件……

別進地下道

如果能讓摯愛死而復活，你願意付出什麼代價？

本來我對這個怪案件一無所知，因為當時我臥病在床幾個禮拜，可是警方卻要我立刻去醫院一趟，因為唯一的獲救者竟是夢鈴！當我衝去醫院探視她時，卻只能僵在原地，因為——這個女子，並不是夢鈴！她到底是誰？和捷運男屍有何關係？又為何會持有夢鈴的身分證？一連串接踵而至的發展讓我不得不深入探訪地下道不為人知的秘密，但作夢也想不到，竟被我發現……

國家圖書館出版品預行編目資料

病態 / 既晴 著.--初版.--臺北市：皇冠文化.
2008〔民97〕
面；公分（皇冠叢書；第3708種）
（JOY；95）
ISBN 978-957-33-2392-1 （平裝）

857.81 97001325

皇冠叢書第3708種
JOY 95
病態
作　者—既晴
發 行 人—平雲
出版發行—皇冠文化出版有限公司
台北市敦化北路120巷50號
電話◎02-2716-8888
郵撥帳號◎15261516號
皇冠出版社(香港)有限公司
香港灣仔告士打道88號19樓
電話◎2529-1778　傳真◎2527-0904
出版統籌—盧春旭
責任編輯—張懿祥
美術設計—李家宜
行銷企劃—李嘉琪
印　務—林莉莉
校　對—劉素芬・黃素芬・張懿祥
著作完成日期—2007年
初版一刷日期—2008年2月

法律顧問—王惠光律師

讀者服務傳真專線◎02-27150507
電腦編號◎406095
ISBN◎978-957-33-2392-1
Printed in Taiwan
本書定價◎新台幣250元/港幣83元